Peter Heim, geboren 1924, begann seine schriftstellerische Tätigkeit als Journalist. Auf langen Reisen durch die USA, durch Südamerika, Afrika und Asien erwarb er sich Erfahrungen, die in Bestsellern wie »Der Konzern«, »Gringo« oder »Ein Mann will leben« ihren Niederschlag fanden. Neben Politik und Geschichte galt Heims besonderes Interesse schon immer der Medizin. In seinen Erfolgsromanen beweist er eine einfühlsame medizinische und psychologische Kenntnis dieser besonderen Welt. Der Autor lebt heute im Tessin.

Von Peter Heim sind außerdem als Knaur-Taschenbücher erhältlich:

»Die Schwarzwaldklinik« (Band 1485)
»Die Hochzeit in der Schwarzwaldklinik« (Band 1486)
»Menschen und Schicksale in der Schwarzwaldklinik« (Band 1487)
»Frauenklinik Lenzhalde« (Band 1500)
»O Gott, diese Familie!« (Band 1501)

Originalausgabe 1988

Umschlaggestaltung Adolf Bachmann
Umschlagillustration Franco Accornero
Satz IBV Satz- und Datentechnik GmbH, Berlin
Druck und Bindung Elsnerdruck, Berlin
Printed in Germany 5 4 3 2 1
ISBN 3-426-01651-6

Peter Heim:
Das blaue Zimmer

Roman

Knaur

Mini-Cowboys, Westentaschen-Rothäute, aufgeputzte kleine Zigeunerinnen, sie werfen Papierschlangen, sie knallen mit Pistolen, und die spitzen Kinderschreie wirbeln wie Konfetti durch die Luft.

Drüben auf der anderen Seite spuckt das Bronzetor der Versicherung ein Rudel junger Mädchen aus. Rot-, blau-, grüngoldener Faschingsfummel glitzert unter den Mänteln. Sie tragen Stöckelschuhe zu den Netzstrümpfen. Die Büro-Party ist gerade vorüber, nun haben sie es verdammt eilig, nach Hause zu kommen.

Loritz schließt das Fenster. Im Labor wird es still. Nur die Geräte ticken. Wer arbeitet schon an einem Faschings-Dienstag? Ein Idiot wie du...

Er zieht eine neue Handschuhpackung aus dem Karton, öffnet sie, streift sich vorsichtig die hauchdünne, rosafarbene Plastikhaut über die Finger und setzt sich an seinen Tisch.

Dies wird der letzte Test des Tages sein.

Aus dem Plastikkorb nimmt er die Hülse mit der Serumprobe, markiert sie und legt die Begleitkarte daneben. Absender: Dr. Karin Dannecker, Ainmiller-Straße. Bei der Patientin handelt es sich – Moment... Schon wieder eine Hausfrau? Die dritte heute. Zweiunddreißig Jahre alt. Bluterin kann sie nicht sein, schon wegen der Kassenabrechnung kommen die Proben der Hämophilen mit voller Adresse. Dies hier läuft unter Code.

Loritz bereitet das Serum für die Aufnahme in den Automaten vor. Dann gibt er es in einen schmalen Zylinder, worin sich, an einen Kunststoffträger gebunden, hochgereinigtes, inaktiviertes HTLV-3-Antigen befindet. Falls das Blutserum vom Virus befallen sein sollte, falls es positiv ist, werden die Antikörper

reagieren, und ein Enzym wird dafür sorgen, daß sich die Reaktion auch farblich darstellt.
Falls . . .
Noch einmal wirft Loritz einen Blick auf die Karte. Wie war das Code-Wort?
»CALA D'OR.«
Loritz glaubt, den Namen irgendwo gelesen zu haben. Ein Ferienort wahrscheinlich. Italien? Nein, das klingt eher spanisch . . .

Sie atmet tief durch und versucht das Herz zu beruhigen. Umsonst. Es kommt wieder: Ein Gefühl von Übelkeit und Hitze. Es steigt von den Fußsohlen auf, schießt die Beine hoch, scheint selbst die Kopfhaut zum Glühen zu bringen.
Sie öffnet den Hahn, beugt sich über das Badezimmerbecken, schüttet sich mit beiden Händen Wasser ins Gesicht. Dann sieht sie sich an, sieht naßglänzende, triefende Haut, schwarzfeuchtes Haar, aufgerissene Augen und übergroße, dunkle Pupillen.
»Laß dich von dieser Angst doch nicht verrückt machen!« Gerade hat es ihr die Freundin am Telefon gesagt. Ständig wiederholt sie es. Nelly hat ihr auch die Ärztin besorgt: »Zu der kannst du Vertrauen haben . . .« Nelly hat gut reden! Vertrauen? Was hilft, was ändert Vertrauen?!
Aber am Freitag hat Doris Roser trotzdem durchgehalten: Statt wie bei den beiden vorhergegangenen Versuchen einfach aus dem Wartezimmer zu rennen, wartete sie, bis die Ärztin sie rief, eine Frau mit bereits ergrauten Haaren über einem rosaglatten jugendlichen Gesicht. Auch die Augen der Frau Dr. Dannecker waren grau – grau, voll Verstehen und sehr ruhig. Vom Test, von Doris' Besuch, hatte sie gleich versichert, würde wirklich niemand etwas erfahren. »Wir geben ein Erkennungswort, das nur wir beide kennen. Einen Code. Vielleicht fällt Ihnen was ein. Ein bißchen ausgefallen müßte das Wort schon sein.«

»CALA D'OR« – sie hatte nicht gezögert, keinen Atemzug lang, der Name war ihr über die Lippen geglitten, so, als habe sie sich ihn zuvor zurechtgelegt. Und sie wunderte sich jetzt nicht einmal darüber. Warum auch? Viel wichtiger war das andere: »Wenn... Frau Doktor, ich meine, wenn... wenn er's tatsächlich hat? Was dann? Gibt es denn wirklich kein Medikament?«

Der Blick der Ärztin bleibt auf ihr Gesicht gerichtet. Sie kann ihn nicht deuten. Sie erkennt nur das Zögern darin.

Dann strecken sich die Hände über die Schreibtischplatte. »Nein. Leider. Noch nicht...«

»Aber dann, dann wäre doch alles hoffnungslos.«

»Frau Roser, bitte! Ich weiß, daß Sie Furcht haben, aber man kann sich in seine Angst auch hineinfallen lassen. Und ich fürchte, das tun Sie im Moment. Sehen Sie: Schweißausbrüche, Ihre Lymphknotenschwellung, dieser gelegentliche Husten, das alles kann tausend Ursachen haben. Andere Ursachen. Wir werden es abklären. Und natürlich, das verstehen Sie doch, ist es am allerwichtigsten, daß Sie sich ganz klar und offen bei mir aussprechen. Sie sind verheiratet. Könnten Ihre Sorgen nicht auch etwas mit Ihrem Mann zu tun haben?«

Doris Roser schüttelt den Kopf.

»Wirklich nicht?«

»Nein, wirklich nicht.«

Doris Rosers Blick gleitet über den Boden. Dann sieht sie wieder die Ärztin an. Sie lächelt.

»Sind Sie sich da so sicher?« fragt Frau Dr. Dannecker. »Warum eigentlich?«

»Wieso?«

Wieso? Was sollte sie erklären? Was wollte die Ärztin wissen? Die rührende Geschichte einer Jugendliebe, die sich zur Ehe mausert und damit endet, daß der Mann sich aus ihrem Bett auf die Couch in seiner Amateurfunkerbude absetzt? Heinz' sanfte Resignation. Seine großartige Erkenntnis: »Nun komm schon, Mäuschen, Sex ist nicht so wichtig. Man kann auch so glücklich sein...«

Oder daß Heinz es war, der ihr vor zwei Jahren den Vorschlag gemacht hatte: »Flieg doch nach Mallorca zu deiner Schwester! Die hat doch das Haus in Cala d'Or.«

»Ich kenne meinen Mann, Frau Doktor. Und er ist der beste der Welt. Aber daran hat er kein Interesse.«

»An Liebe?«

Sie hatte nur mit den Schultern gezuckt. Liebe? Sex? – Worte. Weh tun sie doch... Es kamen die Tränen, und schluchzend hatte sie gesagt: »Sie können mich ruhig für verrückt halten! Sie brauchen es mir nicht zu glauben! Aber es war das erste und einzige Mal, daß ich mit einem anderen Mann... Das ist ja der Wahnsinn!«

Wahnsinn!

Doris Roser denkt es auch jetzt. Da steht die kleine Stechpalme aus Plastik, die sie sich zu ihrem Geburtstag letztes Jahr geleistet hatte. Drüben, von der Josefskirche, rollen die Glockentöne heran und lassen die Fenster zittern. Abendläuten. Aus dem Küchenradio dringt die Stimme des Nachrichtensprechers: »Auf dem Mittleren Ring und dem Autobahnzubringer Salzburg zähflüssiger, stockender Verkehr...« Und dann irgendein Faschingsschlager.

Ja, alles ist wie immer. Die Welt dreht sich. Nichts hat sich geändert. –

Draußen auf dem Korridor liegen winzige Stoffreste: roter und gelber Tüll. Sie stammen von Nannis Kostüm.

Doris nimmt den Staubsauger, läßt ihn aufheulen, und es ist ihr plötzlich, als sähe sie einem fremden Menschen, einer fremden Frau zu, die irgendeine Tätigkeit verrichtet, die nicht den geringsten Sinn ergibt. Sie schaltet wieder ab. Das Gefühl bleibt, steigert sich zu solcher Intensität, daß ihr entgeht, wie sich mit einem scharfen, metallischen Geräusch der Schlüssel im Schloß dreht. Erst dann, als die Türe auffliegt und ihre

Tochter dort steht, Nanni, das Haar zu schiefen, grotesk abstehenden Pipi-Langstrumpf-Zöpfen verdreht, auf der runden Stirn irgendeine grüne Faschingsschmiere, hat die Wirklichkeit wieder ihre Konturen.

»Mami!«

Die Schulmappe fliegt in die Ecke. Über die fünf Meter Korridor, die sie trennen, kommt Nanni herangestürmt.

»O Mami! Du – du, das war so Spitze! Superklasse! Absolut unheimlich gut!«

»Ja?«

»Mensch, Mami, war das vielleicht... nun gib doch endlich 'nen Kuß!«

Sie spürt die Arme ihrer Tochter und die Hände, die über ihren Nacken streichen. Sie spürt das Gesicht und die klebrige Berührung von Farbe. Sie riecht sie, und sie fühlt den Mund, der ihren Hals sucht.

»Mami!«

»Was ist denn?«

»Was soll schon sein?«

»'nen Kuß will ich.«

Sie dreht den Kopf ab. »Nein.«

»Was nein?«

»Laß mich... Das braucht es nicht. Das geht nicht, Nanni... Das ist nicht gut.«

»Was ist nicht gut? Warum geht es nicht?«

Die hellen Augen! Und diese Fragen darin! So nahe sind die Augen, daß sie zu verschwimmen scheinen. Und Nannis Atem...

»Sag doch, Mami! Was ist bloß mit dir? Warum darf ich dir keinen Kuß geben?«

Sie findet keine Antwort. Sie sieht dieses ovale Kindergesicht, dieses verschwimmende, ungläubige Staunen darin: »Was ist bloß mit dir?« Ja, was eigentlich? Und was willst du antworten? Und wieder, wie die drängenden Gefahren eines Fiebertraums, greifen die gleichen Fragen nach ihr: Was ist aus dir geworden? Existierst du überhaupt noch? Und wenn, wie? Gefangen in einer Dunkelheit, die keine Orientierung erlaubt, einer Furcht, die keine Antwort und keine Lösung kennt, die nichts mehr zuläßt, nicht einmal Nähe. Nur das bleibt, die Furcht... »Frau Roser! Natürlich können Sie zärtlich zu Ihrer Tochter sein. Sie können die Kleine küssen, so oft Sie wollen. Sie können überhaupt so weiterleben, wie Sie es bisher getan haben. Da brauchen Sie sich keine Sorgen zu machen. Bleiben Sie ganz ruhig. Und was Ihren Mann angeht, nun, Sie sagten ja, er hat kein Interesse an Geschlechtsverkehr. Wie auch immer, falls er's doch haben sollte, da müssen Sie sich natürlich schützen. Sie beide.«

Doris Roser schiebt Nanni von sich. Ihre Stimme bleibt ruhig. Und nun kann sie sogar lächeln: »Sieh mal, Nanni! Mami ist wahrscheinlich krank. Und was das ist, das weiß man noch nicht so recht. Und solange das nicht raus ist, gebe ich dir keinen Kuß. Kann ich gar nicht. Könnte ja ansteckend sein, nicht?«

»Wie Grippe?«

»Ja. So etwa.« Nun hat Doris Mühe mit dem Lächeln, große Mühe.

Wie Grippe, denkt sie noch, als sie Nanni in der Küche mit Teller und Besteck klappern hört. Das Essen hat sie ihr vorbereitet. Doris schließt die Tür und geht hinüber ins Wohnzimmer zum Telefon.

»Dannecker!« vernimmt sie die Stimme der Ärztin.

»Frau Doktor, ich ruf' Sie noch mal an, weil ich Ihnen was sagen möchte. Ich weiß, ich hätte es Ihnen vorhin schon sagen sollen, aber ich bin so schrecklich durcheinander...«

»Ja, bitte?«

»Sie fragen mich immer nach meiner Angst, Frau Doktor. Sie müssen das doch verstehen. Sehen Sie: Meine Schwester rief mich letzte Woche an. Der Mann, mit dem ich damals in Cala d'Or zusammen war...«

Sie bringt die Worte nicht mehr zusammen, und die Stimme will auch nicht.
»Bitte!« hört sie aus dem Hörer. »Bitte, Frau Roser.«
»Er ist tot. Letzte Woche gestorben. Und er hatte diese Krankheit...«
»Sie meinen Aids?«
»Ja. Meine Schwester sagt, er ist immer in diese Bar gegangen, wo solche Männer verkehren. Sie verstehen mich doch?«
Klar versteht sie alles. Doris hört zu, was die Ärztin zu sagen hat, die Stimme ist suggestiv, freundlich, und Doris hat das Gefühl, als lausche sie einem Tonband. Bei der Ärztin war Verstehen und Beschwichtigen längst zum Beruf geworden. So ist das, denkt sie, während sie mit allen Sinnen nach Spuren von Lügen und Besorgnis in der leisen Stimme forscht. Dann legt sie den Hörer auf die Gabel zurück.
Wie Grippe? Ein Virus...
Ein winziges Ding. So winzig, hatte die Dannecker gesagt, daß in einer einzigen Haarpore dreißigtausend davon Platz haben. Dreißigtausend?! Das läßt sich gar nicht vorstellen. Das gibt es doch nicht! Das kann es nicht geben...
Und Aids ist kein Grippe-Virus. Grippe kann kleine Babys, kann Kinder oder alte Leute umbringen. Dieses Aids-Virus aber tötet jeden!
Aids-Virus? Schon das Wort. Dreißigtausend in einer Pore, so winzig – und so mächtig. Wie ist das nur möglich? Woher kann ein solches Ding nur kommen? Und warum jetzt? Wieso eigentlich? Ja, das ist es doch: Lieber Gott, warum hat man früher nie etwas davon gehört? Die Grippe gibt's doch schon immer. Und all die anderen schrecklichen Dinge. Aber das, woher kommt es? Fiel es vom Himmel? Wie fing das eigentlich an? Und wann?!...

Januar 1981. Die ärztlichen Funktionäre des CDC, des National Center for Disease-Control, der nationalen Gesundheitsbehörde für Krankheitskontrolle im amerikanischen Atlanta, machen eine rätselhafte Entdeckung: Die Verteilung eines Medikaments, Pentamidin genannt, weist einen dramatischen Anstieg auf. Pentamidin ist ein Antibiotikum, das ausschließlich gegen einen einzigen Mikroorganismus eingesetzt wird: Die Pneumozystis carinii. Dieser Keim mit dem sonderbar klingenden Namen ist weltweit verbreitet – bei Tieren! Von vereinzelten Krebsfällen im Endstadium abgesehen, wo er heftige Lungenentzündungen hervorrief, galt er für den Menschen bisher als ungefährlich. Nun scheint er Menschen zu befallen. Junge Menschen. Männer... Und sie sind homosexuell.

Februar 1981. Auf einem Kongreß von Ärzten, die an der amerikanischen Ostküste praktizieren, wird das Auftauchen einer Reihe von Fällen von Kaposi-Sarkomen gemeldet, eines äußerst seltenen Hautkrebses, der bisher fast ausschließlich bei Patienten beobachtet wurde, die entweder jüdische Vorfahren besaßen oder aus den an das südliche Mittelmeer angrenzenden Ländern stammten. Und wieder, wie im Fall der durch Pneumozystis carinii ausgelösten Lungenentzündungen, handelt es sich bei den Kranken um junge Männer: um Homosexuelle.

1982, New York. Januar. Zeit der Gerüchte. In den Appartements und Schwulen-Clubs der Millionenstadt will es niemand glauben, zu absurd, zu unwirklich, nein, zu grauenhaft scheint, was an Informationen aus den Sprechzimmern von Szene-Ärzten heraussickert: Eine tödliche Krankheit, die nur Homosexuelle trifft, eine Immun-Erkrankung, von einigen Forschern bereits mit dem bösen Kürzel GRID, »gay related immunity deficiency«, belegt, weil die Infektion, wohl irgendwie durch homosexuelle Praktiken ausgelöst, die Betroffenen auf grausamste Weise tötet.

Sommer 1982. Die Fälle von Lungenentzündungen, die durch den Keim Pneumozystis carinii hervorgerufen wurden, sind unbegreiflich angestiegen. Zweihundertzwei Menschen sind bereits daran gestorben. Wieder nur Männer. Sechsundneunzig Prozent davon sind homosexuell. Nicht nur die Zahlen, auch der Verlauf der Krankheit beweist: Der angebliche Homosexuellen-Infekt ist ein Killer! Innerhalb weniger Monate erleiden die von ihm Befallenen den Tod.

Im Sommer 1982 kommt es im französischen Parlament zu Tumulten, als ein Abgeordneter die Frage stellt, wie man die jungen Männer Frankreichs vor dieser »Homosexuellen-Seuche« schützen könne. Nun ist nicht nur in den USA, sondern auch in Europa das Wort von der »Schwulen-Pest« im Umlauf. Nicht nur böse ist dieses Wort, sondern auch tragisch irreführend. Aber schließlich: Sind es nicht die Homos, die mit ihrem ewigen Partnerwechsel und ihrem exzessiven Sexualleben sich schon seit jeher alle möglichen Erreger einfingen und damit ihr Immunsystem ruinierten?

Noch kann sich die bürgerliche Welt der Heteros getrost zurücklehnen und die Hände falten: Sodom und Gomorrha, es sind die anderen, geschieht jenseits des »großen Grabens«, es sind Schwule, sind die Fixer!

Es ist Ende August, als diese Illusion in Trümmer fällt.

Die ersten Fälle von Frauen werden bekannt.

Ihre Lebensgeschichten führen nach Afrika...

Nun wird nicht nur in den USA, sondern auch in Brüssel und Paris, zwei Städten, die durch ihre Kolonialgeschichte schon seit jeher mit Afrika verbunden sind, die Teufelsspur der Seuche verfolgt. Und: Der Verlauf der Fälle, die die alarmierten belgischen und französischen Tropenmediziner aus ihren Archiven graben, ähnelt bis ins Detail der Krankheit, die in den USA schon so viele Opfer gefordert hat: Die Pneumozystis-carinii-Lungenentzündung, der Kaposi-Hautkrebs, Pilzerkrankungen der Schleimhäute, sogenannte opportunistische Infektionen aller Kategorien, die auf einen totalen Zusammenbruch des körpereigenen Abwehrsystems schließen lassen. Bei der Hälfte dieser afrikanischen Patienten handelt es sich um Frauen.

1983. – Auch aus Haiti wird ein sprunghaftes Ansteigen von Aids gemeldet, des »erworbenen Immun-Defekt-Syndroms«, wie Virologen und Epidemiologen inzwischen die Krankheit nennen.

Oktober 1983: Endlich: Der Killer ist im Fahndungs-Computer. Zwei Hochburgen der medizinischen Wissenschaft, das nationale Krebszentrum Bethesda in den USA und das Louis-Pasteur-Institut in Paris, melden die Sensation: Verantwortlich für die Seuche ist ein Retro-Virus, ein winziger und nur unter dem Elektronenmikroskop bei fünfzig- bis hunderttausendfacher Vergrößerung auszumachender Erreger.

Schon zu Beginn der langen Lebenskette sind Retro-Viren zu finden, sie sind evolutionsgeschichtlich uralt, und man nimmt an, daß sie bereits vor sechzig bis achtzig Millionen Jahren existierten: winzige Lipidkugeln, die in ihren Kernen, dem RNS-Faden, das genetische Gesetz tragen, das sie so gefährlich macht. Bei Tieren wie bei Menschen, so wurde schon früh beobachtet, sind sie in der Lage, Tumore und Immunschwächen auszulösen. Was sie für andere zur tödlichen Gefahr werden läßt, ist ihr eigenes Vermehrungsprogramm. Ein Virus hat nur eine einzige Überlebenschance: Sich in eine Wirtszelle einzuschleusen und diese, ehe es sie zerstört, durch die Umschreibung und Verfälschung des eigenen Vermehrungs-Codes dazu zu zwingen, weitere Viren herzustellen.

Von dem französischen Team unter Professor Montagniet wird das Virus LAV genannt. Robert Gallo vom National-Cancer-Institut tauft es HTLV, Typ 3. Beide Namen erweisen sich in der Folge als ungenau, und so einigt man sich schließlich auf AIDS oder HIV-Virus.

Das Kopf-an-Kopf-Rennen der beiden Forschungskonkurrenten ist zu Ende. Doch nicht nur sie, der ganze umfangreiche Forschungsapparat der Virologie, der inzwischen angeworfen wurde, muß mit Bestürzung feststellen: Das Killer-Virus vermehrt sich nicht in irgendeiner Zelle, nein, es hat sich die aller-

wichtigsten Helfer des Menschen bei der Krankheitsabwehr ausgesucht: die T- und die T-4-Lymphozyten, die es krebsartig verändert und zerstört.
Und noch eine Erkenntnis schält sich heraus: Das HIV-Virus wird zwar nicht ausschließlich, doch in erster Linie durch Geschlechtsverkehr übertragen.
1984. Anhand des Datenmaterials aus der Karibik, Afrika, gewissen Gegenden Japans, vor allem aber aus den USA, wird der Zug des Killer-Virus über den Erdball beobachtet und registriert. Die fieberhafte Forschungsarbeit wird zum Abwehrkampf gegen einen unbarmherzigen Gegner, der ständig die Maske wechselt. Und er trifft nicht nur Homosexuelle, die ihre endlich wiedergewonnene Freiheit genießen wollten, er trifft Prostituierte, trifft die Ehefrauen ihrer Freier, trifft Bisexuelle, Fixer, die sich über die Injektionsnadel infizieren, ungeborene Kinder im Mutterleib, Bluterkranke, Chirurgie-Patienten, die von einer verseuchten Blutkonserve angesteckt wurden. Das Virus macht keinen Unterschied. Fast unbemerkt von der Allgemeinheit weiten sich die Tragödien zu einem Meer der Verzweiflung.
1985. Aids wird zur Jahrhundertseuche erklärt. Aus der »Schwulen-Pest« ist eine Lebensbedrohung für alle geworden, die ein aktives Sexualleben führen und nicht bereit sind, die damit verbundenen Risiken klar und kühl abzuschätzen.
Und wie sollten sie, von Politikern zur Freiheit des Zulangens angehalten, Leitfiguren, die pfeifend wie Kinder im dunklen Wald die heranwachsenden Schatten selbstgeschaffener Gefahren negieren oder sie zur Konsumverdaulichkeit herunterspielen? Mit Baumsterben, Ozonloch, Umweltvergiftung, Atomtod lassen sich keine Wahlen gewinnen? Genuß durch Leistung, das ist schon was anderes! Und Genuß ist erst mal Sex, der verkauft sich schließlich am besten, steht für die Sonnenseite des Lebens, für Jugend, Liebe und Erfolg, ist nicht nur Symbol der Lebensfreude, sondern auch Verdienstmedaille für

die, die es ein bißchen aufregender und teurer haben wollen, weil sie es sich schließlich erlauben können.
Kein Wunder, daß es, trotz aller Alarmrufe von seiten der Medizin und Wissenschaft, noch immer als ausgemacht bleibt: Betroffen sind lediglich Randgruppen, Minoritäten, die man schon deshalb abhaken kann, weil man sie ohnehin nur widerwillig akzeptierte.
Und so sehen es die meisten: Aids? Sollen sie doch dran krepieren, die »*Aidsis*«!
Aids – das »Ab-in-den-Sarg« trifft sie, die ohnehin nie dazugehörten!
1986. Rock Hudson, einer, den jeder kannte, stirbt, nachdem er vorher erklärt hat, an Aids zu leiden. Der Schock geht um die halbe Welt. Selbst der amerikanische Präsident nimmt nun Stellung. In der Bundesrepublik rüstet unter dem Trommelfeuer der alarmierten Medien auch der Staat auf. Die Bundesministerin für Gesundheit bringt mit Millionenaufwand eine »Safer-Sex«-Kampagne in Schwung, ein bayerischer Staatssekretär sorgt mit seiner Forderung nach Meldepflicht für bundesweite Diskussionen. Doch obwohl Epidemiologen und Ärzte auf die rasche Ausbreitung der Krankheit hinweisen und bereits von hundertdreißigtausend Infizierten sprechen, obwohl verantwortliche Mediziner wie Versicherungsmanager voraussehen, das Netz des Krankheitsschutzes könne bei diesem Anstieg bereits in fünf Jahren unter der Last zusammenbrechen – die Schatten der Gefahren werden verdrängt, die Bedrohung von den wenigsten erkannt. The party must go on – das Fest geht weiter! Die Deutschen feiern ihren Karneval so ausgelassen wie jedes Jahr, rüsten sich mit Sehnsucht für den Urlaub, die schönste Zeit des Jahres. Zur Benutzung von Kondomen jedoch – angesichts der Hilflosigkeit der Medizin das sicherste Abwehrmittel gegen Aids – entschließen sich verschwindende vier Prozent...
März 1987. Auf dem Flughafen von Kinshasa betritt ein zwei-

undvierzigjähriger Deutscher die wartende Boeing-707 der Air-France. Sein Name ist Werner Schröder.
Schröder hat während der letzten viereinhalb Jahre in Zusammenarbeit mit dem Hamburger Tropen-Institut in verschiedenen Provinzspitälern Afrikas als Internist und Epidemiologe gearbeitet, Menschen kuriert, Daten gesammelt, das getan, was man in seinem Metier »Feldforschung« nennt.
An diesem Tag wirkt der hagere, großgewachsene Mann so abgerissen und erschöpft, daß ihn die Stewardeß besorgt zu seinem Platz geleitet. Schröder hat eine Achtundvierzig-Stunden-Strapaze in Flußbarkassen und streikenden Landrovern hinter sich, die ihm den Langstreckenflug gen Norden, nach Europa, als Erholung erscheinen lassen. Er lehnt sich zurück, schnallt sich an und schließt die Augen. Sein Ziel ist München. Dort erwartet ihn die nächste Aufgabe. Afrika... das liegt nun hinter ihm. Und wenn ihn die Jahre, dieses endlose Karussell von Krankheit und Tod etwas gelehrt haben, dann die Erkenntnis, daß dem Menschen zur Bewältigung seines Lebens zwei Hauptaufgaben gestellt sind: sich dem Gedanken der eigenen Sterblichkeit zu stellen – und seine Einsamkeit zu überwinden.
Schröder wählt den Weg über Hamburg. Er wird dort eine Frau treffen. Die Briefe, die sie ihm schrieb, stecken zwischen all den anderen Papieren und Forschungsberichten in dem kleinen, verbeulten Dokumentenkoffer aus Aluminium über seinem Kopf. Es sind zärtliche Briefe, Briefe voll Hoffnung auf eine Gemeinsamkeit, die ihm selbst nicht recht vorstellbar ist.
Schröder übernachtet in Oran, da die Maschine wegen eines Defekts in der Steueranlage gegen eine andere ausgetauscht wird... Und dann, viele Zeitungen und einige Glas Whisky später, erwacht er aus einem von Alpträumen durchzogenen Schlaf. Ja, der Ton der Turbinen ist leiser geworden. Sie befinden sich im Sinkflug.
Schröder beugt sich zum Fenster. Jedesmal auf seinen Flügen

in die Heimat bereitet ihm dieser Anblick das gleiche, schockartige, fast kindliche Staunen: Ein Land, das aussieht, als sei es von einem Jungen mit exakten, klaren Strichen in ein Bilderbuch gezeichnet. Felder, wie mit dem Lineal gezogen. Selbst das Grün der Waldstücke kennt nur klare Grenzen. Rechtecke – Quadrate. Nun der Straßenstern einer Stadt. Bis herauf blitzen durch die klare Luft die Lichtpunkte stecknadelkopfgroßer Autos. Ordnung überall! Die Heimat? Ja – doch mit diesem Wort weiß Schröder jetzt nichts anzufangen. Ein anderer, unglaublicher Gedanke beherrscht ihn: Irgendwo dort unten in dieser übertechnisierten, von Leistungs- und Sicherheitsdenken geprägten Welt, wachsen an Menschen dieselben beulenartigen Hauttumore, rasseln sich Leute die Lungen aus dem Leib, sterben in Krämpfen, wenn Pilze und Infekte ihre Eingeweide oder ihr Gehirn verwüsten, zeigt sich das Schreckensbild, das er aus Afrika kennt: riesige, todesmatte Augen in zu Schädeln abgemagerten Gesichtern, ausgemergelte Elendsgestalten, die sich aus eigener Kraft nicht mehr aufrecht halten können.
Doch Afrika, das ist ungezügelt-anarchisches Leben, das so verschwenderisch den Tod streut, wie es sich in all seinen Formen aus sich heraus erneuert.
Hier aber? Die Bundesrepublik von einer Seuche befallen, gegen die, wie irgendwo im Urwald, weder die richtige Strategie noch das treffende Gegenmittel zu finden ist?!
Es ist zu unglaublich.
»Meine Damen und Herren!« kommt es aus dem Lautsprecher. »Hier spricht ihr Kapitän. Wir befinden uns jetzt im Anflug auf Fuhlsbüttel und bitten Sie, die Sicherheitsgurte anzulegen und das Rauchen einzustellen. Ich hoffe, Sie hatten einen guten Flug.«

Sie trägt etwas Breitschultriges aus matt glänzendem Leder, doch Schröder erkennt sie unter all den anderen an ihren hel-

len, fließenden Haaren, diesem hauchzarten Gespinst, das er in seiner Erinnerung trägt seit jenem unwirklichen Urlaubssommer im Tessin, als er sie kennenlernte.
Nun hat Ellen ihn gesehen. Sie hebt die Hand, ruft irgend etwas, lacht, und er schiebt den Gepäckkarren mit den beiden Koffern so rasch auf sie zu, daß er dabei beinahe einen Polizisten anrempelt.
»Passen Sie doch auf, Mann!«
Richtig! – Aber wieso eigentlich? Ein andermal . . . Und da liegt sie bereits an seinem Hals, und es ist alles so, wie er es sich vorgestellt hatte, schöner noch ist es, denn da ist keine Sekunde des Fremdseins zwischen ihnen, nur diese ungestüme, durch nichts zu bremsende Freude am anderen.
»O Gott!« ist das erste, was sie sagt: »Mensch, Werner, bist du vielleicht braun!«
»Na und? Wie hätte ich es schaffen sollen, bleich zu bleiben?«
Sie lacht wieder, gibt ihm einen Stoß in die Rippen, fragt: »Was jetzt?«, und erklärt im selben Atemzug, daß alles schon bereit stehe, und Schröder erfährt auch gleich, was »alles« ist: Matjeshering, wie er es sich wünschte. Rollbraten mit frischen Erbsen. Ein Himbeersorbet. Champagner, von Kerzen garniert. Das sprudelt raus ohne Punkt und Komma, wird von aufgeregtem Lachen und zärtlichen Blicken begleitet.
»Ich muß mich gleich selbst zwicken!« sagt er.
»Wieso denn?«
»Na, ich bin noch nicht soweit. Ich glaub' einfach nicht, daß das alles wahr ist.«
Doch es ist wahr: Es gibt den Matjes mit Apfelschnitzen in einer wunderbar sanften, säuerlichen Sauce. Wie oft hatte er sich diesen Geschmack herbeigesehnt. Und Kerzen gibt es. Und einen hellen elsässischen Rosé. Und Ellen! Eine Ellen, das Haar hochgebunden, den nackten Körper in weißes Frottee gehüllt, die grünen, blattförmigen Augen zärtlich auf ihn gerichtet. So sitzt sie auf dem Rand der Wanne, während er sich Zaire und

Nigeria vom Leib schrubbt und zusieht, wie sich unter duftenden, rosa Seifenschauminseln das Wasser langsam lehmig färbt.
»Du«, verkündet sie, »ich hab' da ein Superangebot! Eine Wohnung. Vier Zimmer. Und Platz für eine Dunkelkammer gibt's auch. Was hältst du davon?«
Ja, was hält er davon? Ziemlich viel. Ellen ist Verlagsfotografin. Und ihr Hauptproblem besteht wohl darin, wo die Dunkelkammer liegt.
»Sag mal, Ellen, ihr habt doch auch in München eine Niederlassung?«
»Wieso?«
»Könntest du dir nicht vorstellen, in Süddeutschland zu arbeiten?«
Es ist heraus. Und die diplomatischen Einleitungen, die Kette überzeugender Argumente, die er sich im Flugzeug zurechtgelegt hatte, sind verspielt. Aber schließlich: Er muß es ihr sagen! Und dazu ist jeder Zeitpunkt gut genug.
Schröder massiert sich heftig den Nacken, weil er ihrem Blick nicht begegnen will.
»Wieso Süddeutschland? – Und das Tropen-Institut hier?«
»Es ist so, Ellen: In München wäre ich selbständig. Und die Aufgabe ist hochinteressant. Außerdem arbeite ich mit einem alten Studienkollegen und Freund, Paul Weißhaupt, zusammen, einem Virologen, den ich sehr schätze. – Ich habe ihm zugesagt.«
Stille. Der Wasserhahn tropft.
»Bei was hast du zugesagt?«
»Eine neue Station wird da aufgebaut, eine Art Therapiemodell. Dabei sollen Erfahrungen für das ganze Bundesgebiet gesammelt werden.«
»Erfahrungen bei was?« Sie zieht die Brauen hoch.
»Ein Aids-Zentrum«, hört er sich sagen. Und setzt schnell hinzu: »Wenn du in München nicht wohnen willst, ich könnte jedes Wochenende rüberfliegen.«

»Aids ... ?«
Es ist nur ein Flüstern. Er sieht sie an. Er liebt diese Frau, ja, obwohl ihnen nicht viel Zeit gegeben war, sich kennenzulernen. Die Wochen damals im Tessin ... Doch er kennt sie gut genug, um zu wissen, wie straff sie sich am Zügel hält, wenn Gefühle in ihr aufbrechen. Dies jedoch sind keine Gefühle. Was ihre Augen zittern läßt, ihren Mund verzerrt, ist Panik.
Sie ist aufgesprungen, knotet den Gürtel des Bademantels um sich, starrt auf ihn herunter: »Sag mal, bist du verrückt geworden?«
»Wieso? Was ist denn verrückt daran, daß ein Mann seinem Beruf nachgeht? Dies ist mein Beruf. Ich habe auch in Afrika schon auf diesem Gebiet gearbeitet. Virologie ist nun mal meine Fachrichtung.«
»In Afrika ...«
Sie wiederholt es, als habe sie das Wort nie gehört.
Dann ist sie draußen. Das Zuschlagen der Tür klingt wie ein Schuß. Schröder schiebt sich aus der Wanne hoch, und es ist nicht allein das zurückweichende Wasser, das seinen Körper schwer macht. Enttäuschung, ja, Protest hatte er erwartet mit dem unbehaglichen Gefühl eines Mannes, der weiß, daß er viel, sehr viel aufs Spiel setzt. Aber das? Diese blinde, von Horror und Angst diktierte Reaktion!
Er wirft sich ein Badetuch um die Hüften und knotet es fest. Er macht sich kaum die Mühe, sich abzutrocknen. Er geht hinüber in das Zimmer, und dort neben dem Tisch, auf dem noch immer die Teller stehen und die Kerzen brennen, findet er Ellen, auf einem Hocker zusammengekauert, die Hände gegen die Schläfen gepreßt.
»Ellen?«
»Rühr mich nicht an. Nein! Wenn du das tust ...«
»Wenn ich was tue?«
»Wenn du da hingehst ... Ich ertrag' das nicht. Wenn du das tust, Werner, müssen wir uns trennen.«

»Aber Ellen ...!«
Er setzt sich neben sie, sucht ihre Hand. Sie entzieht sie ihm.
»Ellen, sieh mal: Es muß doch Leute geben, die helfen. Es ist schlimm, ja. Aber nicht für mich, nein – es wird gefährlich für uns alle! Und es braucht Leute, die dagegenhalten. Verstehst du das nicht?«
Sie schweigt.
»Ellen«, sagt Werner Schröder ohne viel Hoffnung, »das sind doch so arme Schweine ...«

Wollweber fährt den Transit mit Schwung auf den Parkplatz an der Gewerbeschule. Jetzt raus, um die Karre rum, Heckklappe auf: die Fahrräder! Er bockt sie auf, klettert wieder in den Wagen und zerrt die schweren Mappen mit dem Hauswurfmaterial heraus. Und bei allem macht der Neue keinen Finger krumm, bleibt einfach auf dem Beifahrersitz.
So ein langes, mageres Würstchen ist das, blond und blaß. Fallschirmjägerstiefel und 'ne teure Lammfelljacke trägt er. Sogar den Kragen hat er hochgeschlagen, dabei knallt die Sonne vom Himmel.
Nein, Wollweber war's von Anfang an nicht wohl, als der Alte ihm am Morgen sagte: »Den Neuen lernst du mir ein!«
»Sag mal, Niederberger, was ist denn? Bist ja ganz grün im Gesicht.«
»Nichts.«
Zittert und lächelt.
»Hast du schon gefrühstückt?«
»Klar.«
Klar ist überhaupt nichts. Aber sie müssen los.
»Du nimmst die Agnesstraße«, erklärt Wollweber. »Erst mal runter bis zur Schleißheimer. Das Studentenheim kannst du dir sparen. Und dann treffen wir uns hier wieder.«
Der nickt nur und stellt sich so blöd, daß Wollweber die Tasche auf dem Gepäckständer festschnallen muß, geht los, geht tat-

sächlich wie ein Besoffener in Schlangenlinien, rempelt eine Frau an, die schimpft, der Blonde beachtet sie nicht mal, hält sich am Lenker fest, nach vorne eingebogen wie ein alter Mann.

Endlich lehnt das Rad am ersten Hauseingang. Der Blonde ist verschwunden.

Doch Wollweber wartet. Ihm ist nicht wohl, bei Gott nicht. Mal sehen, wie lang er braucht. Das dauert vielleicht. Verdammt noch mal: Mindestens drei Minuten sind schon vorbei, und er kommt noch immer nicht raus?!

Wollweber läßt Fahrrad und die Tasche mit den Prospekten, marschiert los, überquert die Straße, schiebt die metallgefaßte Milchglastür auf. Ein breiter, gekachelter Vorraum. Die Treppe. Rechts, neben der Lifttür, eine Reihe von Briefkästen. Keine einzige Sendung steckt darin.

Von dem Blonden – nichts zu sehen!

Er dreht sich um.

Jetzt weiß er, warum: Aus dem Spalt zwischen Türflügel und Wand ragen zwei zerknautschte Fallschirmjägerstiefel.

Das gibt's doch nicht!

Wollweber will losbrüllen. Aber dann sieht er dieses verzerrte, schweißfeuchte Gesicht und sagt keinen Ton. Der Blonde hat beide Hände gegen den Bauch gepreßt, hechelt wie ein Hund, schlecht ist ihm. Wahrscheinlich ein Fixer – völlig fertig ist der.

»Was ist, Niederberger?«

Der Blonde legt den Kopf schief und macht die Augen auf. Helle, fast eisblaue Augen sind es. Der Blick darin ist so voll Elend, daß es Wollweber trifft.

»Ich muß . . . bring mich ins Krankenhaus.« Wollweber kann es kaum verstehen, doch er sieht dieses um Entschuldigung bittende, klägliche Lächeln. Zu einer Grimasse verrutscht es, als er vor Schmerzen zu stöhnen beginnt.

Wollweber kauert sich neben ihn und will gleich wieder hoch,

als ihm ein scharfer, stechender Gestank in die Nase steigt: »Du! Hast du etwa...?« Er kann's nicht glauben.
Der Blonde nickt. Die Augen sind wieder geschlossen. Er faßt an die Brusttasche seines Hemds: »Hier...«, flüstert er. »Dr. Rühle heißt der Doktor. Da ist die Telefonnummer...«
Ja, eine Nummer steht auf dem Zettel. Und das Wort »Poliklinik«. Darunter eine zweite Nummer mit Vorwahl.
»...ist meine Mutter. Kannst du die auch anrufen?«
Was denn noch! Wollweber steckt das Papier weg. Von mir aus die ganze Verwandtschaft. Aber eines ist jetzt glasklar: Den Transit läßt du dir nicht auch noch vollscheißen! Für den ist jetzt der Sanka zuständig.
Er hetzt zu den beiden Telefonzellen am Elisabethmarkt. Eine ist, Gott sei Dank, frei. Mit fliegenden Händen drückt Wollweber Knöpfe.
»Doktor Rühle, Poliklinik«, meldet sich eine Stimme, und Wollweber erklärt, so gut er kann, was geschehen ist.
»Wie heißt der Mann, sagen Sie? Niederberger? Peter Niederberger?«
»Ja.«
»Aha!« – Schweigen. Dann: »Kenn' ich. Richtig, er war bei uns Patient. Aber hören Sie: Wir sind nicht mehr für ihn zuständig. – Wieso? Weil sich das inzwischen geändert hat. Diese Kranken kommen jetzt in ein Pflegezentrum in der Hölderlinstraße. Ich werde dem Rotkreuzfahrer Bescheid sagen. Ja, und Herrn Niederberger werde ich dort telefonisch anmelden.«
»Diese Kranken? Ja, was hat er denn?«
»Eine Immunschwäche.«
»Wie bitte?«
»Aids«, sagt die ruhige, sachliche Stimme des fremden Arztes.
Wie vom Schock getroffen läßt Wollweber den Hörer sinken. Er schließt die Augen: Oh, verdammt!... Den hat er auch noch angefaßt! Mannomann, die Schwulen-Seuche...

Er reißt das Telefon wieder hoch: »Doktor! Der Niederberger hat mir auch noch die Nummer seiner Mutter gegeben. Wie ist das? Soll ich's ihr sagen?«
»Weiß ich nicht. Vielleicht lassen Sie das besser. Aber falls Sie's tun – geben Sie ihr auch die Adresse. Ich wiederhole: Hölderlinstraße 24.«

Als Werner Schröder in der Hölderlinstraße aus dem Taxi steigt, ist es kurz nach vier.
Schröder bezahlt und wartet, bis der Fahrer in einer hölzernen Zigarrenschachtel sein Wechselgeld zusammengeklaubt hat. Auffällig lange geht das. Nun dreht er den Kopf: »Wollen Sie da vielleicht rüber?«
»Wie bitte?«
»Na, da!« Der Mann blickt zu dem flachen, ockerfarbenen Gebäude: Ein freundliches, zweistöckiges Haus unter einem großen Walmdach, hinter Birkenbäumen und Fliederbüschen halb versteckt und von starkem, grünem Maschengitter umschlossen. Das Licht der Sonne schimmert auf dem Dach. Ein Teil davon ist mit knallroten Ziegeln gerade neu gedeckt worden.
»Wieso interessiert Sie das?«
»Nur so halt...« Der Mann verzieht das Gesicht, gibt ihm mit spitzen Fingern hastig zwei Mark Wechselgeld heraus und knallt die Tür zu.
Nur so? denkt Schröder. Und dieser abwägende, nein, angewiderte Blick. Der Gedanke daran läßt ihn nicht los, als er langsam über die asphaltierte Auffahrt dem Eingang entgegengeht. MAX-VON-PETTENKOFER-INSTITUT liest er. »Pflegezentrum«. Und dann auf einem anderen Schild weiter rechts: AMBULANZ.
In der Eingangshalle riecht es nach frischer Ölfarbe. Es gibt die üblichen, farbigen Hinweisschilder, den Zigarettenautomaten, eine Telefonzelle und den Empfang, der von einer funkelnden Glasscheibe abgetrennt ist. Eine ganz normale Station, ja –

deine Station! Und anscheinend brandneu hergerichtet. Selbst die grünen, modernen Plastiksessel in der Halle sind neu.
Er wartet, bis die Schwester von ihrem Computer-Terminal aufsieht. Dann neigt er den Kopf zur Sprechöffnung: »Könnte ich vielleicht Professor Weißhaupt sprechen?«
»Professor Weißhaupt? Der ist gerade weggefahren. Leider. Aber er kommt gleich wieder. Sind Sie Dr. Schröder?«
Schröder nickt.
»Hier!« Sie schiebt ihm eine Hausnotiz zu. Die Uhrzeit steht darauf und zwei Zeilen: »Bin gleich zurück. Bis nachher. – Paul.«
Na schön, bis nachher...
Schröder läßt seinen verbeulten Metallkoffer am Empfang bei einer Schwester, die ganz offensichtlich nicht recht weiß, was sie mit ihm und diesem unmöglichen Gepäckstück anfangen soll. Er gibt auch keine Erklärungen, schiebt die Hände in die Taschen und versucht mit dem kurzen Aufflackern von Unsicherheit fertig zu werden, das ihn befällt. Es ist soweit: Männer-, Frauen-, Infektionsabteilung. Eine große Diagnostik, dazu das mit allen Schikanen ausgestattete Labor und die Röntgenabteilung. Und trotz der Nähe des Schwabinger Krankenhauses auch ein Operationssaal für die Biopsien und die kleine Chirurgie. Hundertzehn Betten. Doch bis jetzt sind nur sechs belegt. »Da mach dir mal keine Gedanken!« Weißhaupt hatte es ihm am Telefon gesagt. »Die werden aus allen Himmelsrichtungen angekarrt. Und die Münchner Kliniken werden auch froh sein, wenn sie von den HIV-Fällen entlastet werden. Bis Ende des Monats hast du alle Hände voll zu tun.«
Was immer ihn dabei erwartete, wie immer auch diese Realität aussehen mochte – zum ersten Mal hat Werner Schröder das Gefühl, gelandet zu sein. Dies hier ist Wirklichkeit! Gestern aber, der Abend mit Ellen, ihr Ausbruch, ihre Vorwürfe, eine Szene von der irrealen, spinnwebenleichten Qualität eines Traums, so, als habe er sie gar nicht erlebt.

Er würde Ellen trotzdem anrufen. – Später...
Rechts geht es zur Diagnostik. Dahinter ein Vorraum und wieder eine Tür. Eigentlich hatte Schröder eine Infektionsschleuse erwartet, doch nein, es ist eine ganz gewöhnliche Tür und ein ganz gewöhnlicher Korridor. Ein paar Bilder hängen an der Wand. Toiletten. Rollbetten. Manche der Patientenzimmer stehen offen.
Als Schröder an der Teeküche vorbeikommt, ist eine junge, rotblonde Schwester gerade dabei, Tabletts zu ordnen. Sie dreht ihm den Kopf zu und lächelt. Schröder nickt und überlegt, ob er sich vorstellen soll, doch in diesem Augenblick erblickt er am Ende des Ganges einen Patienten. Eine Frau. Der schmale, schlanke Körper steckt in einem engen Morgenmantel aus dunkelblauem Stoff. Sie hat kurzgeschnittenes, mahagonifarbenes Haar, und sie ist jung, sehr jung. Die Hand hat sie gegen die Flurwand gestützt, der Oberkörper ist nach vorne gebeugt, in der Haltung eines Menschen, der alle Sinne mobilisiert, weil die Augen versagen.
Nein, sehen kann sie nicht.
Schröder steht nun dicht vor ihr. Und trotz der Elendsbilder, die sein Gedächtnis mit sich trägt, erschrickt er: eine Iritis. Und was für eine! Die Regenbogenhaut des Auges ist so verfärbt, daß sie kaum mehr zu erkennen ist. Ein irisierendes, flüssiges Grau. Aus den purpurrot geschwollenen Lidern rinnen die Tränen die Wangen entlang. Die Wimpern sind gelblich verklebt, und die ganze obere Gesichtspartie ist angeschwollen, als sei sie mit Wasser gefüllt.
Und trotzdem: Irgendwo hinter diesem zerstörten Antlitz die Ahnung von Schönheit. Der Mund... Ja, so jung! Sicher war sie sehr hübsch gewesen, ehe die Infektion sie befiel.
»Bist du das, Monika? – Mensch, ich hab' den Verband weggemacht. Ich halt' das einfach nicht mehr aus! Das Zeug, das die mir geben, hilft doch nichts. Wann kommt endlich der Doktor?«

Schröder räuspert sich. »Ich bin Doktor«, hört er sich sagen.
»Der Dr. Raspe?«
»Nein, ich heiße Schröder. Wissen Sie was?« Er greift nach ihrem Arm. »Jetzt gehen wir zurück in Ihr Zimmer.«
»Und was soll ich da? Verrückt werden?«
»Nein. Ruhig bleiben. Ich schau' zu, daß Sie was kriegen. Versprochen.«
Sie öffnet den Mund, will wohl etwas sagen, doch was Schröder hört, ist ein hohes, rührendes, wieder abbrechendes Geräusch, das wie die Klage eines kranken Vogels klingt. Sie entzieht ihm ihre Hand, tastet an der Wand entlang, öffnet eine Tür. Und dann sagt sie: »Kommen Sie?«
Drei Betten gibt es hier. Das Bett unter dem rechten Fenster ist zerwühlt. Sonnenlicht liegt darauf.
Sie setzt sich, streift die Pantoffeln von den Füßen und reibt die Zehen aneinander wie ein erschöpftes Kind.
»Wie heißen Sie denn?«
»Ist doch egal.«
»Richtig. Entschuldigung.«
»Ist doch alles scheißegal, tatsächlich. Nicht?«
»Kommen Sie, das glaube ich nicht. Und die Augen kriegen wir wieder hin, darauf können Sie sich verlassen.«
»Die Augen?« hört er noch, als er hinter sich die Tür schließt.
»Die Augen...«
Die Schwester hantiert noch immer in der Teeküche herum.
»Sagen Sie, Sie sind Schwester Monika, nicht?«
»Ja.«
»Mein Name ist Dr. Schröder. Wir sind Kollegen. Auch ich habe in Zukunft hier zu tun.«
Sie nickt nur. Weder scheint sie informiert noch besonders interessiert. Aber sie hat ein kluges, lebhaftes Gesicht. Sie muß schon einiges auf Stationen gesehen haben. Und wie Schröder von Weißhaupt weiß: Hier arbeiten nur Freiwillige!
»Ich habe gerade diese Patientin gesprochen. Sie sollte versorgt werden. Wie heißt sie denn?«

»Iris.« Schwester Monika verzieht das Gesicht: »Wirklich, die heißt auch noch Iris... Ist doch ein Witz, Doktor, nicht? Sieht schlimm aus.«
»Haben Sie ihr Cortison gegeben?«
»Bis jetzt. Und Atropin. Aber Dr. Raspe wollte es wieder mit Antibiotika versuchen. Soviel Cortison ist ja nicht gut, oder?«
»Es kommt drauf an. Wenn das Cortison gewirkt hat... Wir müssen die Geschichte möglichst rasch ausheilen. Ist das Auge schon angegriffen?«
Sie nickt. »Bis in die tieferen Schichten.«
Schröder versucht sich die Konsequenzen vorzustellen: Dauernde Sehstörung kann das bedeuten – wenn nicht Blindheit... Er wird mit Raspe reden. Sie werden sich alle zusammensetzen müssen, irgendwo, irgendwann, heute, morgen. Doch als er bei dieser Überlegung ist, legt sich eine Hand auf seine Schulter, und die Schwester sagt: »Guten Tag, Herr Professor!«
Schröder dreht sich um: Paul Weißhaupt!
»Na, bei der ersten Inspektionsrunde?«
»Klar! Rumsitzen und warten, was bringt das schon?«
Sie schütteln sich die Hände, sie lächeln sich an.
Sie gehen den Gang entlang, durchqueren die Halle, Weißhaupt mit großen, energisch ausgreifenden Schritten, die so gar nicht zu dem untersetzten, korpulenten Mann passen wollen, Weißhaupt, der redet und redet und redet, ohne Blick für seine Umgebung, blind auch gegen das »Guten Tag, Herr Professor« der Patienten und des Personals. Was ist bloß mit ihm los? Schröder erinnert sich an die gemeinsam verbrachte Zeit im Robert-Koch-Institut in Berlin. Damals war der kleine, gemütliche Niederbayer bekannt für seinen ruhigen, analytischen Intellekt, nun aber gleicht er einer unter Überbelastung tourenden Maschine, verschießt seinen Ärger in atemlosen Wortsalven, wettert gegen die Bürokratie, dieses Reservat von Hornochsen und Hornärschen, die nichts begriffen hätten und noch immer von Haushaltsansätzen und Kompetenzdefiziten

faseln würden, wenn das Virus ihnen die eigenen Kinder wegfräße.
»Dabei ist Bayern noch Spitze! Was sonst in diesem Land passiert – ich darf gar nicht davon anfangen! Was wir brauchen, verstehst du, das ist die Auffangstellung. Ja, hier kannst du nur noch militärisch reden . . . Krieg ist das! Und wir brauchen Munition: Mittel für die Forschung, Leute und wieder Leute, um das aufzufangen, was auf uns zukommen wird.«
Der Analytiker Paul Weißhaupt hat sich also zum Strategen entwickelt. Und das Zentrum sieht er wohl als Festung in der neuen Verteidigungslinie.
Nun stehen sie im Garten vor dem Eingang: Die Straße so friedlich. Ein Rudel Schulkinder, ein Omnibus, ein Eiswagen. Ein paar Mädchen, die lachend vorüberradeln.
Weißhaupt aber packt Schröder am Arm: »Du! Die Zahlen, die wir von den Amerikanern bekommen, die sagen doch alles. Erschütternd sind die: Von bald einer Million Infizierter reden die. Bis 1991 mehr Tote als in Vietnam. Stell dir das mal vor! Und wir, was tun wir? Den ganzen Vorsprung, den wir vor den Amis hatten – verspielt, verschenkt, verschleudert! Dabei hatten wir jede Möglichkeit. Aber wo sind jetzt die ausgebildeten Kliniker. Die Leute, die ich für das Zentrum bekam, mußte ich überall zusammenwerben. Und es geht ja nicht nur um Pflegepersonal oder Ärzte, was wir brauchen sind Psychologen, Sozialarbeiter, was weiß ich, Freiwillige. Die Kranken im letzten Stadium müssen ja doch betreut und begleitet werden. Wir haben eine interdisziplinäre Kommission gegründet. Da komme ich gerade her. Ein Landratsabgeordneter war dabei. Und weißt du, was der mir sagte? ›Machen Sie sich doch wegen der Safer-Sex-Aktion keine Illusionen, Herr Professor!‹ sagte er. ›Ich brauche nur von mir auszugehen‹, sagte er. ›Glauben Sie, ich würde so ein Ding überstülpen? Ist doch unzumutbar. Wer frißt schon die Praline mit Verpackung, Herr Professor?!‹ – Was soll man da tun? Heulen, lachen, den Mann totschlagen?«

Weißhaupt hat sich auf eine der Bänke bei den Fliederbüschen gesetzt, blickt vor sich hin, schüttelt den Kopf.
»Und wie sieht die Situation bei uns aus?«
»In den Großstädten ganz schlimm. Über zwanzigtausend in Frankfurt und Berlin. Und wenn wir denselben statistischen Multiplikator nehmen, den die Amerikaner anlegen, dann schwanken die Schätzungen für die Bundesrepublik zwischen hundertfünfzig- und zweihunderttausend.«
Schröder atmet tief ein. Also doch? Er hat es nicht glauben wollen. Falls es nicht gelang, die Verdoppelungsrate von zwölf Monaten zu reduzieren, blieben vier bis sechs Jahre zur Erreichung der Millionengrenze! Er erinnert sich der alten Pest-Bibel, die er als Junge in Lübeck auf dem Speicher seiner Großeltern gefunden hatte: ein schweres Buch mit stockfleckigen Seiten. Wenn man den von der Zeit schwarzdunklen Ledereinband aufschlug, stand da:
»Also spricht der Herr: Wehe über allen Greueln der Bosheit, darum sie durch Schwert, Hunger und Pestilenz fallen müssen. Denn ich bin die Geißel über der Sünde...«
Weißhaupt lächelt schwach. Wie der Flug gewesen sei, fragt er. Und natürlich bedauere er, Schröder mit einem so diffusen, emotionsgeladenen Ausbruch begrüßt zu haben. »Aber weißt du, wenn der Kopf voll ist...«
Schröder nickt.
Seine Aufmerksamkeit ist abgelenkt. Dort drüben, am Ende der Straße, das blaue Zucken eines Krankentransporters. Auch Weißhaupt blickt nun hinüber. Der Wagen gleitet die Straße hinab, biegt in die Einfahrt und kommt mit wippendem Heck vor der Ambulanz zum Stehen...

Strömendes Licht bricht durch die hohen Fenster. Um die Rollbahre stehen drei Menschen: ein junger Arzt, eine sehr junge Schwester und ein Mann in grauer Rotkreuzuniform. Er hält einen Plastiksack in der Hand und eine Felljacke unterm Arm.

Der Arzt, der gerade stethoskopiert, wendet sich nun Schröder zu. Sein frisches, braungebranntes Gesicht verzieht sich zu einem matten Lächeln: »Sie sind unser neuer ›Ober‹, nicht wahr? Auch bei uns arbeitet die Buschtrommel, Herr Dr. Schröder. Mein Name ist Achim Fischer.«
»Eine Überweisung?« fragt Schröder.
»Nicht so ganz«, meint Fischer. Schröder tritt näher – und da ist er wieder, der altbekannte Anblick: ein schweißbedeckter, magerer Oberkörper. Die Halslymphknoten daumennagelgroß, deutlich abgehoben, das Gesicht fahlgelb und gespannt, tief eingesunkene Augenhöhlen, dunkle Ränder. Der Patient hat die Lider geschlossen, nichts scheint er wahrzunehmen. Nur sich und seine Schmerzen. Die Knie sind angezogen.
»Herr Niederberger wurde uns von der Poliklinik bereits avisiert. Er war dort bereits zweimal mit starken Entiriden Patient. Nun ist er bei der Arbeit kollabiert«, meldet Dr. Fischer. »Seine Koliken wurden bereits während des Transports gedämpft. Das kriegen wir wieder hin. Nun bekommt er erst mal ein Bad und ein schönes Bett. Und eine gute Infusion – was, Herr Niederberger?«
Noch immer keine Reaktion. Jung ist er! Helles Haar. Die Lokken kleben dunkel und schweißgetränkt an der Stirn.
Als die Schwingtür hinter der Bahre zuklappt, läßt sich Dr. Fischer ein neues Krankenblatt geben. »Niederberger, Peter«, schreibt er drauf, »geb. am 16. 8. 1963 – Erscheinungsbild: Enteritis regionalis.«
Er zögert. Sie schreiben das immer hin, das hat sich so eingeschliffen. Wahrscheinlich eine Kryptosporidien-Enteritis. Es bildet sich eine richtige Tabelle opportunistischer Infekte aus. Manche Fälle erinnern an einen Morbus Whippel. Jedenfalls haben sie in der Poliklinik eine Darmspiegelung bei ihm gemacht: Weder ein intestinales Kaposi noch Kryptosporiden, Viren oder ähnliches. »Im Rotkreuzkrankenhaus, wo ich herkomme, da hatten wir auch solche Fälle. Die armen Schweine

scheißen sich buchstäblich die Seele aus dem Leib! Wir müßten sie in Windeln packen. Bei ihm wenigstens, so sagte mir der behandelnde Arzt von der Poliklinik, greifen immunstimulierende Präparate noch.«
In Fischers Stimme schwingt hilfloser Zorn. Schröder wirft noch einen Blick auf die Karteikarte: Geboren 1963? Ganze vierundzwanzig Jahre alt... Und was schreibt der junge Arzt da? »Nach Auskunft von Dr. Rühle wurde das HIV-Syndrom im Februar 1986 mit einem Lymphadenopathie-Syndrom, Fieberschüben und starkem Gewichtsverlust manifest.«
Vor anderthalb Jahren! Schröder hat dieses blasse, gezeichnete Gesicht vor sich: Sechs Monate noch zu leben, bedeutet das. Vielleicht ein Jahr...
»Das kriegen wir wieder hin, Herr Niederberger«, hatte Fischer gesagt. »Sie sehen ja, wir tun, was wir können.«

Lilien, weiße Lilien haben sie dir gebracht! Sie wissen doch alle, wie sehr du die magst.
Oft genug sieht Peter dies als Traumbild vor sich: der offene Sarg! Er darin. Die Hände gefaltet. Und seine toten Augen blicken in die Gesichter der Freunde.
Den Traum findet er schön. Und er hat versucht, ihn zu verwirklichen, schon ganz früh... Er steht wieder auf der Donaubrücke in Munderkingen. Unten das graue, unerbittliche Wasser des Flusses. Nicht nur die Augen, sein ganzer Körper schmerzt. Sein Vater hat ihn aus dem Haus geprügelt: »Du schwule Sau! Du willst mein Sohn sein? Nicht mal 'n Mensch bist du!« Seine Mutter hatte geweint. Wie immer. »Der Krieg hat das aus ihm gemacht, Bub. Der Hitler. Papa war nicht immer so, glaub mir...«
Ob Krieg oder Hitler, Peter auf der Brücke war das egal. Dann überlegte er sich's und dachte: Wenn der Alte schon bei der Bahn ist, soll die Bahn wenigstens einen guten Zweck erfüllen! Er war die Wiesen am Fluß entlanggelaufen und hatte sich

schließlich auf die Gleise gelegt. Der Stahl war kühl. Peter wartete. Zehn Minuten, zwanzig Minuten – dann dieses feine Dröhnen.
Er hatte es nicht durchgestanden, war aufgesprungen, Züge fuhren viele, es mußte ja nicht dieser sein, doch als er die donnernden, grausamen Räder sah und sich überlegte, was sie mit seinem Körper anstellen würden und wie das nachher alles aussehen würde, hatte er aufgegeben.
Das zweite Mal waren es Tabletten.
Doch eigentlich war schon alles gelaufen. Peter war in der »Traumstadt« München, jobbte hier, jobbte dort, tobte durch die Szene und sog in sich rein, was man so unter der »ganz großen Freiheit« verstand, wohnte dann sogar in einem sehr schikken, ganz in Weiß gehaltenen Gartenappartement in München-Bogenhausen. Das Appartement wiederum mit all seinen Art-Deco-Möbeln und dem ganzen Chichi gehörte Axel. Axel war Steward bei der Lufthansa. Und Axel flog die ganz weiten Strecken. Axel leistete sich zu den drei Zimmern in »allerbester Wohnlage« noch einen MG-Sportwagen und natürlich Klamotten, Klamotten, Klamotten. Das Paradies! . . . Irgendwie so oder zumindest ziemlich ähnlich mußte es wohl aussehen. Peter war davon überzeugt. Und verliebt in Axel bis über beide Ohren. Es ist das Paradies – hatte er entschieden.
Und so strengte sich Peter an wie noch nie im Leben, kaufte Kochbücher, rannte morgens zum Viktualienmarkt, wenn Axel mal Station machte, um die ganz frischen Spargel, das zarteste Gemüse zu holen, konnte sich nicht genug anstrengen, Axel zu zeigen, wie unentbehrlich er war, und wenn Axel wegblieb, auf den Reisen, dann fuhr Peter den roten MG und fragte nicht, mit wem es Axel auf seinen Reisen trieb. Schließlich, konnte nicht auch er in München tun und lassen, was er wollte?
Doch eines Abends war der Traum zu Ende. Alles, was damit verbunden war an Hoffnungen, Freude, Illusionen, wurde ab-

geschnitten wie mit einem Beilhieb. Das war ein Freitagabend. Peter hatte die Wohnung in ein Blütenmeer verwandelt, hatte eingekauft, stundenlang ein gewaltiges Abendessen vorbereitet, sich dann schöngemacht und war fast außer sich vor Freude, als er draußen das Taxi vorfahren hörte und Axels Stimme vernahm. Den Begrüßungsjoint hatte er auch bereits in der Hand, frisch gedreht.

Axel sah ihn nur an. Dann fuhr die Hand hoch, und der Joint flog durch den Korridor.

»Was ist denn?«

»Was ist?! Ja, hast du's noch immer nicht geschnallt? Was ist?... Hör mal, Herzchen, so geht das nicht. So geht nichts mehr! Gar nichts mehr.«

»Hab' ich vielleicht...«

»Was du hast, ist mir scheißegal. Aber eines sag' ich dir: Ohne Test läuft nichts mehr.«

»Ohne Test?« – Zuerst hatte Peter überhaupt nicht begriffen, doch dann dämmerte es ihm. Und auch jetzt war er noch nicht beleidigt, es schien ihm einfach zu albern. Test? Wer nahm das schon ernst, damals, vor vier Jahren? Klar, im »Blue Velvet« war die »Schwäche« schon Thema. Wie auch nicht? Man diskutierte darüber, weil immer wieder welche zurück aus San Francisco oder New York kamen und erzählten, wie's dort zuging, wie die Amis ausflippten, und schließlich, von drüben kam jeder Trend. Aber man war sich auch einig: Diese ganze Aids-Hysterie ist im Grunde nichts anderes als eine Hetero-Hetze, nichts als ein neuer Trick, die Schwulen zu unterdrükken. Das kannte man. Da war man sich einig.

Doch nun stand Axel vor seinem festlichen, gedeckten Tisch mit all dem funkelnden Kristall, den Kerzen, ein Axel, den Peter kaum mehr erkannte, der ihn ansah mit einem kühlen, musternden Blick, so, als würde er sich jeden Moment die Gummihandschuhe anziehen, und der dann tatsächlich fragte: »Was war denn? Na, los schon! Mit wem hast du's getrieben?«

»Hör mal, Axel, spinnst du eigentlich?«
Axel verzog den Mund. Und dann brüllte er los. In der Fluggesellschaft, für die er arbeitete, hätten sie bereits ein halbes Dutzend Krankheitsfälle. »Und gestern gab's 'ne Konferenz. Und da wurde mal endlich gesagt, wie's aussieht. Ihr seid doch alle Traumtänzer hier!« Reihenweise würde jetzt getestet. Auch Axel hatte den Test hinter sich. Bei ihm ist es gut gelaufen – »aber du?!«
»Ich? Wieso denn ich, Herrgott noch mal? Ausgerechnet ich...«
Und dieses »ausgerechnet ich« drehte sich von nun an, schallplattengleich, der letzte Satz vor dem Sprung, in seinem Schädel. Wieso ausgerechnet ich?! Er dachte es auch, als er zum zweiten Mal im Gesundheitsamt in der Dachauer Straße saß, seine Nummer in der linken, die Zigarette in der rechten Hand. Eine nach der anderen rauchte er und wartete, bis man ihn aufrief. Er betrat diesen Raum, es waren sehr kleine Zimmer mit olivgestrichenen Aktenschränken und einer Menge Topfblumen auf dem Fensterbrett. An die Topfblumen erinnerte er sich, doch nicht mehr an das Gesicht der Ärztin, nur an die Brille und die von den Gläsern unnatürlich vergrößerten grauen Augen dahinter. Und daß er nur nickte zu allem, was er gefragt wurde, nickte, ohne es recht zu verstehen. Doch dann hatte er aufgehorcht, und sein Rücken wurde kalt. Das war, als die Ärztin sagte, es wäre ihr doch sehr lieb gewesen, wenn er zu dieser Aussprache gleich seinen Freund mitgebracht hätte. Da ahnte Peter irgend etwas. Nein, da wußte er es bereits. »Positiv«, dachte er, noch ehe das Wort fiel.
Der Schweiß brach auf seiner Kopfhaut aus, und er spürte ihn im Nacken. Positiv. Das Todesurteil. Was denn sonst? Ich...? Warum denn ausgerechnet ich?
»Aber, Herr Niederberger«, hatte ihn die Ärztin beschworen, »daß der Test positiv ausfiel, bedeutet noch lange nichts. Die ganze Methode ist noch ziemlich ungenau. Wir werden also ei-

nen Gegentest machen. Und selbst dann, die Krankheit muß ja nicht ausbrechen, so kräftig und so jung, wie Sie nun mal sind.«

Sie würde ausbrechen. Auch das hatte er damals schon vorausgesehen. Sie würde ausbrechen, wenn er ihr die Chance dazu ließ...

Axel hing irgendwo zwischen Frankfurt und San Francisco in der Luft und entzückte alte Damen mit seinem Charme. Peter aber sah sich in der Wohnung um, betrachtete all die Dinge, die er so liebte und die ihm nicht gehörten: den Schrank, die Leuchten, die Bilder...

Zum ersten Mal wurde ihm klar: Dies ist eine fremde Wohnung! Du hast nichts mehr darin zu suchen. Nicht hier – nicht sonstwo...

Im Badezimmer gab es ein Fläschchen starker barbiturathaltiger Schlaftabletten. »Damit bringst du einen Ochsen um«, hatte Axel mal gesagt.

Gut, er war der Ochse, war es immer gewesen.

Einen Abschiedsbrief schrieb Peter Niederberger nicht. Nur eine Liste. Darauf war sorgfältig, bis auf den Pfennig aufgeführt, was er irgendwelchen Leuten schuldete. Darunter schrieb er die beiden Zeilen: »Mama! Tut mir so leid. Aber könntest du das bitte bezahlen? Ab jetzt koste ich ja niemand mehr was.«

Er holte aus dem Bad die Tabletten und aus dem Eisschrank eine Colaflasche. Den Brief warf er in den nächsten Postkasten und ging dann durch die stillen Vorgärten des Villenviertels zum Schloßpark, dort sangen Vögel, warteten Bänke...

Eine halbe Stunde später entsetzte sich ein älteres Rentnerpaar über einen jungen Mann, der, unverständliche Laute ausstoßend, auf sie zutaumelte und vor ihnen zusammenbrach. Peter Niederbergeer wurde vom Notarzt abgefahren. Im Krankenhaus brachten sie ihn durch, wie auch nicht, doch was folgte, blieb ungelebtes Leben, ein unwirklicher, grauer Schleier von

Tagen und Wochen bei wechselnden Freunden in wechselnden Städten.

Und die Krankheit brach aus.

»Mach weiter, Mensch!« beschwor ihn Rainer, einer der Leute der Aids-Hilfe. »Jeder Tag, den du lebst, ist ein Gewinn.«

So konnte man's auch sehen... Was Peter Niederberger aufrecht hielt, war der Gedanke, niemandem zur Last zu fallen. Bis er wieder kollabierte. Und wieder in die Klinik kam.

Nein: Die Rechnung stimmte nicht. Die Zeit, die ihm bleibt, ist kein Gewinn – ist die Hölle!

Sicher, jetzt sind die Schmerzen abgeklungen. Sie haben ihn gewaschen. Die stinkenden Klamotten wurden weggebracht. Und er hängt wieder am Tropf.

Auch wenn dies nicht die Poliklinik ist mit ihren verschrammten Betten, dem Stöhnen und dem Geschwätz der anderen, auch wenn hier alles neu scheint, das Leinen unter seinen Händen knistert, er wird es nicht noch einmal durchmachen: die Entlassung auf Zeit. Jobsuche. Lügen... Angst... Dann doch ein Job. Das angewiderte Gesicht des Dicken, den er gebeten hatte, seine Mutter anzurufen. Warum ich? Warum bloß... Mama?! Warum?...

Wie hatte sie gesagt? Die Erinnerung ist wie ein kurzes, glückliches Leuchten: »Ein so sauberer Bub! Hält sich immer so sauber. Ein so feiner, lieber Bub...«

Peter zieht die Nadel der Tropfinfusion aus der Armvene, versucht aufzustehen, schafft es auch, hat beide Fußsohlen auf dem Boden, kämpft die Schwäche nieder, die das Zimmer schaukeln läßt. Er geht zum Fenster. Draußen Rasen, Fliederbüsche. Und die fangen schon an zu blühen.

So nah ist alles!

Er überlegt: Du könntest das Leintuch nehmen? Doch dann, wie sieht das aus? Einmal hat er so was gesehen, in einem TV-Film. Das? Nie...

Er blickt sich um, sieht den Spiegel, und von dieser Sekunde an handelt Peter Niederberger zwar wie im Schlaf, doch mit einer präzisen Konsequenz. Er läßt Wasser ins Becken laufen. Warmes Wasser. Über dem Becken ist der Spiegel angebracht. Tut ihm leid: Der muß dran glauben!

Er hängt den Spiegel ab und zerschlägt das Glas an der Ecke des Beckens. Er braucht sich nicht einmal zu bücken, Spiegelscherben glitzern ihn aus dem Grund der Porzellanwölbung an.

Das Wasser schießt über seine Gelenke. Es ist angenehm warm, eine Wohltat.

Dann schließt Peter Niederberger die Augen, greift nach einer Scherbe und zieht die scharfe Glaskante durch sein Fleisch. Es tut noch nicht einmal besonders weh...

Viele, überraschend viele sind gekommen. Hunderte, nein, Tausende von Köpfen sind es. Im Hintergrund: Deutsche Bank. Rathausfassade, der spitze Turm des Isartors. In der Mitte die Marktsäule mit dem Münchner Kindl. Direkt daneben haben sie das Rednerpult aufgestellt.

»Soviel müßte doch heute jedem klargeworden sein: Es gibt keine Risikogruppen, sondern nur ein Risikoverhalten!«

Nur? Nach einem Kameraschwenk füllt das Gesicht des Redners den Bildschirm: ein kantiges, intelligentes Gesicht unter kurzen Haaren, fast wie ein Beamter sieht der aus, nein, eher wie ein Offizier, klare, mutige Augen, ein Mund, der ruft: »Jawohl! Ich bin infiziert! Und wenn ich hier spreche, dann nur deshalb, weil ich noch etwas in meinem Leben erreichen will: daß die Leute aufwachen! Und um davor zu warnen, daß ein Klima der Angst zu nichts anderem führen wird als zu unkontrolliertem Denunziantentum, Arbeitsplatz- und Wohnungsverlust. Deshalb: Wenn sich heute gewisse Leute für die Einführung einer Meldepflicht...«

Weißhaupt steht auf, geht zum Fernseher und stellt ihn ab. Er wendet sch den anderen zu: »Ich weiß, Sie interessiert das alles. Wir sollten es uns auch anhören. – Doch leider, wie die Dinge stehen...«

Sie stehen so, daß als Vorboten des Patientenansturms eine ganze Flut von Überweisungsschreiben, Annahmeanträgen, Krankenkassenbriefen und Patientenunterlagen im Zentrum eingetroffen sind. Nächste Woche, so rechnen sie, werden die Betten bis zu achtzig Prozent ausgelastet sein. Um diesen Ansturm abzufangen und in geordnete Bahnen zu lenken, haben sich im Konferenzraum nicht nur Ärzte, Schwestern, Pfleger, sondern auch die beiden »Seelenärzte«, Carlo Schöller, ein Psychoanalytiker, und Walter Stempf, der Psychologe, versammelt.
Werner Schröder allerdings blieb unbeeindruckt. Damals in Mayombé, als die ersten heftigen epidemischen Cholera-Ausbrüche grassierten, hatten sie andere Probleme zu bewältigen.
Er blickt über die Gesichter. Am besten gefällt ihm Raspe, ein Internist, ein großer Mann mit einem runden, gelassenen, fast heiter wirkenden Gesicht.
Gerade will er sich ihm zuwenden, als das Telefon anschlägt. Er hebt ab.
»Hier ist die Schwester Bärbel«, meldet sich eine aufgeregte Stimme. »Ist der Dr. Raspe bei euch?«
»Ja. Um was geht's denn?«
»Es ist ganz schlimm! Ein Suizid-Versuch... Die Neueinlieferung vom Nachmittag.«
»So? Und was hat er gemacht?« Es ist... Schröder bekommt keine Antwort, nur ein Schluchzen, der gequälte Schreckenslaut einer menschlichen Stimme.
»Jetzt reden Sie doch! Nehmen Sie sich doch, verdammt noch mal, zusammen, Schwester.«
»Eine Spiegelscherbe... Er hat... hat versucht, sich die Pulsadern aufzuschneiden. Kommen Sie sofort! Er ist... völlig ausgeblutet!«
Die Schwester ist in Panik! Und die anderen durcheinanderzubringen, was bringt das schon? Schröder überlegt: Raspe, ja. – Doch nun blickt auch Weißhaupt auf. Schröder nickt ihm zu. Und erst als er die Tür hinter sich zuzieht, weiht er die beiden

anderen ein. Sie rennen den Gang entlang, nehmen die Treppe statt des Lifts. Die Tür zu Zimmer 218 steht weit offen.
Und dann, auf der Schwelle, erstarren sie: Wasser! Wasser, wo man hinsieht. Rosagefärbtes Wasser. Dort neben dem Bett aber kauert ein schluchzendes Mädchen, kaum zwanzig, eine Schwesternschülerin vermutlich. Neben ihr ein Pfleger. Er beugt sich über eine reglose Gestalt. Er hat Handschuhe an, das Mädchen auch.
»Wir haben eine Staubinde angebracht, Herr Doktor«, meldet der Mann. »Und eine Drucktamponade, aber...«
»Mein Gott, legen Sie den Mann doch aufs Bett!«
Der Pfleger wirft einen Blick auf das Mädchen: »Sie kann nicht. Sehen Sie doch...«
Sie dreht ihm ihr tränenüberströmtes Gesicht zu. »Er hat doch... überall das Blut... Meine Füße sind ganz naß. Und hier...«
»Und hier?« Er sieht die dunklen Flecken auf dem weißen Stoff ihres Arbeitsmantels, dunkelrot, Blut. Er hebt die Hand.
»Hören Sie, Schwester, ich verstehe ja, daß Sie Angst haben, aber das ist übertrieben, glauben Sie mir. Es wird nichts...«
»Passieren«, will er sagen, er unterläßt es, sie ist nicht erreichbar, kein Wort vermag diese Schranke von Entsetzen und Grauen zu durchbrechen.
Neben dem Eingang ist der kleine Schrank mit den Desinfektionsmitteln, Mundschutz und Handschuhen. Er öffnet ihn, nimmt einen der Klinik-Detergenten, die jeden Keim blitzschnell neutralisieren, sprüht ihn über die Wasserfläche, die sie umgibt.
»So, jetzt, Schwester – wie heißen Sie?«
»Bärbel.«
»Jetzt schnell raus hier, ja? Nehmen Sie eine Dusche. Ziehen Sie sich um. Aber, glauben Sie mir, Angst zu haben brauchen Sie wirklich nicht.«
Dann faßt er selbst zu. Der Patient ist nicht schwer, bei Gott

nicht. Der Kopf mit dem offenstehenden, röchelnden Mund kippt zurück.
»Los, die Füße hochlagern, damit der Rückfluß eintritt!«
Aus dem Verband sickert es schon wieder. Er zieht die Staubinde fester an. Am gesunden Gelenk tastet er nach dem Puls. Kühl ist die Haut, wachsbleich, und der dünne, zitternde Schlag darunter rast.
»Wir müssen das Volumen hochbringen. Wir brauchen Blutersatz«, sagt Raspe. »Los, 'ne neue Flasche!«
Schröder nickt. »Ich selbst habe ihn noch vorhin an den Schlauch gehängt. Und jetzt?«
Der Pfleger ist bereits losgelaufen, doch an der Tür zögert er. Und dann erinnert sich Schröder: Uwe heißt der Junge, einer der Homosexuellen aus der Aids-Hilfe, die sich für diese Arbeit zur Verfügung gestellt haben. Und Angst hat er nicht. Nur ratlos ist er.
»Mein Gott!« sagt Schröder. »Macht euch doch nicht alle verrückt. Von mir aus ziehen Sie sich halt diese Plastikdinger über die Schuhe.«
Seine Finger tasten nach einer Vene. Bei diesem unter Blut- und Flüssigkeitsverlust zusammengebrochenen Versorgungssystem eine Einstichstelle zu finden, wird nicht einfach sein. Sie ziehen Peter Niederberger die Schlafanzughose vom Leib und versuchen es an der Leistenvene. Eine neue Injektionsnadel. Raspes linke Hand drückt die Vene zusammen, die rechte sticht ein.
Es hat geklappt...
Schröder ist erleichtert. Erst jetzt fällt sein Blick in die Ecke des Zimmers. Dort, halb verborgen vom Vorhang, zurückgelehnt in einen Korbsessel, gekleidet in einen bizarren, schwarzseidenen, mit chinesischen Mustern verzierten Morgenrock, sitzt ein Mann. Er lächelt. Was diesem Lächeln die Intensität eines bizarren Theaterbildes verleiht, sind die Augen: riesige, dunkle Augen in einem weißen, vollkommen abgemagerten Gesicht.

»Was machen Sie denn hier?«
»Ich? Ich sehe da gerne zu. So was macht mir Spaß. Das habe ich schon als Kind gemocht.«
»Bitte, lassen Sie diese Witzchen und gehen Sie.«
»Auch wenn ich's wollte, ich kann nicht, Doktor. Wie denn? Ich hab' sie, die Schwäche. Schwäche total. Aus dem Sessel komm' ich ohne Hilfe nicht hoch. Das können Sie mir glauben...«
Sein Atem geht schwer, die Stimme ist heiser, die Worte kommen sehr mühsam. Schröder glaubt ihm. Er ist damit beschäftigt, den Notverband aufzuwickeln, und hofft zu Gott, daß die kreislaufstützenden Mittel, die inzwischen in Peter Niederbergers Körper mit der Infusion einströmen, ihre Wirkung tun werden.
»Herr Penzolt hat den Patienten gefunden«, sagt der Pfleger, der gerade zurückkommt. »Ohne ihn wäre der Junge tot.«
Und wieder diese gelassene Stimme: »Ist er doch eigentlich sowieso... Nicht wahr? Ich glaube, ich hab' mich da falsch entschieden.«
»Lieber Herr Penzolt«, Weißhaupt hebt begütigend die Hand, »ich kann mir sehr gut vorstellen, daß diese Geschichte Sie ungemein beeindruckt, aber...«
»Vorstellen? Können Sie das wirklich? Ich zum Beispiel kann mir nicht mal vorstellen, daß ich Ihr ›lieber Herr Penzolt‹ bin. Und schon gar nicht kann ich mir vorstellen, daß das, was Sie hier tun, richtig ist. Sie strengen sich furchtbar an. Und ich sehe Ihnen zu. Aber ich finde es nicht einmal rührend, was Sie tun. Für mich ist das nichts als ein guter Anlaß, wieder einmal die Sinnfrage zu stellen. Haben Sie schon einmal darüber nachgedacht, Herr Professor, ob das, was Sie hier unternehmen, irgendeinen Sinn ergibt?«
»O ja!« Weißhaupt antwortet ohne Zögern. »Das habe ich. Das können Sie mir abnehmen.«

»Hat jemand hier 'ne Zigarette für mich?«
Paul Weißhaupt fragt es, als sie im Konferenzzimmer zurück sind. Der junge Fischer reicht ihm seine Packung. Weißhaupt lächelt dankbar, läßt sich Feuer geben, nimmt einen tiefen Zug. »Und ich bilde mir ein, Nichtraucher zu sein... Die erste Belastung, schon kippt der Chef, nicht wahr? So ist es nun mal. Wir sind alle nur Menschen.«
Er räuspert sich: »Wir hatten oben einen Suizid-Versuch: Ein Mann, der sich mit einer Spiegelscherbe die Pulsader aufschnitt. Dazu noch ein Neueingang, mit dem wir uns bisher nicht einmal näher befassen konnten.«
Wieder dieses tiefe, fast inbrünstige Einatmen des Rauches. Alle beobachten es. Und keiner spricht ein Wort. Sie warten. Ein wenig sonderbar finden sie den Chef schon.
»Herr Penzolt hat ihn gefunden. Die meisten werden ihn ja wohl kennen. Wenn ich dazu noch sagen darf: Herr Penzolt ist jemand, den ich nicht nur als Mensch, sondern auch als Architekt über alles schätze. Er hat mir eine Frage gestellt. Er hat sie mir wie eine Pistole vor die Brust gehalten, die Frage: Was macht es eigentlich für einen Sinn, einen Aids-Kranken, der seinem Zustand ein Ende bereiten will, zu retten? Und es war gleichzeitig auch die Frage nach dem Sinn unseres Tuns.«
Mit einer endgültigen und sehr energischen Bewegung drückt Weißhaupt seine Zigarette in den Aschenbecher.
»Was wir hier zu unternehmen versuchen, das ist, zu helfen und zu lindern. Heilen können wir nicht. Damit sind wir, so hart und brutal das auch klingen mag, nichts als eine Sterbeklinik. Früher hätte man uns ein ›Pesthaus‹ genannt. Wir werden erleben, wie Patienten hier eintreffen. Wir werden ihnen menschlich näherkommen, sie lieben lernen. Wir werden auch zu Beginn und sicher mit Erfolg ihre Symptome kurieren können. Doch an den Kern des Übels kommen wir nicht ran. Und was ist die Folge? Sie werden sich wieder melden. Und die Abstände werden immer kürzer werden. Bis wir sie dann endgül-

tig hier haben. Bis zum Schluß... Was ich Ihnen hier schildere, ist so ziemlich die frustrierendste Situation, die ein Arzt erleben kann. Wenn sich einer von Ihnen ihr nicht gewachsen fühlt, habe ich jedes Verständnis dafür.«

Noch immer fällt kein Wort. Irgend jemand atmet tief ein. Schröder beobachtet Monika, die Oberschwester. Da sitzt sie, die Arme verschränkt, an den Mundwinkeln diese wissenden Kerben. Sie kommt aus Berlin, vom Rudolf-Virchow-Krankenhaus. Und das »Virchow« ist noch immer die vorderste Frontlinie im Kampf gegen Aids.

Weißhaupt beugt sich nach vorne: »Wichtig ist wohl, daß wir nichts voreinander verbergen. Und dann darüber sprechen. Daß wir uns gegenseitig helfen. Von uns, hier im stillen Auge des Orkans, wird Ruhe alles sein, was man verlangt, die Ruhe, die unseren Patienten jenen Rest von Vertrauen vermitteln kann, auf das sie Anspruch haben und das ihnen hilft.«

Nun lächelt er sogar, ein aufmunterndes Lächeln, das jedem unter die Haut geht: »Wenn wir es nicht versuchen, wer wird's denn sonst fertigbringen, Kinder?«

Amann, einer der Assistenten, hebt die Hand: »Herr Professor! Und das AZT? Ist es schon in Erprobung? Es soll helfen.«

»Ach, mein Lieber!« Weißhaupt schüttelt resigniert den Kopf: »Kommen Sie einem armen, alten Schlachtroß wie mir nicht mit dieser gelben Rübe. Viele Wundermittel werden uns von Immunologen und Virologen noch angepriesen werden. Erleben wir das gleiche denn nicht seit Jahren in der Krebsforschung? Eine einzige Materialschlacht. Und das Ergebnis? Das AZT soll die Virenumschreibung in der Zelle blockieren. Schön wär's. Aber Retroviren sind nun einmal die kompliziertesten und raffiniertesten der Viren. Die können sich in das Herz der Zelle zurückversetzen, in die Chromosomen, die die Erbinformationen zur Kontrolle und Funktion der Zelle speichern – dann wandeln sie um. Oder sie nehmen die Zelle einfach als Herberge, rühren sich nicht, über Monate, Jahre, viele Jahre

vielleicht, bis dann ihre Stunde schlägt. Was immer sie veranlaßt, sich dann zu vermehren, das wissen wir nicht. Wir wissen so wenig. Die Retroviren-Forschung steckte noch in den Kinderschuhen, als Aids kam. Und nun ist es da.«
Er macht eine Pause, als wolle er in den Kammern seines Wissensspeichers das passende Wort finden. »Wir haben Fortschritte gemacht, richtig – Riesenfortschritte, aber am Fuß des Berges. Überlegen Sie sich: Das Aids-Virus ist das einzige unter den Retroviren, das wir in den menschlichen Zellen erst Anfang der achtziger Jahre isolieren konnten. Und auch erst dann, als es uns gelang, mit dem Interleukin bei den Zellkulturen einen Durchbruch zu erreichen.«
Wieder zögert Weißhaupt. Und dann hebt er nur die Schultern, und es liegt viel Resignation in dieser Bewegung. »Wir brauchen uns nichts vorzumachen: Zuviel liegt noch im dunkeln. Und ich fürchte, es wird so sein, wie wir das seit Jahren aus der Krebsforschung kennen: das neue Mittel! Die ersten verfrühten Bekanntmachungen, die Diskussionen – und dann die Schlagzeilen, der Jubelschrei in den Medien. Und immer die Enttäuschung. Nein, ich mach' mir keine Hoffnungen. Vielleicht gelingt es uns, einen Impfstoff zu entwickeln. Doch was hilft er bei diesem Gegner? Das Virus wird sich wieder ändern, mutiert, und der ganze Aufwand war umsonst. Auf was ich hoffe, ist eine Art Dämpfungstherapie, die Krankheit im Zaum halten, Patienten über lange Strecken hinweg weiterhelfen, das ist vielleicht möglich. Aber dieser Kinderglaube, daß uns am Ende dieses Jahrtausends Aids wie ein böser Traum erscheint – nein, da bleibe ich Skeptiker. Vielleicht, daß sich die Seuche, wie wir es ja in den Pest-Annalen nachlesen können, von selbst wieder zurückzieht. Mag sein. Aber eine solche Hypothese ist für mich bereits Methaphysik. Ich halte mich an die Tatsachen. Und selbst wenn wir mit Aids fertig werden, in der Zwischenzeit werden sich Millionen infiziert haben. Und was machen wir mit ihnen? Wer wird sie versorgen? Und wie?...«

Sie ist fertig, die »Oberin«, müde, erschöpft, Monika Janneks Nerven wollen nicht mehr: Zwölf Stunden am Stück! Ein Laden, der aus den Nähten bricht. Fast alle Betten besetzt, achtzig Prozent. Neueingänge. Die, die schlimm dran sind, sind die Sanften, mit ihnen kann man reden, ihnen kann man helfen. Aber die anderen, die, die es wegdrücken, verdrängen wollen? Zum Beispiel das Mädchen von vorhin, eine Ex-Fixerin, mit Blumenvasen schmiß sie um sich. »Ich will raus hier!« hatte sie gebrüllt. »Hier krieg' ich doch Aids!« Und ist mit ihren aufbrechenden Geschwüren bereits zum dritten Mal in der Klinik. Die einen verdrängen es, die anderen gehen nonchalant darüber hinweg, die anderen werden aus Verzweiflung verrückt. Und nun, nun dreht auch noch Kucki durch!

Sie geht hinüber zu diesem zuckenden, schluchzenden Bündel, das sich in einem der Korbsessel des Schwesternzimmers krümmt.

»Nu komm, Kleene!«

»Laß mich...«

»Nun hör mal, weil du da mal mit den Füßen im Wasser rumgeplatscht bist? Bist du noch zu retten? Du hattest doch Schuhe an.«

Das Schulmädchengesicht, die rührend eckigen Schultern, die unbeholfenen Bewegungen – nein, sie ist wirklich noch ein Kind. Daran ändern weder die Schwesterntracht noch ihre zwanzig Jahre etwas. Und wie ein Kind weint sie auch, mit hohen, gepreßten, spitzen Lauten, verängstigt, verzweifelt, so schrecklich ausgeliefert.

»Ich werde sterben«, weint sie. »Bestimmt...«

»Jetzt hör aber auf!«

»Ich weiß es...«

Bärbel ist nicht die einzige Schwester der Station, mit der sich Monika duzt. Für die junge Oberschwester wiederum bleibt sie »Kucki«, und das hat seine Gründe: Beide sind sie in derselben Straße in Berlin groß geworden. Dort kennt jeder jeden, und so wurde Monika Jannek die erste, der Kucki ihren Traumberuf eröffnete: Krankenschwester! Während der Ausbildung hatte Kucki eine ganze Girlande von Einsernoten nach Hause gebracht, dann kam das Praktikum bei Monika im »Virchow«, wo sie Aids-Kranke betreute. Und schließlich: »Ich geh' mit dir nach München, Monika! Da wollte ich schon immer hin. Klar, ich habe keine Erfahrung, weiß ich doch. Aber ich bin gut. Bitte, Monika!«

Also ließ sich Monika überreden.

Nun bereut sie es, schlimmer noch, Monika Jannek ist nicht nur müde, hilflos fühlt sie sich. Sie versucht sich die Bilder vorzustellen, die Kucki quälen: Penzolt, der entdeckt, wie das Wasser auf den Flur strömt. Der bewußtlose Patient.

»Das Blut, Monika, all das Blut... Dieses schreckliche Blut... Und ich hatte zuerst nicht mal Handschuhe an...«

Der Weinkrampf schüttelt sie wie eine Faust. Die Oberschwester will sie in den Arm nehmen: »Mein Küken!«

Das »Küken« wehrt sich, springt auf, schreit irgend etwas, das sie nicht verstehen kann, und Monika überlegt, wie dieser Schrei zu stoppen wäre, ob sie gar, weil das bei hysterischen Ausbrüchen manchmal hilft, Kucki ohrfeigen soll. Sie bringt es nicht fertig. Sie sieht sie nur an. Und der Blick genügt. Sie führt sie zum Stuhl, setzt sie hin.

»Mein Kleines...«

»Ich wollte doch in Urlaub. Und jetzt muß ich warten. Und wenn der Test...«

»Hör auf mit der Heulerei! Jetzt reicht's doch wirklich. Denk doch: Was war das schon? Nichts. Ein Klacks. Überleg: Überall auf den Stationen in der ganzen Welt passiert Schlimmeres, täglich, stündlich. Da gibt es echte Spritzunfälle. Aber trotzdem, wen hat es schon erwischt? Das sind ganz wenige. Bei uns in Deutschland ist vom Personal noch keine gestorben, das habe ich erst kürzlich wieder gelesen.«

»Aber wenn...«

»Nichts wenn! Höchstens, wenn du dich jetzt nicht langsam zusammennimmst...«
Doch nun verstummt Monika Jannek. Und was sie gerade sagen wollte, hat sie bereits vergessen, denn die Tür hat sich geöffnet. Zwar nur einen Spalt breit, gerade weit genug, um einen Arm durchzulassen. Das Beeindruckendste an diesem Arm ist die Champagnerflasche, die eine schmale Hand hält.
»He!«
»Was ist denn jetzt los?« Kucki hat ganz runde Augen.
»Ja, was schon?« Zwischen Tür und Rahmen pendelt die Flasche langsam auf und ab.
»Komm schon rein, Iris!« ruft Monika.
Ja, es ist Iris, aber nicht die verstörte Iris mit der Sonnenbrille vor den entzündeten Augen, die im blauseidenen Morgenrock durch die Korridore huscht, um ihre Zigaretten zu rauchen oder jeden anzumotzen, der ihr in die Quere kommt, nein, das ist Iris, die einmalige und einzige aus dem »Dreamland«. Hochhackige, schwarze Krokopumps trägt sie an den Füßen, lange Beine in schwarzem Satinstretch, schwarz und schimmernd auch die Bluse, und wo man hinsieht Brillis, Brillis und Silberglitter, markstückgroß an den Schultern, unterm Busen, an den Armen, den Handgelenken, selbst der breite Gürtel ist mit Silberscheiben beschlagen. Und dann noch dieses Lachen. Und wie sie die Flasche hochnimmt und fragt: »Hat hier nicht doch vielleicht jemand Durst?... Und wenn jemand Durst hätte, hat er dann auch Gläser?«
Kucki schluckt. Die Augen! denkt Monika Jannek. Tatsächlich: Iris hat sich die Augen geschminkt.
»Die Augen!« schmettert Iris in diesem Moment triumphierend. »Na, was sagt ihr denn jetzt? Meine Kucker können wieder sehen. Und du, Monika, nicht nur hell und dunkel, nein, auch ob du sauer bist oder ob es sich bei so 'ner Figur jetzt um 'nen Gummibaum, Pfarrer oder Arzt handelt. Gläser allerdings – soweit bin ich noch nicht. Die sind bei mir noch nicht

auf dem Film. Die sind zu durchsichtig. Und dabei brauchen wir die jetzt doch wirklich.«
Kucki schüttelt nur den Kopf, weiß nicht, was zu sagen, wie zu reagieren. Doch ihre Angst scheint sie fürs erste los, und die Oberin lacht dankbar: »Na, los schon!«
Und so holt Kucki die Gläser vom Bord, Iris strahlt, der Korken knallt, und dann schäumt es tatsächlich, und Iris nimmt das Glas hoch vor die Augen, die Iris aus dem Swinger-Club »Dreamland 2«, Reutlingens »Top-Adresse für exklusiven Sex«, dem Treffpunkt der »individuellen Wünsche«.
Vom »Dreamland 2« hatte Iris Monika mal eine Nacht lang erzählt. Doch die Phantasie der Oberschwester versagte vor den Bildern, die Iris aus der Erinnerung holte, vor der Vorstellung irgendwelcher wildgewordener Spießerinnen, die splitternackt vor wildfremden Typen »blinde Kuh« gespielt hatten. Davon zumindest war geblieben: »blinde Kuh«. Und Iris' heiliger Schwur: »Aber ich war immer clean, Monika. Glaub mir. Nie ohne Präser, verstehst du?«
Es hatte nichts genützt...
»Mensch«, flüstert sie jetzt andächtig, »ist doch 'n Geräusch, wa? Nichts hör' ich so gern wie Champagner im Glas! Was iss'n mit euch? Ihr seid so ruhig. – Los, Prost!«
»Ach, Iris, die Kleine ist heute nicht so gut drauf. Die hat Angst.«
»Weiß ich, weiß ich. Ich weiß doch alles. Ich weiß sogar warum. Vielleicht kann ich noch nicht so richtig sehen, aber hören tu' ich das Gras wachsen, verstehst du? Und jetzt hörst du mir zu, Kucki. Guck mich an und merk dir's: Angst, schon das Wort wird ab jetzt gestrichen. Und weißte warum? Weil dir nichts passieren wird. – Nie!«
Sie nimmt einen tiefen Schluck. »Sowenig wie mir«, sagt Iris dann, setzt das Glas ab, schnalzt mit den Fingern und hämmert tatsächlich noch mit den Absätzen einen heißen Rockrhythmus auf den Linoleumboden des Schwesternzimmers.

Und so, mit zuckenden Hüften und schimmernden Augen, lächelt sie Kucki an: »Und noch was wirst du jetzt von mir hören, Kleines: Du wirst nicht krank – und ich, ich werd' wieder gesund. Einfach so!«
Schnipp – machen Daumen und Zeigefinger. »Und du bist viel übler dran als ich. Weil du gesund bleibst, mußt du hier versauern. Ich aber komm' raus!«
Weiter geht's: Ratatatam! – »Und wenn ich hier raus bin«, ruft Iris jetzt und hat das Glas schon wieder am Mund, »dann kommt erst mal die Ilse dran. Die mach' ich vielleicht fertig, das Miststück! Will mir das Appartement kündigen, dabei haben wir beide gemeinsam dafür gelöhnt und beide dasselbe... Einfach kündigen! Und wißt ihr, wieso? Ich könnt' sie anstecken, sagt das Luder. Anstecken, die? Muß man sich mal vorstellen! Na, und wenn das erledigt ist, fahr' ich dahin, wo ich immer hinfahren wollte: an den Wolfgangsee, in die Berge.«
Nun ist sie doch ein wenig außer Atem, vergreift sich im Stuhl und wäre sogar gestürzt, wäre Monika nicht rasch aufgesprungen.
»Aber den Sekt habe ich nicht verschüttet, was, Oberin? – Und jetzt noch was, Kucki: Du kommst mit mir an den Wolfgangsee! Hast du 'nen Führerschein? – Ja?«
Zum ersten Mal lächelt Kucki und nickt: »Ja.«
»Und ich hab' 'nen tollen Schlitten. Wir orgeln los! Was hältst du davon?«
»Toll!« sagt Kucki.
»Siehste! Immer los, weiter, bis ans Ende der Welt, ja?«
»Prima«, lächelt Kucki.
Ja, prima! – Iris wird ernst und betupft sich nun doch mit einem sterilen Papiertaschentuch die entzündeten Augen. Ganz vorsichtig, damit die Schminke nicht zerläuft. »Weißt du, was der Ernst gesagt hat, der Ernst Penzolt? Er ist zwar nur noch ein Gerippe, aber der einzige Mensch, der einzige Mann hier auf der Station. Wenn du aidskrank bist, hat er gesagt, wenn du das

hast, Iris, dann faß jeden Tag in Gold. Und das geht. Jeder Tag, hat er gesagt, jeder Tag kann so lang sein und so schön wie ein ganzes Leben...«

Schröder braucht den Blick nur von den soßetriefenden Semmelknödeln zu nehmen und durchs Glas des Restaurantfensters hinauszusehen. Da hat er's dann: München. Das sogenannte Herz Münchens sogar, Schwabing. Da ist es! Die Viererkolonnen der Autos, auch sie nun naßglänzend von dem plötzlichen Regen, der den Sonnentag beendet hatte. Der Abglanz der Neonreklamen auf nassem Asphalt, die Pappeln, die Menschen, die Jungs auf ihren schweren Motorrädern und die anderen, die mit Porsches durch die Gegend preschen, die Liebespaare natürlich und dazu all die Rentner, Penner, Betrunkenen, Bettler – die auf der anderen Seite der Glitzerwelt. Dies alles.

Vor zwei Wochen, auf der wackeligen Veranda der Station, vor sich einen Vorhang von Regenschnüren, hinter dem die Schatten des Waldes sich in grauem Waschküchendunst auflösten, hat Schröder versucht, sich München vorzustellen – und es nicht geschafft. Nun aber...

Er setzt das Glas an die Lippen. Das Unglaubliche, wird ihm bewußt, ist: Du nimmst die Stadt bereits als selbstverständlich! Der Mensch gewöhnt sich an alles? O ja, das schafft er mit Bravour. Noch eindrucksvoller ist seine Fähigkeit, alles – aber auch wirklich alles – zu verdrängen, was ihn stören könnte. Mehr Leistung, mehr Geld und damit, das versteht sich ja, noch mehr Spaß. Alles ist möglich, verfüg- oder kaufbar. Und wenn es dann doch nicht so recht klappen will, wenn er mit den Veränderungen, die er selbst schafft, nicht zurechtkommt, schließt er die Augen, zieht den Kopf ein und betet sich sein »So-schlimm-wird's-schon-nicht-kommen« vor. Die mit dem Aufkleber »Mein Auto fährt auch ohne Wald« nehmen ihren Urlaub in smogfreien Gegenden. Und die anderen, die abends vor dem

Fernseher ein leichtes Schaudern bei den Horrornachrichten über die Aids oder Ozon-Zerstörung befällt, sprühen sich anschließend mit Treibgas ihre Duftwässerchen unter die Achselhöhlen und marschieren in den Massagesalon.
Noch wird die Angst im Unbewußten blockiert, denkt er, doch bricht sie mal aus, was dann? Änderung bringt nicht Einsicht – nur Erfahrung, das haben die Kriege gezeigt. Erfahrung, manchmal die Angst davor, ist der große Veränderer. Und wahrscheinlich sind auch die kleinen Siege wie die großen Triumphe der Menschen aus dieser Angst geboren: der Angst, unterzugehen.
DENN ICH BIN DIE GEISSEL! – Die Geißel als Veränderer wie als Symbol der Macht? Vielleicht auch, daß Angst rettet?
Die dort draußen zum Beispiel, die im grauen Zweireiher und korrektem Gabardinemantel, die anderen mit ihren Punkfrisuren, Silbergürteln, Fransenhemden und Lederhosen, sie würden sich ihre schönen Illusionen nicht nehmen lassen. Denn dies ist die Gegenseite: Wieviel überströmende Lebenslust, wieviel Freiheitsgefühl, wieviel Freude, innerer Reichtum, Liebe werden von den Keulen der Angst zertrümmert? Wer kann das wissen?
Er schiebt den Teller beiseite. Und bei der Kellnerin bestellt Schröder sich dann einen Obstler: »Einen Doppelten!« ruft er ihr nach.
Da hockt er nun, ein halbes Bierglas vor sich, in einer Kneipe, die ihn anödet, Kämpfer an der Aids-Front oder, wie Paul Weißhaupt es formuliert: im stillen Auge des Orkans!
Warum bist du nicht in Hamburg geblieben? Einige Male schon hatte ihn dieser Gedanke angefallen wie ein lauernder Wegelagerer. Das »Pest-Haus« – dieses Wort bekommt er nicht mehr aus dem Kopf. »Lindern, ja, doch helfen ist nicht drin...«
Schröder steht auf, geht in den kleinen Vorraum, wo sich das Telefon befindet. Sein Notizbuch braucht er nicht zu ziehen.

Die Nummer weiß er auswendig. Er wählt – das Besetztzeichen antwortet.
Er hängt auf, etwas unsicher, ob das Erleichterung ist, die ihn überlegen läßt, ganz aufzugeben. Was soll er ihr auch sagen? Würde sie ihn verstehen? Kann er mit ihr reden? Schröder entschließt sich zu warten. Sein Blick fällt auf die Illustrierte, die auf dem Telefonbord liegt. Eine Reportage über die Aids-Kranken der Berliner Westend-Klinik: »Und sie sterben so schrecklich langsam...«, lautet die Überschrift.
Er versucht es nochmals.
Und da ist ihre Stimme: hell, erwartungsvoll, erfüllt von Freude.
»Mein Gott, Werner! Was hab' ich drauf gewartet, daß es klingelt. Den ganzen Abend sitz' ich hier schon rum. Wie ist das, wie geht's dir? Los, erzähl doch!«
Das tut Schröder. Und erzählt Belangloses, daß er noch im Hotel wohnt, in einem kleinen Hotel am Ende der Leopoldstraße. Die Stadtverwaltung werde ihm eine Wohnung besorgen. Und daß er in lauter Arbeit und administrativem Kram ersticke. Ja, und heute abend habe Weißhaupt ihn eingeladen, zu sich nach Hause, aber da werde ja doch nur gefachsimpelt – deshalb sitze er in einer Kneipe rum, vor allem auch, um sie anzurufen...
»Und du willst also in München bleiben?«
»Was heißt willst, Ellen? Ich muß doch.«
»Wirklich, Werner?«
»Ellen!«
Er hört ihren Atem, rasch geht er, rasch und erregt. »Werner, das tut mir so leid. Ich kann dir gar nicht sagen... Aber ich kenn' mich. Weißt du, ich habe versucht zu verstehen. Aber was hilft alles Verständnis, wenn ich mit mir selbst nicht im reinen bin?«
»Ja«, sagt Schröder. Und: »Natürlich.«
»Werner, nicht daß du mich falsch verstehst, um Himmels willen! Was dich angeht, ich meine, meine Beziehung zu dir, da ist

alles in Ordnung. Hundertprozentig. Ich habe unheimliche Sehnsucht nach dir. Aber weißt du, das andere...«
Wieder wartet Schröder. Er kann ihr nicht helfen. Er hört ihren Atem, doch er bleibt bei seinem Schweigen.
Das andere... denkt er. Nun fang schon an!
»Ich weiß nicht, ob du mich verstehen kannst? Aber ich war schon als Kind so. Kranke, das war für mich unerträglich. Als meine Tante Krebs hatte – und meine Tante, die war mir viel näher als meine Mutter, sie hat mich praktisch erzogen –, verriegelte ich mich in meinem Zimmer. Und dann machte ich meinen Eltern so eine Szene, bis sie mich nach Hause nahmen. Allergie, Ekel, Grausen, wie soll man so was nennen? Sag mir, geh zum Psychiater, okay, das würde ich verstehen. – Hör mal... Hörst du überhaupt zu? Bist du noch da?«
»Ja. Ich höre.«
»Das übersteigt einfach meine Kräfte, Werner. Ich kenn' mich. Und dazu kommt noch meine stockbürgerliche Erziehung, dieses ganze Etepetete. Vielleicht liegt's daran? Aber ich kann mir einfach nicht vorstellen...«
»Was kannst du dir nicht vorstellen?«
»Was schon? Daß mein Partner, daß der Mann, den ich liebe, mit Menschen, die sich so was eingefangen haben, mit solchen Leuten, was zu tun haben will.«
Bisher hat Schröder nur gelauscht. Nun kommt der Zorn. Er spürt ihn, ein feines Knistern in seinem Nacken, das sich verdichtet, mit Kraft füllt, durch seinen Körper schlägt wie ein elektrischer Stromstoß: »Was eingefangen? Die Schwulen-Pest, ist es das? Was heißt, solche Menschen?!«
Ihr Atem! Nun noch heftiger, flacher...
»Verdammt noch mal!« Er ist nun völlig außer sich. Und es ist ihm auch egal, daß die Kellnerin drüben an dem Beistelltisch plötzlich hochfährt und ihm ihr Gesicht zuwendet. »Himmelarsch!« brüllt Schröder. »Ihr in euren feinen Hamburger Kreisen, bumst ihr vielleicht nicht? Eingefangen – jawohl!! Eine

Krankheit ist es wie jede andere. Nur, daß sie der Tod beendet, obwohl sie mit Lust zu tun hat! Über so ein schweinisches Thema redet man wohl nicht bei euch? Aber Tod bleibt Tod! Hier heißt er Immunschwäche. Vielleicht geht es mal in eure Köpfe, daß auch ihr etwas mit Aids zu tun haben könntet, ja, daß es dich selbst, daß es auch euch etwas angehen kann!«

»Werner!«

Er läßt sich nicht unterbrechen, nicht mehr: »Eines ist mir jetzt klargeworden, Ellen: Nicht nur eine körperliche Immunschwäche gibt's – auch eine im Kopf! Und davon sind heute die meisten befallen.«

Nein: Den Hörer knallt er nicht auf. Vorsichtig, als sei er etwas ganz und gar Zerbrechliches, legt er ihn auf die Gabel zurück.

Als er zu seinem Tisch gehen will, sperren ihm zwei Menschen den Weg: Die magere Kellnerin und ein dicker, vierschrötiger Bayer. Leberschaden! – Automatisch diagnostiziert es der Arzt in Schröder: Knollennase, große Poren, ein violett verfärbtes Gesicht. Verfärbt von Empörung oder Alkohol, es läßt sich nicht unterscheiden. Wahrscheinlich von beidem.

»A solche Sauerei!« Speicheltröpfchen treffen Schröders Gesicht. Und dann versteht er, was der da rauspreßt: »Joa, gibt's denn so woas? Dös Telefon muß i joa jetzt desinfiziern loassen. Sie hoam's doch, s' Aid's, geben S' es zua! A so oiner in meinem Lokal?! Machen S', daß S' rauskomma, sofort! Zahlen brauchen S' au net. Bloß raus! Sonst hol' i die Polizei!«

Die Tür klappt hinter ihm zu, durchschneidet den Fettmief von gebratenem Fleisch, Zigaretten- und Zigarrenqualm.

Schröder atmet tief durch. Er kann nicht denken.

Er sieht einem Rudel junger Leute nach, die wild lachend und aufeinander einschreiend sich an den Händen halten und einem von zuckendem, orangefarbenem Licht umwehten Disko-Eingang zustreben. Er beobachtet sie mit dem distanzierten, etwas ungläubigen Interesse, mit dem er die Vollmondtänze in Mayombé erlebt hatte. Damals kamst du dir manchmal vor wie

ein Afrikatourist. Und jetzt? Der Mann aus der fliegenden Untertasse, gerade auf einem fremden Planeten gelandet...
Na gut: Ellen, die große Liebe, ist abgehakt. Nebst anderen Illusionen...
Plötzlich hat er das Gefühl, als würde er aus den erleuchteten Restaurantfenstern in seinem Rücken beobachtet. Er wendet sich nicht um. Er winkt ein vorbeifahrendes Taxi heran. »Hölderlinstraße 24«, sagt er zu dem Fahrer.

Ein bläulichgleißender Lichtstrahl, dünn wie ein Stab – sonst Dunkelheit.
»Herein«, hatte die Stimme gesagt. Doch Schröder bleibt stehen, die Hand auf der Klinke. Das Spotlicht schmerzt in den Augen. Es ist nicht auf die Tür, sondern auf die kleine, gipserne Nachbildung eines Wohnhauses gerichtet: Ein Architekturmodell. Es steht auf einem Hocker am Fußende des Bettes. Auf Stühlen, dem leergeräumten Nachbarbett, überall Gebäudemodelle und Architekturskizzen.
»Nun kommen Sie schon!« sagt die Stimme. Dann ein Geräusch, das wie ein Lachen oder unterdrücktes Husten klingt. »Ob Sie's glauben oder nicht – irgendwie habe ich Ihren Besuch erwartet. Sie sind doch der neue Oberarzt?«
»Wir sind hier zwei, Raspe und ich«, sagt Schröder.
Ernst Penzolt schaltet die Nachttischlampe ein. Der dunkle, aufgerichtete Schatten im fließenden Grau des Bettes verwandelt sich in das zurück, was er nun mal ist: ein lebendes Skelett. Der kahle, totenblasse, graue Schädel mit den bläulichen Schatten unter den Backenknochen, ein Mund, der noch immer lächeln kann, woher er auch seine Stärke beziehen mag. Und diese Augen, vom Fieberglanz überzogen! Die blaurötlichen Hautkrebsstellen, die zu astdürren Gebilden abgemagerten Arme...
Ja: Penzolt lächelt!
»Ich hätte Sie ja gerne mit Toupet empfangen, Doktor. Aber

wenn Sie einfach so reinschneien...« Auch das sagt er klar, ohne Atemnot. Und als müsse er es erklären, sagt er: »Mir geht's heute verdammt gut. Es ist unglaublich, irgendwo halten sich in meinen Lungen noch Gesundheitsinseln, die funktionieren und funktionieren.«

Schröder nickt. Was soll er antworten? Er blickte sich um: »Was ist das? Eine Ausstellung?«

»In etwa. Und die nette, kleine Schwester Bärbel hat mir dabei geholfen. Es hat auch ihr geholfen. Sie war vollkommen fertig, heulte nur so vor Angst. Ein schlimmer Schock, nicht wahr? Wissen Sie...«

Ein Hustenanfall würgt seine Stimme ab, schüttelt ihn, und als er abklingt, bittet er erschöpft: »Nehmen Sie die Zeitungen dort drüben weg, sonst haben Sie ja gar keinen Stuhl. Setzen wollen Sie sich doch, oder?«

Das will Schröder. So räumt er den Hocker ab, versucht mit seiner Verwirrung fertig zu werden und zu tun, als sei dies alles völlig normal. Und ist es das nicht?

Eine ganz normale Situation? Warum soll ein Mann, der nur noch wenige Tage, Wochen, vielleicht auch nur Stunden zu leben hat, sich nicht mit den Dingen beschäftigen, die die wichtigsten in seinem Leben waren?

Als habe Ernst Penzolt auch diesen Gedanken erraten, sagt er: »Das ist eine Ausstellung mit einem einzigen Besucher. Mir selbst. Ich kann nicht sagen, daß ich sie besonders liebe. Doch vieles ist ganz passabel. Und auf manches bin ich stolz. Die Kapelle dort drüben zum Beispiel. Sie habe ich immer sehr gemocht. Sie steht an einer Autobahn, und ich war sehr stolz darauf, als ich den Auftrag bekam. – Ein Mann wie ich...«

»Darf ich Sie was fragen, Herr Penzolt?«

»Bitte.«

»Sie sind ein bekannter Architekt. Sie haben sicher viele Freunde. Doch Sie bekommen keinen Besuch. Warum wollen Sie niemanden sehen?«

Der Blick der dunklen Augen bleibt auf ihm haften, und es ist schwer, ihm zu begegnen. Noch schwerer ist es, zu erkennen, was Penzolt bewegt. Er scheint nachzudenken. Vielleicht schläft er? Doch dann öffnet sich wieder der Mund: »Die Zeit frißt, Doktor. Sie frißt nicht nur Fleisch. Sie frißt alles, was wir tun. Zement bröckelt, die Träger rosten, der Wind schlägt die Fenster ein. Was hat das mit der Idee zu tun, aus der es entstand? Das ist Verfall. Sie haben recht: Ich bin Architekt. Als Künstler liebe ich Schönheit. Meine Modelle sind auch schön – zumindest hübsch. Alles so sauber, nicht, diese Modellchen? Nein, ich weigere mich, den Anblick des Verfalls jemandem zuzumuten.«
»Aber, Herr Penzolt...«
»Das ist so, und ich weiß es. So wie ich weiß, daß ich mein Soll bald erfüllt habe. Darin besteht mein Glück: zu sehen. Der arme Junge aber, dieser Peter Niederberger, oder die anderen? Ich kannte einen, dem schlug Aids ins Gehirn. Enzephalitis! Die ›opportunistische Infektion‹, wie ihr das so schön nennt. Hätte er sich wenigstens für Napoleon gehalten. Nein, wenn der aus seinen Krämpfen aufwachte, kroch er im Zimmer umher und bellte...« Wieder erstickten Worte in krampfartigem, schrecklichem Husten. Es ist wie eine Faust, die seinen Körper zusammenpreßt, nach vorne pendeln läßt, ehe er, einem Ertrinkenden gleich, den Kopf zurückwirft.
Schröder springt auf und greift nach der Sauerstoffmaske.
»Geht schon, geht schon...« Penzolt schüttelt den Kopf, greift nach einem Taschentuch und tupft sich Schweiß und Speichel ab: »Ich gewöhne mich daran. Ist das nicht unglaublich, selbst das Ersticken gehört zum Tagesablauf... Das wird so normal wie alles andere. Und die Frage bleibt doch immer: Was ist eigentlich normal in einem Leben? Wissen Sie, was ich manchmal denke? Daß das, was ich hier durchmache, auch etwas mit Architektur zu tun hat. Jedes Leben ein Entwurf, nicht? Die meisten sind Dilettanten, bei der Ausführung hapert's dann.

Ich fürchte, ich kann mich da nicht ausnehmen. Den aber, der es entworfen hat, trifft keine Schuld. Und der Tod, Doktor, das ist die Signatur.«

Schröder nickt. Und nun lächelt Penzolt wieder.

»Warum mich niemand hier besucht, haben Sie gefragt? Interessiert Sie das wirklich? Das ist nett von Ihnen. Ich kann Ihnen eine Erklärung geben. Ich habe einen Freund, Doktor, einen jungen Freund. Das ist bei uns so üblich, nicht?«

Wieder das Lächeln. »Er heißt Axel. Aber ich habe Axel weggeschickt. Er bekam von mir einen Auftrag in Italien. Er ist Designer und sehr talentiert. Nun gut, es war ein Vorwand. Und ich frage mich heute noch, ob er es geahnt hat. Jedenfalls habe ich ihm verboten, hierher zu kommen. Und er hält sich dran. Nein, das hier, das soll er nicht sehen. Das muß ja nicht sein, finden Sie nicht? Ich will's ihm nicht zumuten.«

Penzolt schließt die Augen, der Kopf fällt seitlich ins Kissen.

Schröder erhebt sich. »Sie müssen jetzt schlafen.«

Mit geschlossenen Augen verzieht Penzolt den Mund: »Damit die kleinen, lieben Keime – wie heißen sie noch, Pneumozystis carinii – weitermachen können ... Nur nicht stören, was, Doktor? O nein ...«

Die Stimme ist so schwach und erschöpft, daß sie kaum zu vernehmen ist: »Ich sehe meine Modelle, da brauche ich die Augen nicht aufzumachen. Und wissen Sie, warum ich sie sehen will, Doktor? Damit ich weiß, daß ich auf dieser Welt gewesen bin. Das reicht mir schon. Das ist wichtig: zu wissen, man war hier und hat was getan ... Finden Sie nicht?«

»O ja, das denk' ich auch. – Danke.«

»Für was?«

»Für die Dinge, die Sie mir gesagt haben.« Schröder zögert. »Ich wollte Sie heute abend besuchen, Herr Penzolt. Ich hatte keinen beruflichen Grund. Ich kam nicht als Arzt zu Ihnen. Aber irgendwie dachte ich mir, es wäre gut, mit Ihnen zu sprechen. Und ich habe recht gehabt. Es war gut.«

Penzolts Atem wird wieder laut. Nichts ist zu hören als dieses knarrende Auf und Ab. Doch dann sieht er Schröder an: »Alle wollen mit mir sprechen. Das ist ein bißchen komisch, aber man gewöhnt sich daran. Nur, wenn ich jetzt eine Bitte hätte, was dann?«
Seine Augen sind überraschend klar und sehr ruhig.
»Welche Bitte?«
»Nun, zum Beispiel, daß Sie mir eine Spritze geben. Die, die allem ein Ende macht. Würden Sie das?« Der Husten versucht die Stimme abzuwürgen, diesmal schafft er es nicht: »Würden Sie es tun?«
Schröder bringt keine Antwort zustande. Der lächelnde, vom Fieber und Tod gezeichnete Mensch im Bett macht es ihm auch jetzt wieder leicht.
»Keine Sorge, ich werde Sie nicht darum bitten. Der reife Apfel fällt schon von selbst vom Baum, Doktor. Aber der Junge heute, das war schlimm. All das Blut... Und die kleine Bärbel mit ihrer Angst. Sie tun mir so leid... Warum wird es ihnen zugemutet? Sagen Sie es mir? Was ist das für eine Welt, wo die Jungen nicht nur verraten werden, sondern derart leiden müssen?«

Schlafen können – o ja, schlafen!
Eingeschlossen sein in die bleierne, schwarze Kugel am Grunde des Ozeans. Nicht erwachen. Nie... Aber du erwachst doch – und da ist jäh die Hoffnung: Es hat sich nichts geändert. Du hast es nur geträumt. Du bist der, der du immer warst...
Nicht einmal die Hoffnung überlebt. Eckart Neubert bleiben zwei, drei Herzschläge, dann bricht sich die Wirklichkeit wie mit glühenden Zähnen Bahn: Schmerzen, die wie spitze Dolche im Bauch wühlen und das Stöhnen aus dir herausschleudern. Schweißgetränkte Bettlaken. Gelenke, unbeweglich wie in Stahlklammern.
Und der Körper, dieses monströse Ding!

Worauf Eckart einst stolz war, eine schlanke, muskulöse Glätte, vom UV-Licht der Sonnenstudios auch im Winter bronzebraun gefärbt, dieser Körper ist für ihn zum Schimpfwort geworden: Beine, so dünn wie Stuhlbeine. Die Arme? – Ein Druck reicht, und du weißt, der Mensch hat Elle und Speiche. Knochen – und alles nur noch von papierner, fieberheißer, von Geschwüren verwüsteter Haut umkleidet...

In solchen Sekunden kann Eckart weinen wie ein Kind.

In solchen Sekunden war er immer froh, daß die Tränen niemand sah. Nun ist ihm nicht einmal das geblieben. »Tut mir leid, Herr Neubert, aber das Boot wird langsam voll. Für Zimmer 214 haben wir jetzt noch einen Gast.«

Der »Gast« ist ein großer, schwerer Mann, vierzig vielleicht, Schnauzbart, graues Haar, dazu ein mißtrauisches Grinsen und der entsetzliche grau-violette Schlafanzug, der Eckart sofort sagte, daß er nicht zur Szene gehört. – Ein Hetero.

Fernfahrer sei er, hatte der Mann gesagt. Und: »Wir kommen schon miteinander aus, oder?«

Was läßt sich diesem »oder« schon entgegensetzen? Noch hat Eckart sich selbst. Und seine Haut – so verunstaltet sie sein mag, sie bleibt die Hülle, die eine Innenwelt von Visionen und Erinnerungen umschließt. – Und die immer gleichen Alpträume: Nackt an den rotierenden Zeiger einer Kirchturmuhr gefesselt zu sein, zu spüren, wie sich die Riemen lockern, langsam zuerst, unaufhaltsam und dann der Sturz in eine von rötlichem Licht durchzuckte Dunkelheit...

Benommen, geschüttelt von Angst, sieht Eckart sich um und weiß plötzlich, wo er ist: New York!

Wieder New York! Irgendwo in den Straßen um den Times Square. Und Gary Moore singt. Und da sitzen sie in ihren knallengen, schwarzglänzenden Lederjeans, sitzen mit nacktem, tätowiertem Oberkörper, kurzgeschorenen Haaren, kantigen, schwarzen, weißen und weichen Gesichtern, mit muskulösem und schlaffem Fleisch. Lederriemen, schüchternes, bit-

tendes oder freches Lächeln. Und all der Poppers- und Marihuanadunst, den der riesige Ventilator über der Theke nicht wegzuschaufeln vermag.
Auch Eckarts Blut peitschen die Drogen. Und er findet es herrlich: Sich weder erinnern müssen, wer du bist, noch wer du sein sollst – nein, frei zu sein, frei in allem, den Sex wie das Meer zu spüren, dem Wunsch, die Grenzen hinauszuschieben, nachgeben, immer weiter, im Dark-Room unter dem Stöhnen der anderen mit etwas zu verschmelzen, das man sucht, ohne es benennen zu können. Sehnsucht – oder das Sehnen nach der Sehnsucht...
Dieses Sehnen, daß am Ende alles bleibt und so wenig bringt.
Doch er fand es toll. Wann immer Eckart Neubert das Geld oder die Möglichkeit hatte, war er nach New York geflogen. Und was immer es war, das ihn trieb oder das die anderen Trieb nannten, er stand dazu. Es war stärker als die Furcht, die Furcht vor Krankheiten, Ansteckungen: Was wollen die? Das Leben ist Gefahr!
Das hatte Eckart auch diesem netten, freundlichen Herrn mit den blauen, verstehenden Augen und den Kummerfalten gesagt, der gleich nach seiner Einlieferung in der Hölderlinstraße an seinem Bett saß: Dr. Carlo Schöller, Psychiater des Zentrums: »Sie können den Kopf schütteln, Sie können mir vorhalten, daß ich damit gegen die Natur des Menschen oder sonstwas angegangen bin, da habt ihr ja 'ne ganze Litanei, da gibt's so viel, was? Ich habe mich nämlich schon ein paarmal mit Psychologen unterhalten, und die haben mich die komischsten Dinge gefragt – jedenfalls, ich stand darüber, fand mich erhaben. Was du erlebst, kann dir keiner nehmen, das habe ich mir immer gesagt. Und das denke ich heute noch. Und wenn ich jetzt abfahre, soll ich mich beklagen? Was wollen Sie sehen? Hysterisches Geschrei, Tränen? Können Sie das nicht verstehen, daß ich nicht heule?«
»Verstehen schon«, hatte Schöller geantwortet, »nur nicht

ganz nachvollziehen.« Und dann gefragt, ob er sich nicht auch nach etwas anderem gesehnt habe, nach etwas, das man vielleicht einen seelischen Ansatzpunkt nennen könnte, einfach nach etwas, das Beständigkeit, Nähe und damit die Aufhebung der Einsamkeit garantiere.

»Sprüche, Doktor. Auf was wollen Sie denn raus? Nun kommen Sie, geben Sie's doch zu: Die Schwulenpromiskuität, das ist es doch! Aber vielleicht haben Sie trotzdem recht. Manchmal wünschte ich mir das. Manchmal? Oft genug... Ich hatte auch ein paar feste Beziehungen. Da war ich sehr froh. Aber...«

...aber da war es bereits zu spät. Sollte er das hinzufügen? Nein, dieser nette Seelendoktor mit seinen von Mitgefühl erfüllten Augen würde ihn nie verstehen... Wie auch?

Ein Homosexueller, was ist das für Sie, Doktor? hätte er weiter fragen können. Mal ehrlich: Das ist jemand, der auf eine ganz besondere Weise bumst! Und wenn das schon so ist, warum sollen wir eure Erwartungen nicht erfüllen und beweisen, daß es wirklich eine sehr besondere Weise ist? Je besonderer, um so besser!

Er hätte auch sagen können: Wissen Sie, was das heißt, Doktor, bei jeder Auftragsvergebung den »Normalen« zu spielen, zu zittern, darauf zu achten, sich noch nicht mal mit einer Krawattenfarbe zu verraten?!

Oder: Für euch ist New York unser Sündenbabel, die »Stadt der Seuche«, aus der alles kommt. – Sie war nichts anderes als euer Bangkok! Nur: Wir flogen nicht im Kegelverein mit dem Fick-Jumbo. Wir flogen, wenn wir es uns leisten konnten, mit der Concorde. Allein oder zu zweit. – Und tranken Champagner!

Dies alles... Die rötlichen Nebel der Erschöpfung ersticken die Gedanken, lassen sie treiben: New York! Vibrations! Nur noch Vibrations spürt Eckart. Aber auch, daß die Erde ihn schwer macht. Dabei wiegt er so wenig...

Der Doktor hätte dich vielleicht verstanden. Sicher... Nicht Unrecht tun. Niemand. Auch ihm nicht...
Auch das zu spät! denkt Eckart. Nacht – ja, Nacht! Der Ozean...

Zwei Uhr dreiundzwanzig ist der Homo gestorben. Josef Vogt weiß das genau: Er hat auf die Uhr gesehen.
Zwei Uhr dreiundzwanzig: zuerst dieses langsame Röcheln, dann ein schreckliches Luftschnappen, zwei-, dreimal, wie ein Vogel, dem man den Hals abwürgen will...
Und dann hat er noch etwas gesagt. Jawohl. Das klang wie: »Nacht... Nacht...«
Erst als es still, ganz still ist, hat Josef Vogt sich getraut, die Nachttischlampe anzuzünden. Er wirft nur einen Blick ins Bett hinüber: Das Gesicht, dieses magere Gesicht – schon grau!
Es ist das erste Mal, daß Josef Vogt erlebt, wie einer stirbt. Übung braucht es dazu nicht, man sieht's sofort. Und bald, hat er gedacht, bald ist man ja selber dran...
Er ist aufgestanden.
Als es anfing, hatte er sich schon überlegt, ob er den Knopf drücken sollte. Dann würden sie angerannt kommen: zuerst die Nachtschwester, dann der Arzt und schließlich auch der Chef, dieser Schröder.
Josef Vogt hat keine Lust, sie zu sehen und mitzuerleben, was dann kommen muß: Spritzen, Sauerstoffzelt, Herzmassage. Was können sie schon tun? Nichts: Der hat genug gelitten! Zuerst der Darm, dann Leber und Magen... Am Ende das Gesicht. Das Virus hat ihn gefressen, bei lebendigem Leib. Und er hat fast nie geklagt, nichts gesprochen, nur geweint.
Eckart Neubert? Was weißt du schon von ihm? Nichts...
Aber manchmal hat er gelächelt. Und dieses Lächeln war Vogt durch die Haut gegangen bis ins Herz. Ein solches Lächeln war das!
Josef Vogt geht an den Schrank, holt den Anzug raus und die

verschrammte Lederjacke, von der er sich nie trennt: die Jacke mit dem Bomberabzeichen. Luise hat es über die rechte Tasche genäht. Die Jacke hatte ihn seit Jahren begleitet, überallhin auf den großen Routen, auch als er mit dem Fernlastzug bis nach Izmir und weiter nach Teheran gerollt war. Sie hatte ihm Glück gebracht. Das mußte sie auch jetzt.
Als Vogt angezogen ist, wirft er noch einen letzten Blick in den Spiegel: Gut siehst du nicht gerade aus, alles was recht ist... Aber auch nicht so grausam wie die anderen. Auch du hast das Gift im Blut. Nix zu wollen. Und nicht nur im Blut, hatten die Weißkittel gesagt, nachdem sie ihn drei Monate lang in Passau gequält hatten, auch im Gehirn hätte er's.
Vielleicht? denkt er. Sicher! Na und? Spürst ja nichts. Kannst sogar denken. Und reden brauchst du jetzt nicht mehr viel. Denn dabei fehlen Josef in letzter Zeit manchmal die Worte – er weiß die Worte genau, kann sie denken, nur aussprechen kann er sie nicht, die wollen einfach nicht kommen...
Noch einmal, ein letztes Mal steht Vogt vor dem Nebenbett, zögert, flüstert dann: »Servus – tschau...«, und zieht die Decke über das Gesicht, dessen Anblick schlimmer ist, als er es ertragen kann.
Dann öffnet er ganz leise die Tür und ist auf dem Korridor. Niemand zu sehen. Auf Zehenspitzen den Gang entlang, am Wachzimmer vorbei, die Treppe, Halle – leer. Auch die Eingangstür unverschlossen.
Josef ist draußen und atmet die Luft ein. Nach Frühling riecht sie, schon ein bißchen nach Sommer. Das macht der Flieder, der überall schon blüht. Flieder hat er immer gemocht... Selbst der Himmel über München ist heute klar. Der Mond silbern, die Sterne wie Eiskristalle, die Welt so schön, so friedlich jetzt in der Nacht. Vögel rascheln in den Büschen. An seine Frau denkt er, an Luise. Doch zu was führt das? Bringt nichts. – Die Luise kommt ihn ja nicht mal mehr besuchen. Auch den Kindern hat sie's verboten. Und die Scheidung ist eingereicht.

Ja, tschüs! Tschau, Mond! – Servus!
Schon in der Sekunde, als Josef Vogt oben im Zimmer 214 die Beine aus dem Bett geschwungen hatte, war ihm klargewesen, was er tun würde und was nun kommen mußte. Jawohl: mußte! Und er würde es für alle tun. Auch für den Homo. Selbst für Luise und die Kinder...
Er geht um die Nordecke des »Zentrums« herum, ohne sich besondere Mühe zu geben, leise zu sein, und betritt den Parkplatz. Sechs Autos stehen darauf, ein VW-Kabrio ist darunter. Wenn alles nichts nützt, kann er das Verdeck mit dem Messer aufschneiden. Das braucht Josef nicht, schon der dritte Wagen, ein alter, grünlackierter Mercedes 280, erweist sich als unverschlossen.
Er öffnet die Tür, findet im Handschuhfach einen Schraubenzieher, zieht das Klemmkabel, das er immer bei sich trägt, aus der Tasche, arbeitet drei Minuten, dann ist die Karre kurzgeschlossen und der Motor läuft. Nur das Grundstückstor macht noch Schwierigkeiten. Was heißt Schwierigkeiten – bei der dünnen Stange muß er nur die Schulter drunterwuchten, und schon springt das Ding aus der Halterung. – Weiter!
Am Olympia-Gelände vorbei fährt Josef Vogt zunächst Richtung Westen und erreicht über den Mittleren Ring die Autobahn nach Planegg. Eine Viertelstunde später rollt er auf der B-12 nach Süden. Zwei Uhr vierzig ist es jetzt.
Den Neubert würden sie inzwischen gefunden haben. Die Nachtschwester macht ja ihre Runde. Aber bis einer merkt, daß der Mercedes fehlt, wird's noch dauern.
Josef lehnt sich zurück. Er schaltet das Autoradio an. AFN bringt noch Musik, irgendwas Klassisches. Warum nicht? Die Musik macht ruhig. Rechts und links der Straße, die nach Österreich führt und von dort aus weiter durch die Schweiz, nach Chiasso, Genua, bis runter, Rom, Palermo, über Kurven, die Josef im Schlaf kennt, die er Winter wie Sommer gefahren war. – Rechts und links auf Rastplätzen, vor Fernfahrerknei-

pen parken die LKW-Züge. Nur ihre massigen, schwarzen Schatten sind zu erkennen: Da pennen sie jetzt, die Kollegen. Und er fährt!

Um die Zeit gibt es kaum Streifen. Die Bullen werden keinen Trouble machen wie damals, im Herbst, als er sechzehn Tonnen Milchpulver aufs Feld setzte und sie ihm den Führerschein abknöpften: »Sie sind doch krank, Herr Vogt! Hat doch keinen Wert mehr...«

Jetzt fährt er wieder. Und weit hat er es nicht. Zwei Stunden vielleicht noch, dann wird er in die Straße hinter dem Zollhaus einbiegen; rechts der Backsteinbau mit der Wechselstube der Schweizer Volksbank, weiter unten eine weißgestrichene Bretterbude, »Theas Café-Shop«!

Er würde warten müssen, kann ja irgendwo schlafen. Nicht dort, wo er einen Kollegen treffen könnte, irgendwo, wo ihn keiner kennt.

Aber um acht Uhr wird er zur Stelle sein, wenn Thea gerade aufmacht. Ehe die anderen kommen. Ihr Laden läuft erst um acht Uhr dreißig an.

»Thea!« wird er sagen. »Ich tu's nicht für mich. Zuerst hab' ich das gedacht, hab' mir sogar überlegt, ob ich's nicht noch anderen Weibern weitergeben soll. So wie du das mit mir gemacht hast. Allen, die ich finde. Jeder! Das hab' ich mir überlegt, Thea... Aber ich werd' nur einmal Mörder: Bei dir! Ich tu's nicht für mich, wirklich nicht. Ich tu's für die anderen...«

Und dann? – Bei Thea, denkt Josef Vogt, brauchst du weder Wagenheber noch Hammer. Da reichen die Hände. So zart, so mager wie die schon ist...

Sie hatte den Sechs-Uhr-vierzig-Zug genommen. Als sie an Rottenacker vorbeirollten, lag noch die Dunkelheit über den Feldern, dann ging die Sonne auf, Erbach sah man und den Kirchturm, in den roten Glanz des Morgens getaucht. Hier in Erbach hatte sie geheiratet, hier war sie geboren, doch der Zug

rollte weiter, immer nach Norden, Ulm zu. Sie saß eingeklemmt zwischen den Leuten, die zur Frühschicht fuhren. Noch näher waren ihr die Ängste, die Sorgen...
In Ulm war Anna Niederberger dann umgestiegen. Doch die Angst, die wirkliche Angst kam zum ersten Mal, als sie in dem riesigen Münchner Bahnhof stand, wo es so viele Menschen so schrecklich eilig hatten.
Anna Niederberger brauchte alle Kraft, um mit dem Wunsch fertig zu werden, sofort wieder umzudrehen. Ihren kleinen Koffer und die Plastiktüte mit dem Butterzopf, den sie für Peter gebacken hatte, hielt sie fest umklammert. Wo denn die Hölderlinstraße sei, fragte sie jemand. Erst der zehnte Mensch, den sie ansprach, nahm sich Zeit, ihr eine Antwort zu geben. Und so war sie schließlich unter der Erde in einer Untergrundbahn gefahren, hatte noch viele andere Leute fragen müssen, bis sie es endlich an einem Betonpfeiler lesen kann: HÖLDERLINSTRASSE 24.
Das ist die Adresse, die der Mann am Telefon gesagt hat. Die Nummer und die Straße stimmt. Eine ruhige Straße. Und wie ein Krankenhaus sieht das Haus hinterm Zaun auch nicht aus.
Anna Niederberger geht darauf zu. Da ist eine Tür, neben der groß AMBULANZ steht. Der Eingang ist offen. Drinnen gibt es Stühle. Sie ist so schrecklich müde.
Sie stellt den kleinen Koffer nieder, setzt sich, und der feine, frische Backduft des Zopfes ist wie ein vertrauter Gruß. Ein Milchzopf. Den hat der Bub immer gemocht. Als er fort war, hatte sie ihm das Gebäck in die Stadt geschickt. Doch dann wurde es schwierig, immer andere Adressen kamen an – nach München Frankfurt, dann Hamburg. Einmal hatte er sogar irgendwo aus dem Ausland angerufen. – Und schließlich war es still. Nichts...
Nichts! – Sie schließt die Augen: Nichts darf ihm passieren, lieber Gott!
Wie lange Anna Niederberger so sitzt, die Hände im Schoß, al-

lein mit ihrer Angst und ihrer Unruhe, sie weiß es nicht. Irgend jemand kommt. Eine Stimme sagt: »Guten Morgen! Was wollen Sie hier eigentlich? Außerdem, wir öffnen erst um zehn. Es ist noch zu früh. Zu wem wollen Sie denn?«
»Zu meinem Sohn«, sagt sie. »Zu Peter Niederberger.«
Sie blickt die junge Frau an. Sie trägt einen weißen Arbeitskittel, ein junges, rundes, glattes Gesicht – jung, glatt –, nervös.
»Er muß hier sein«, erklärt sie. »Man hat mich angerufen.«
»Dies hier ist die Ambulanz. Sie meinen sicher die Station? Ist er Patient bei uns?«
»Das glaub' ich schon. So genau weiß ich's nicht.«
»Niederberger, sagten Sie? Wenn Sie bitte einen Moment warten wollten...«
Zu warten braucht sie nicht lange. Da ist die junge Frau schon zurück: »Frau Niederberger, das stimmt schon: Ihr Sohn ist bei uns Patient. Aber im Augenblick ist er in ein anderes Krankenhaus überwiesen worden. Kommen Sie bitte mal mit! Unser Oberarzt wird Ihnen das erklären. Allerdings müssen Sie sich noch ein bißchen gedulden, er hat nämlich gerade Besuch.«
»So früh?« Anna Niederberger sagt es, um überhaupt eine Antwort zu geben.
»Ja«, lächelt das nette Mädchen, »so früh.«

Sich zu viel vornehmen bringt nichts! Die alte Buscharztregel hat Schröder sich immer wieder eingehämmert. Woher, zum Teufel, soll er die Zeit nehmen?
Die »Invasion« lief, ein regelrechter Ansturm, jeden Tag ein halbes Dutzend Neuaufnahmen. So hatte Schröder schließlich entschieden, sich der dringendsten Fälle in der Stunde vor dem normalen Klinikdienst anzunehmen.
Ob es sich bei der jungen Frau, die nun vor seinem Schreibtisch sitzt, um einen dringenden Fall handelt, darüber ist er sich allerdings nicht im klaren. Sie aber glaubt es... Sie hat ihn mit einer unsicheren, furchtentstellten Stimme am Telefon be-

drängt, und auch die behandelnde Ärztin hatte bereits zweimal angerufen: »Ich halte es vor allem aus psychischen Gründen für richtig, daß Sie Frau Roser sprechen, Herr Kollege. Ja, wir haben auch den ELISA-Gegentest gemacht. Beide Testeinfärbungen sind unklar. Ich habe mit dem Laboratoriumsleiter gesprochen. Seine Meinung ist, daß die Antikörperreaktion etwas mit den Schwangerschaften der Patientin zu tun haben kann. Sie hat ein Kind geboren und zwei Fehlgeburten gehabt. Nun scheint sie aufgrund persönlicher Erlebnisse eine fast hysterische Aids-Furcht zu entwickeln. Ich dachte, daß gerade Sie, als leitender Arzt im Aids-Zentrum, über die notwendige Autorität verfügen, sie zu beruhigen. Ich komme ihr nicht so richtig bei.«

Die nötige Autorität? Ein Wort, das ihm nicht gefällt und auch nicht weiterhilft.

Wieder faßt Schröder das Gesicht der Frau ins Auge: Jung, klar geschnitten, breitflächig und sicher sehr hübsch, doch nun erstarrt in einer fast steinernen Bewegungslosigkeit, die ihm verrät, welche Mühe sie hat, mit ihrer Panik fertig zu werden.

»Frau Roser«, sagt er, »sehen Sie, ich kann Ihnen nur dasselbe sagen, was Sie schon von Frau Dr. Dannecker gehört haben: Der Test, den man mit Ihnen machte, läßt viele Fragen offen. Und im Grunde hat er nichts, wirklich nichts zu bedeuten.«

»Aber hat Ihnen Frau Dannecker auch gesagt, daß der Mann, mit dem ich damals im Urlaub zusammen war, an der Krankheit gestorben ist? Er hatte Aids!«

Auch unterdrückte, gemurmelte Worte können die Intensität eines Schreies erreichen. Warum steht er nicht auf, geht zu ihr, versucht sie durch Nähe zu beruhigen? »Frau Roser, was glauben Sie, wie es heute auf der Welt aussehen würde, wenn alle Infektionsträger die Krankheit wirklich weitergegeben hätten. Das geschieht, Gott sei Dank, nur in seltenen Fällen. Nur dann, wenn schon winzige Verletzungen da sind, Schleimhautläsionen und so weiter... Ich habe Ihnen das ja bereits erzählt.«

»Aber meine Beschwerden?«
»Auch sie sind noch nicht abgeklärt. In der Welt, in der wir leben, gibt es unendlich viele Keime und Erreger, die solche Symptome auslösen.«
Er lauscht der eigenen Stimme, dieser besänftigenden, um Vertrauen werbenden Arztstimme, während sich in ihm die prüfende Klinikerskepsis meldet: Lymphknotenschwellung? Na gut, aber in der Leistengegend und nicht am Hals... Schweißausbrüche, Mattigkeit, leichtes Fieber? Richtig: Eine Infektion. Auch das Blutbild zeigt es, und wenn man will, kann man es zum Formenkreis der HIV rechnen. Wenn man will... Sie will es vor allem. Wie nennt es Schöller in seinem Analytikerjargon: »Selbstanklägerische Strafphantasien als Ausdruck eines unbewußten Schuldgefühls!«
Das absolut Irrwitzige an dem Fall aber bleibt: Da geht die Frau ein einziges Mal in ihrem Leben fremd, will wahrscheinlich nach vielen Routinejahren den Urlaub von der Ehe genießen – und nun das!
»Frau Roser, wir werden den Test wiederholen. Der Test, der bei Ihnen gemacht wurde, ist ein kommerzieller Test. Er wird deshalb so häufig angewandt, weil er nicht nur billig, sondern auch zeitsparend ist. Doch die Fehlerquoten sind hoch. So werden viele Menschen in Ängste gestürzt, die sie gar nicht durchleiden müßten. Und leider geht's manchmal auch umgekehrt: Infizierte werden über ihren wahren Zustand hinweggetäuscht. Das einzige, was hilft, Frau Roser, ist die Absicherung durch einen Immuntest. Das ist ein spezifischer Test. Ich werde Sie also jetzt ins Labor schicken.«
»Und wie lange dauert das?«
»Ja nun, bis Ende der Woche wissen wir vielleicht Bescheid.«
»Ende der Woche?«
»Nun, ein bißchen Zeit müssen Sie mir schon geben. Wir haben hier alle Hände voll zu tun.«
Die Lider zittern. Der Mund, der sich öffnet und schließt, ohne ein Wort hervorzubringen!

»Aber was ist denn, Frau Roser?«
»Mein Mann...«, sagt sie. »Er hat Angst vor mir. Er behandelt mich, als hätte ich Aussatz oder die Lepra oder irgend etwas. Er ist völlig verrückt. Die meiste Zeit verbringt er woanders. Er hat so einen Hobbyraum bei uns in der Nähe. Dort arbeitet er. Und da wollte er sogar das Kind mitnehmen. Er hat Angst vor mir!«
Das Kind im Hobbyraum. Unglaublich. Doch es ist nicht das erste Mal, daß Schröder derartiges vernimmt. Die Geschichten, mit denen er sich konfrontiert sieht, werden immer haarsträubender. Aids-Hysterie? Auch dieser Begriff ist bereits zum Schlagwort geworden. Doch was sich dahinter verbirgt, wer ahnt es schon? Keiner.
»Frau Roser, tut mir furchtbar leid. Wir werden darüber reden. Das müssen wir wohl. Aber jetzt werde ich Sie erst mal im Labor anmelden.«
Sie erhebt sich nicht. Beide Hände schließen sich um die Lehne des Besuchersessels. Es ist, als verschanze sie sich darin.
»Frau Roser«, drängt Schröder, »draußen vor der Tür steht die Mutter eines meiner Patienten. Und der ist nun wirklich krank. Doch sie weiß es nicht, ist fremd hier in der Stadt, hat keine Ahnung.«
Er hat Zweifel, ob seine Stimme sie überhaupt erreicht. Sie sieht ihn an, über Abgründe des Nichts hinweg. Und vielleicht ist es dieser Blick, der ihn veranlaßt, einen Satz zu sagen, den er sofort wieder bereut. Er kann ihn nicht zurückholen.
»Gestern«, sagt Schröder, »gestern hat der Sohn von Frau Niederberger einen Selbstmordversuch gemacht.«
Noch immer das Schweigen. Ganz unvermittelt steht sie auf. Sie wirft den Riemen der Handtasche über die Schulter und zieht ihn straff. »Das würde ich auch tun, Herr Doktor. Bestimmt!«
Er begleitet sie zur Tür. Dort bleibt sie noch einmal stehen: »Sie ist eine alte Frau, Herr Doktor, haben Sie gesagt? Und jetzt

das? Und sie war noch nie in München? Wie steht sie das durch?«
»Das weiß ich nicht. Das müssen wir sehen. Ich habe noch nicht mal mit ihr gesprochen. Ich habe es von meiner Sekretärin erfahren.«
»Vielleicht kann ich mich ein bißchen um sie kümmern? Ich werde versuchen, ihr zu helfen – was meinen Sie?«
Schröder nickt nur. Und dann lächelt er und hat dabei den Eindruck, daß die Frau ihn zum ersten Mal überhaupt wahrnimmt. Und auch er betrachtet mit neuem Interesse ihr Gesicht, die nachdenklichen, großgeschminkten, grauen Augen, die Nasenflügel, die sich vor Nervosität zusammenziehen, die vibrierenden Lider, dieses Gesicht, das mit einem ganzen Ansturm von Gefühlen fertigzuwerden versucht. Sie hat ja recht, denkt er, vielleicht wäre es ein Weg?
Er steht auf und bringt sie zur Tür.
Sie will noch etwas sagen, aber er schüttelt nur den Kopf. Dort drüben auf dem Bürostuhl neben der Tür hat er seinen nächsten Besucher entdeckt: Peter Niederbergers Mutter.
»Bis später, Frau Roser!«
Zum ersten Mal, beim Anblick der alten Frau, hat Werner Schröder das Gefühl, seiner Aufgabe nicht gewachsen zu sein.
»Nehmen Sie doch Platz, Frau Niederberger.«
Sie zögert, dann setzt sie sich, streicht den Rock glatt, aber bleibt ganz vorne auf der Kante sitzen. Ein faltiges, graues, vom Leben gezeichnetes Gesicht und verständnislose, furchtsame Augen.
»Ich hab' die Sachen unten gelassen, Herr Doktor.«
»Welche Sachen?«
»Ich hab' ihm doch alles mitgebracht. Auch was zum Essen, Herr Doktor.«
»Natürlich«, nickt Schröder. »Aber man hat Ihnen doch sicher bereits gesagt...«
»Ja. Daß er in einem anderen Krankenhaus ist. Da muß ich

wohl nachher hin. Wissen Sie, ich habe ihn so lange nicht mehr gesehen. Wo ist das?«

»Das werde ich Ihnen noch erklären. Nur, ich befürchte...« Er stockt, legt beide Hände auf den Schreibtisch, sucht nach behutsamen Worten und endet mit einem knappen: »Wissen Sie, Ihr Sohn hatte einen Unfall.«

Sie nickt nur. Ihr Gesicht hat alle Unsicherheit verloren. Aufmerksam ist es.

»Ja? Schlimm?«

»Nein. Nur: Sein Zustand ist im Moment so, daß man nicht mit ihm reden kann. Aber das geht vorüber... Er ist leider auch krank. Ziemlich.«

Sie nickt wieder. Red doch! heißt dieser Blick. Was willst du verschweigen?

Ja, was eigentlich? denkt Werner Schröder. Sie wird es erfahren, soviel steht fest. Die Frage ist nur: Von wem? Jedes falsche Wort, jede Brutalität kann hier unendlichen, nicht verantwortbaren Schmerz bereiten.

Schröders Fragen sind vorsichtig, es sind Sonden, die versuchen, verschüttetes Leben bloßzulegen: Wann sie ihren Sohn zum letzten Mal gesehen habe?

»Vor Jahren. In einem Café in Munderkingen. Mein Mann hat mir verboten, mit Peter zu sprechen, weil er doch so – so ist. Ich bin dann trotzdem hingegangen...«

Sie weiß also über seine Veranlagung Bescheid. Ob sie Freunde von ihm kenne, Kontakt gehabt habe? – »Nein. Die ganzen letzten Jahre nur ein paar Postkarten. Und zweimal hat er telefoniert. Und dann nichts mehr. Bis jetzt, als dieser Anruf kam und mir einer sagte, es gehe ihm so schlecht.«

Anna Niederberger sitzt ganz aufrecht. Bisher hat sie durchgestanden. Tränen? Was soll der Doktor von ihr denken? Nein, heulen will sie nicht. Doch wie kommt sie gegen dieses Elend an?

»Frau Niederberger, ich weiß, wie schwer das ist.«

»Geht's ihm denn so schlecht?«
»Ich will Ihnen nichts vormachen, Frau Niederberger, welchen Sinn hätte das auch? Der ...«, er zögert, »Unfall, weswegen wir ihn ins Schwabinger Krankenhaus einliefern mußten, hat nichts zu bedeuten. Schwerer wiegt seine Krankheit. Es ist eine Krankheit, die viel Verständnis und viel Pflege erfordert. Ich habe mich inzwischen über Ihren Sohn erkundigt – was mir Sorge macht: Er ist so allein hier in München.«
Sie öffnet die Handtasche, nimmt ein Taschentuch heraus und betupft ihre Augen. »Bitte, was ist es denn?«
»Wir nennen es eine Immunschwäche. Er wird immer wieder arbeiten können. Die Krankheit ist noch im Anfangsstadium. Aber er wird zu uns hier zurückkehren. Wir sind für die Pflege solcher Patienten spezialisiert. Nur leider – helfen können wir noch nicht.«
»Ist es diese...?«
Schröder nickt nur. Nun aber steht er auf, geht zu ihr, legt Anna Niederberger die Hand auf die Schulter, zieht sie etwas an sich, und diese winzige Bewegung ist das einzige, was er tun kann. Zum ersten Mal, bei dieser kleinen, alten Frau, die wie aus einer anderen Welt in sein Zimmer gekommen war, wird ihm klar, was auf ihn wartet, erkennt er, daß die größte Last, die er zu tragen hat, das Bewußtsein der eigenen Ohnmacht ist.
Sie legt den Kopf schief. Sie sieht zu ihm auf. In den Augen stehen Tränen, Tränen des Zorns. »Schande, sagen die immer, wenn einer so ist. Schande und Sünde? Als ob man nicht überall Schande finden könnte, als ob heute nicht alle sündigten?!«
Schröder nickt stumm.
»Er hat doch niemand außer mir. Das wollten Sie doch vorhin rausfragen? – Und er ist mein Sohn.«
»Ja, Frau Niederberger.«
»Ich habe immer getan, was mein Mann sagte. Ein Leben lang. – Jetzt nicht! Ich geh' nicht zurück. Und ein Konto habe ich

auch. Von meiner Mutter. Das heb' ich ab. Ich bleibe hier, in der Stadt.«

»Damit Sie in seiner Nähe sind?«

»Damit ich ihm helfen kann, und mit ihm reden. Wenn er Schmerzen hat... Das muß ich doch als Mutter, nicht? Und das tu' ich auch. – Jetzt will ich ins Krankenhaus.«

Schröder hält ganz vorsichtig ihren Arm, als er sie zur Tür geleitet. In ihm ist nur Bewunderung. »Inge, erklären Sie bitte Frau Niederberger, was sie zu tun hat. Sie will ihren Sohn besuchen.«

Die Sekretärin nickt. Und der Besucherstuhl im Sekretariat ist schon wieder besetzt: Doris Roser!

»Ich komme erst in einer Stunde dran, Herr Doktor. Und da Sie mir sagten, daß Sie vielleicht noch mal...«

»Bitte!« Schröder unterdrückt ein gequältes Seufzen.

»War das die Mutter des jungen Mannes, von dem Sie gesprochen haben?« Sie fragt es, noch ehe sich die Tür geschlossen hat.

»Ja.«

»Meinen Sie, ich könnte ihr irgendwie behilflich sein?«

»O ja«, lächelt Schröder, »das meine ich!«

Sie ist die Mutter eines Patienten, hatte Doris Roser gesagt. Sie ist alt und kommt vom Land. Sie kann kein Hotel bezahlen. Ich werde ihr unser Gästezimmer ausräumen.

Heinz sitzt am Tisch, einen Teller mit Kartoffelsalatresten vor sich. Er pult mit einem Streichholz im Kopf seiner heißgeliebten Bruyère. Den schmalen Kopf mit dem gelichteten Haar hat er eingezogen.

»Hilfe?« sagt er. »Klar doch.«

Das Streichholz zerknackt in zwei Teile. Er wirft sie auf den Tisch.

Sein Verhalten beeindruckt sie nicht. Wie auch? Wichtiger ist: Sie hat's gesagt. Es ist heraus. Den ganzen Tag schon hat sich

Doris tausend Begründungen, Erklärungen und Appelle zurechtgelegt – doch warum eigentlich? Die Entscheidung war zwischen ihr und Heinz längst gefallen. Und er hatte sie getroffen. Er wollte ja sowieso ausziehen. Im Grund ist damit alles sehr einfach geworden.

»Was soll's, Heinz, du gehst ja sowieso.«

Er reagiert noch immer nicht, die beiden Arme baumeln rechts und links der Lehne herab, und das Gesicht hat er zur Wand gedreht. »Ja, ich geh'. Und du bestimmst also, was hier los ist? Klar doch, wer sonst?«

»Entschuldige, aber hier geht's nun wirklich nicht darum, irgend etwas zu bestimmen, sondern nur darum, daß man jemandem hilft. Und sie will uns nicht stören, mich nicht.«

Seine Hand zieht sich zur Faust zusammen, und Doris weiß, was jetzt kommen wird. Und auch Nanni weiß es. Da sitzt sie, die großäugige, furchtsame Betretenheit aller Kinder im Gesicht, die zur Zeugenschaft ehelicher Auseinandersetzungen gezwungen werden. Sie kann Nanni nicht schützen, dazu ist es zu spät. Er hat die Faust hoch, knallt sie auf den Tisch, daß die Gläser klirren, dreht den Kopf und stemmt sich auf: »Noch entscheide ich, wer hier reinkommt und ob ich ausziehe!«

»Du brauchst doch jetzt nicht...«

»Ruhe! Jetzt bin ich dran. – 'ne Frau also? 'ne liebe, alte Frau vom Land, was? Und die Mutter eines Schwulen?! Ist sie doch! Darüber redet man aber nicht. Ist ja unfein, das Wort. So wie eure Krankheit. Jawohl, guck nur – eure hab' ich gesagt! So was verbindet, stimmt's? 'n Schwuler? Eine liebe, alte Frau mit 'nem lieben, kleinen Jungen, nicht wahr?«

Er zittert, das Gesicht dunkelrot, und der Zorn, der ihn die ganzen Wochen, die Monate gewürgt hatte, explodiert. Mit dem Fuß schleudert er den Tisch von sich, die Teller zerknallen am Boden zu Scherben. »Gott verdamm' mich! Und ob ich hier ausziehe! Jetzt sag mir nur noch, daß dich das wundert. Eine Schweinerei ist das doch, eine einzige, große Sauerei!«

»Mami!«

Es ist Nannis Stimme. Doris will zu ihr, doch er ist schneller und reißt das Kind an sich. »Ja, Mami!« schreit Heinz Roser. »Da steht sie. Und sieh sie dir gut an, deine Mami, die Nutte! Was heißt Nutte, viel schlimmer noch: Den Tod hat sie uns ins Haus geholt! Ruinieren will sie uns, deine Mami! Doch das ist ihr alles nicht genug. Und weißt du, was jetzt los ist, Nanni? Na, rat mal!«

Er schüttelt das Kind. »Jetzt kommt Gottes Gericht! Verstehst du? Hast du das nicht in der Schule gelernt: Wenn Gott über uns kommt, dann wird er strafen, schrecklich strafen! Sie tut, als hätte sie keine Angst – doch er wird sie vernichten!«

»Bitte! Bitte, bitte...«

Ja, bitte! Es reicht Doris. Sie sieht die Speichelreste in den verzerrten Mundwinkeln, sie sieht dieses von Wut deformierte, zitternde Gesicht, das sie einst geliebt hat. Wirklich? Es ist zu lange her, eine verfließende Erinnerung aus irgendwelchen Vorzeiten, mit denen sie nichts mehr zu tun hat. Und was nun geschieht, das wird Doris nun klar, ist im Grunde nichts anderes als das Ende einer einzigen langen Kette von Mißverständnissen und Scheitern.

»Laß das Kind!«

Wieder reißt er die Hand hoch. Er wird sie nicht schlagen, hat er nie getan. Und da weicht sie auch schon zurück, und die Arme sinken wieder herab. Das Kind klammert sich an sie.

»Gut, Nanni«, sagt Heinz Roser, »geh nur zu ihr. Sie wird dich umbringen, deine Mutter. Hoffentlich ist ihr das auch klar.«

»Ach, hör doch auf!«

»O ja, und ob ich aufhöre.« Die Tür knallt ins Schloß.

Später hört Doris, wie er drüben im Schlafzimmer rumort, Türen aufreißt, flucht, Kartons und Koffer hin und her schiebt, und Doris sieht es vor sich, wie er seine Sachen packt, und in ihr ist nichts als Leere. Sie streichelt Nanni. Die Kleine zittert am ganzen Körper.

»Was hat Papi gesagt? Was bist du, Mami?«
»Sei still, Nanni.«
»Bist du wirklich krank? Und was war das denn mit dem Tod und der Strafe Gottes und so?«
»Unsinn war das, Nanni. Nichts als Unsinn...« Doris küßt ihr Haar.
»Aber wenn er jetzt fortgeht, wenn er wirklich weggeht?« Das Atmen fällt ihr schwer. Doch da hat Nanni schon die Antwort gefunden, ihre Antwort: »Dann kommt er auch wieder, Mami. Ganz bestimmt. Und weißt du, ich hab's gesehen: Er meint's gar nicht so. Aber er hat wieder mal getrunken, Mami. Cognac. 'nen ganzen Haufen Cognac!«
»Ist ja gut, Nanni.« Und wie auch nicht? denkt sie plötzlich. Hure... dieses verzerrte Gesicht, dieses Wort, das er wie einen Stein auf sie schleuderte, und der ganz schlimme Satz: Du bringst den Tod ins Haus...
Was für ein Wahnsinn! Die Angst ist von ihr gewichen. Und seine Einsamkeit und seine Verwirrung machen ihr mehr zu schaffen als der eigene Schmerz. Nun spürt sie nur noch Mitleid.
Sie bleibt sitzen, streichelt Nanni, bis endlich alle Geräusche verstummen, die Tür zuschlägt und unten im Hof ein Motor aufbrüllt. Das Mitleid ist wie eine Lähmung, die Endgültigkeit bedeutet.
Das ist vorbei! Du machst weiter. Was bleibt schon? »Hören Sie damit auf, sich irgendeine Schuld zu geben«, hatte Schröder gesagt. Er hat recht! Und noch etwas wird sie sich merken: »Es ist weder Ihre Krankheit noch die der Schwulen. – Das ist unsere Krankheit!«
Sie öffnet die Fenster, zwingt sich, Nanni zurechtzuweisen, die die Schulaufgaben nicht machen will, hilft ihr bei den Rechenarbeiten, ist noch nicht einmal damit fertig, als die Türklingel anschlägt.
Nanni reißt erschrocken die Augen auf. Auch in Doris ist der Gedanke: Heinz kommt zurück!

Das Herz klopft ihr bis zum Hals. Sie überwindet sich und geht zur Tür. – Es ist nicht Heinz. Eine kleine Frau steht da. Sie trägt einen grünen Lodenmantel. In dem staubigen Licht des Treppenhauses ist das Gesicht kaum zu erkennen. Doris hört nur ein furchtsames: »Entschuldigen Sie... Der Doktor Schröder hat mich zu Ihnen geschickt. Er meint...«
Sie öffnet weit die Tür. »Ja«, sagt sie nur, »kommen Sie doch rein.«
Sie trägt einen kleinen Koffer und einen Plastikbeutel. Sie atmet schwer. Nanni in der Tür sagt keinen Ton, guckt nur.
Doris lächelt und kämpft gegen den Ansturm des Zweifels: Hat Heinz am Ende nicht doch recht? Wie kannst du zulassen, daß ein wildfremder Mensch im grünen Lodenmantel deine Ehe ruiniert und alles, was du aufgebaut hast? Bist du überhaupt noch zu retten?
»Ich zahl' natürlich«, sagt die kleine Frau. »Ich will nicht, daß ich hier umsonst...«
»Das ist nun wirklich nicht das Problem.«
»Aber...«
»Kommen Sie doch bitte rein! Wollen Sie eine Tasse Kaffee?«
Und dann in der Küche sitzt sie am Tisch, an Heinz' Platz, schmal, aufrecht und bedrückt. Die blauen Augen sind von roten Lidern umsäumt. Sie blickt sich um, blickt wie ein verängstigtes Tier, das in eine fremde Umgebung geriet und sich zurechtzufinden versucht. Sie sagt: »Ich habe einen Butterzopf dabei. Selbstgebacken. Peter konnte ihn nicht essen. Er hat sich geschnitten.« Und dann, mit mühsamer Stimme: »Es geht ihm so schlecht, o Gott... meinem Bub geht es so schlecht...«
Was antwortet man? Was tut man? Doris nimmt die verbrauchte, bräunliche Hand und streichelt sie.
»Ich kann doch nicht nach Hause. Jetzt macht er sich Sorgen. Er weiß es ja gar nicht...«
»Wer? Ihr Mann?«
Sie nickt. Sie zittert. Ein Mensch, der zu begreifen versucht, was nicht zu verstehen ist.

»Heute ist er weg, auf Dienstfahrt. Deshalb konnte ich ja zu Peter fahren. Er weiß gar nicht, daß ich hier bin. Aber der Junge ist mein einziger. Und er, er hat ihn immer nur geprügelt und herumgeschubst. Und wenn er heute abend zurückkommt...«

»Rufen Sie Ihren Mann doch an.«

Sie schüttelt den Kopf. »Das kann ich nicht. Wissen Sie, er brüllt nur. Er ist nun mal so. Peter hat er auch rausgeschmissen. Dabei ist er unser einziges Kind. Nein, das geht nicht.«

»O doch, das geht.« In Doris ist nur noch Ruhe. Jetzt ist sie erleichtert, endlich etwas tun zu können, das Sinn ergibt: »Ich werde mit Ihrem Mann sprechen. Machen Sie sich keine Sorge, Frau Niederberger, ich sag' es ihm.«

Sechzehn Uhr. Stille in Gängen und Aufenthaltsräumen. Kein Radio, das läuft, kein Fernseher, der flimmert. Der Nachmittagstee ist verteilt. Viele schlafen, andere haben Besuch. Manchmal sind die Stimmen von Verwandten, von Freunden zu hören, und oft genug, selbst durch die geschlossenen Doppeltüren, das Stöhnen oder der keuchende, schreckliche Husten von Menschen, die gegen den fortschreitenden Verfall ihres Körpers ankämpfen.

»Lindern können wir, helfen nicht«, hatte Weißhaupt gesagt. Eine Prophezeiung, die sich dramatischer erfüllte, als sie alle geglaubt hatten.

Auch die andere Befürchtung, die Weißhaupt beim ersten Teamgespräch geäußert hatte, damals nach Peter Niederbergers Selbstmordversuch, war Wirklichkeit geworden. Manche aus dem Klinikstab hatten ihre Kräfte und Nervenruhe überschätzt. Arbeit, ja, das akzeptierte man. Aber diese jähe Springflut von Patienten, von unbekannten Gesichtern, geballtem Elend, schlimmer noch, von unbekannten, schrecklichen Symptomen, die in den ersten beiden Wochen über das Zentrum hereinbrachen, wie sollten sie sich das vorstellen?! Es waren auch nicht die ergebenen Leidensgestalten, die sie erwarteten, nein, meist waren es junge Patienten. Und wie immer auch die Seuche ihren Körper quälen und verunstalten mochte, wie skeletthaft ausgemergelt, ja greisenhaft sie unter dem jähen, rätselhaften Gewichts- und Vitalitätsverlust, den das Virus auslöst, auch wirkten –, ihre Rebellion war jung geblieben; ihr Zorn auf das »Warum« und ihre Hoffnung auf das »Mittel«, das die Rettung bedeutete.

Das Schlimmste aber blieben die drei Todesfälle der ersten Woche.

Vielleicht, daß die Verlegung daran Schuld trug, hatten sie im Team vermutet. Nicht nur, daß das Herausgerissenwerden aus einer vertrauten Situation wichtige Abwehrreserven verbrauchte, auch das seelische Eingewöhnen, der neue Bettnachbar, die neue Umgebung, die fremden Menschen taten das ihre.

Unter dem Eindruck des Sterbens hatten drei Lernschwestern ihren Dienst quittiert. Schröder hatte sie ziehen lassen. Zwei neue Pfleger nahmen ihre Stelle ein. Krisenstabil, wie Schröder inbrünstig hoffte. Sie hatten ja Erfahrung in der Aids-Hilfe gesammelt: Sie waren aus der »Szene«. Sie waren homosexuell! ...

Werner Schröder nimmt im Konferenz- und Schulungsraum platz. Er sieht sich um und lächelt dünn. »Na, unsere Reihen beginnen sich zu lichten. Wenigstens haben wir dadurch mehr Platz hier.«

Eine Ironie, die keiner so richtig komisch finden will.

Schröder macht eine Pause. Er kennt inzwischen jedes dieser Gesichter, weiß, was sich dahinter verbirgt und kann unterscheiden, was die einzelnen zu bringen imstande sind, an Können, an Durchhaltevermögen und Geduld, aber auch an Schwächen. Sein Team! Und ein bißchen ist das Gefühl, das ihn dabei überkommt, mit der Solidarität zu vergleichen, die er so oft in Afrika gespürt hat, wenn man die eigene Sicherheit aus der Anwesenheit der anderen bezog, weil es der einzige Weg war, überhaupt weiterzumachen. Und die Arbeit dort war vielleicht härter, die Bedingungen unmöglich, wenn nicht unmenschlich, manchmal unter Zuständen, die fast unvorstellbar schienen, wenn man deutsche Maßstäbe anlegte. Und trotzdem: Wie oft hatte er sich hier schon nach Mayombé zurückgesehnt...

Er tippt auf das Papier, das vor ihm liegt: »Ich möchte den Fall Niederberger doch noch einmal aufgreifen und zum Anlaß nehmen, mit Ihnen ein paar Worte zur Frage der Ansteckungsgefahr zu reden. Schwester Bärbel – ich sehe, sie ist nicht hier, sie ist wohl anderweitig beschäftigt –, Schwester Bärbel, das haben die Tests erwiesen, ist aidsfrei geblieben. Wir haben das ja auch gar nicht anders erwartet. Aber jetzt noch mal einige grundsätzliche Leitlinien: Wir können uns dem Patienten ja nicht in der vollen Montur von Seuchenbekämpfern nähern. Wer sich von Leuten umgeben sieht, die in Schutzkleidung stecken, den Mundschutz vor dem Gesicht, der käme sich vor wie unter Monstern. Dies ist eine Frage des Einfühlens, der Psychologie... Wir brauchen um uns keine Sorge zu haben, das habe ich schon einige Male betont, wenn wir aufpassen. Sicher: Das Virus wurde nicht nur im Blut, sondern auch in Sekreten und Körperflüssigkeiten isoliert: Tränen, Speichel und so weiter... Aber alle Erfahrungen sprechen dafür, daß es in solchen Fällen neutralisiert ist und keinen Schaden anrichten kann. Es ist wohl selbstverständlich, daß bei Injektionen und Blutabnahmen besondere Vorsicht gilt. Nie ohne doppelte Fingerlinge arbeiten. Im übrigen gelten dieselben Vorsichtsmaßnahmen, wie wir sie bei der Betreuung von Hepatitis-B-Patienten kennen: Die Isolierung bei der stationären Aufnahme muß stets unter der Aufsicht eines Infektiologen erfolgen. Weiter: Pflege mit Handschuhen. Anschließend den Kittel wechseln. Grundsätzlich direkten Haut- und Schleimhautkontakt meiden. Achtung bei Blutausscheidungen, Sekreten und so wei-

ter... Jedesmal vor dem Verlassen des Zimmers eine alkoholische Desinfektion der Hände. Doch das haben wir ja bereits alles gesagt.«
Einige nicken, die anderen scheinen selbst dazu zu müde. Die Köpfe sind geneigt, sie blicken vor sich hin. Gegen das Fenster wäscht der Regen. Im Raum keiner, der mitschreibt, registriert Schröder.
Auch er muß sich zusammennehmen. »Ich verstehe, daß Ihnen, nach allem, was gestern passiert ist, der Unterricht anstrengend wird. Ich bitte trotzdem um Aufmerksamkeit. Sie werden von Verwandten und Angehörigen oft genug mit Fragen konfrontiert. Es wäre dann ganz gut, wenn Sie die richtigen Antworten geben könnten. Deshalb jetzt noch ein paar Sätze zu den ›opportunistischen Krankheiten‹, die uns hier soviel zu schaffen machen...«
Gesichter wenden sich ihm zu. Bei einigen scheint es nun doch gefunkt zu haben. Das interessiert sie.
»Wir wissen, daß das Virus vor allem die T-4-Lymphozyten angreift, ausgerechnet jene Zellen also, die vom Immunsystem dazu ausersehen sind, den Gegner aufzuspüren und zu vernichten. Die Folge: Das Immunsystem der Betroffenen baut ab. Damit hat das Virus allen möglichen Erregern den Riegel geöffnet, ungehindert können sie einströmen, sich vermehren. Die Symptome dieser Infektionen sind so verschieden wie die Infektionen selbst. Im wesentlichen hängen sie davon ab, welche Organe von den Keimen befallen sind. Außerdem stehen Infektionen ja meist miteinander in Verbindung. Es wäre sinnlos, alles aufzuführen. Die Nennung aller Symptome und Keime eines einzigen Aids-Falls würde vermutlich ein halbes Lexikon mit ansteckenden Krankheiten füllen. In der fortgeschrittenen Phase der Krankheit kommt hinzu, daß endogene Mikroben, also Parasiten, die wir ständig mit uns herumtragen, sich explosionsartig und aggressiv vermehren. Nehmen wir hier nur mal die wichtigsten Erreger, mit denen wir uns

hauptsächlich herumschlagen müssen. Bei den Bakterien sind es vor allem die Salmonellen, die in unseren Fällen nicht nur Darminfektionen, sondern sogar Zerebralabszesse auslösen können. Dann die Legionella, verantwortlich für Lungenentzündungen, und da wir schon dabei sind, auch die *Mycobacteria*, ein Tuberkulose-Erreger.«

Er holt tief Luft, überlegt sich, ob er die Namen an die Tafel schreiben soll, läßt es dann doch: »Bei den Protozoa-Erregern finden wir die Verantwortlichen für unsere schweren Darminfektionen, aber auch für Milz- und Knochenmarkschädigungen. Dann die Hefen! Candida albicans zum Beispiel, die verheerende Schäden an den Schleimhäuten in der Mundhöhle, aber auch im Darm hervorrufen. Schließlich aber und am schlimmsten wieder mal die Viren. Darunter die Herpes-Gruppe. Sie ist verantwortlich für das Kaposi-Syndrom, den Hautkrebs, aber auch für die verschiedensten Dermatiden, die unsere Patienten quälen.«

Schröder beendet. Er hat genug. Nein: Es ist genug! Es ist zuviel...

Er packt seine Papiere zusammen.

Am Tisch neben der Tafel läutet das Telefon. Eine der Laborantinnen hebt ab und reicht ihm den Hörer. Es ist die Zentrale: Ein Gespräch aus der Schweiz vom Gendarmerieposten Lustenau.

Vogt?! – Schröder denkt es automatisch. Weiß der Teufel, warum ihm jetzt Vogt einfällt.

»Grüezi!« meldet sich eine Stimme. »Spreche ich mit dem Aids-Zentrum in der Hölderlinstraße in München? Sind Sie der leitende Arzt?«

»Ja. – Dr. Schröder.«

»Ja? Dann entschuldigen Sie, Herr Doktor. Aber wir hatten heute morgen hier ein Kapitalverbrechen. Einen Mord. Der Täter fuhr einen grünen Mercedes 280, Baujahr 75. Eine Münchner Nummer.«

Also doch! weiß Schröder jetzt. Der Wagen des Hausmeisters.

»Ich weiß«, sagt er müde, und alles in ihm wehrt sich, weiter zuzuhören.

»Sie wissen was, Herr Doktor? Wir wissen noch gar nichts. In dem Wagen waren keine Papiere. Und der Täter hatte auch keinen Ausweis bei sich. Es ist ein kräftiger Mann, etwa einsachtzig groß.«

»Sie kennen den Namen nicht? Ist er vielleicht...«

»Nein, nein, er lebt. Er hat sogar gesprochen, bayerisch, aber nur wirres Zeug. Er hätte einen Gehirnschaden... Und dann ist er zusammengebrochen. Wir haben ihn ins Kantonsspital gebracht.«

»Und wen... wen hat er umgebracht?«

»Eine österreichische Staatsangehörige, eine Grenzgängerin, die hier bei uns an einem Ausschank arbeitet. Wie ich jetzt erfahren habe, handelt es sich um eine Drogenabhängige. Sie wurde auch wegen gewerblicher Prostitution bereits aufgegriffen. Er hat sie erwürgt.«

»So«, sagt Schröder.

»Im Anzug des Mannes fanden wir einen Brief des Max-von-Pettenkofer-Instituts an das Gesundheitsamt. Daher haben wir auch Ihre Nummer.«

»Passen Sie auf: Der Mann heißt Vogt, Josef Vogt. Er ist hier Patient, das heißt, das war er wohl. Er hat heute nacht das Zentrum verlassen. Und noch etwas ist wichtig: Der Mann hat Aids.«

»Um Himmels willen!« sagt die Stimme am anderen Ende der Leitung und ist nun mit einemmal weder dienstlich noch selbstsicher. »Du lieber Gott... und ich hab' den noch eigenhändig...«

»Da machen Sie sich mal keine Sorgen«, meint Schröder. »Das ist das geringste Problem, das uns der Herr Vogt bereiten wird...«

Er hatte sie von Anfang an gemocht, vom ersten Tag, von der Sekunde an, als sie zu ihm hereinkam und sagte: »Ich bin die Iris! Und ich hab's mir nicht mal auf dem Strich geholt... Und wenn ich dir auf die Nerven gehe, kannst mich wieder rausschmeißen.«
Sie war Ernst Penzolt nicht auf die Nerven gegangen. Wie auch? Sie war so anrührend in ihrer direkten Ehrlichkeit. Und überdies war sie schön, trotz der Verunstaltungen, die die Krankheit ihren Augen zugefügt hatte. Und hinter der Fassade herausfordernder Chuzpe klammerte sich eine manchmal niedergedrückte, vielleicht auch verrückte, doch so tapfere Seele an das Leben.
Nun also steht sie vor ihm, beugt sich zu ihm nieder, starrt ihn aus tränenden Augen an und sagt doch tatsächlich: »Weißte was, Ernst? Siehst prima aus! Wieder viel, viel besser.«
»Ich denk', dir ist das Augenlicht genommen? Du siehst doch nur hell und dunkel? – Oder was ist?«
»Ich seh' schon fast klar. Halb klar. Und was ich nicht sehe, hör' ich an den Stimmen. Und husten tust du auch nicht.«
»Soll ich?«
»Nein. Bitte nicht...«
»Dann gib mir wenigstens mein Toupet. Wo ist denn mein Toupet, verdammt noch mal? – Ach, da drüben... Eine so schicke Frau wie dich soll man würdig empfangen!«
»Find' ich auch«, sagt sie. Und als sie ihm das Toupet reicht und ihm sorgsam über den kahlen Schädel zieht, spitzt sie den Mund. Das rührt ihn am meisten: Dieser gespitzte, kleine Monroe-Mund im rotverschwollenen Gesicht.
»Du, wirklich: Ich find', du blühst richtig auf.«
»Nein! Das nennt man Remissionen«, sagt Penzolt. »Da staunen selbst die Ärzte darüber. In der letzten Krise immer wieder die Kurve kratzen, genau das ist es. Darauf kommt's an.«
»Darauf müßten wir eigentlich Champagner trinken, auf deine Remissionen. Soll ich einen holen? Darfst du?«

»Das ist doch keine Frage von dürfen. Ich darf alles. Können ist das Problem!«
Sie setzt sich. Die Freude verschwindet aus ihrem Gesicht. Sie weiß Bescheid: Nur noch die Magensonde hilft ihm weiter. Champagner und Magensonde? Nein...
»Weißt du, diese Bakterien haben sie jetzt im Griff. Der Doktor Schröder hat's mir gesagt. Meine Augenkraft kommt wieder, in vierzehn Tagen, meint er, der Schröder, nur noch eine Frage der Zeit. Dann brauchte ich allerdings 'ne Brille. Stell dir mich mal mit 'ner Brille vor, Ernst!«
»Warum nicht? Und was machst du dann?«
»Dann?« Sie krümmt sich ein wenig zusammen. Und sagt nichts. Still ist es; Ruhe in allen Korridoren. Vier Uhr. Besuchszeit. Von irgendwo, gefiltert durch die Mauern und Türen, ein Lachen. Die Fernseher flimmern nicht, die Radios sind abgestellt. Sie unterhalten sich, die, die können, die jemanden haben, der kommt, um mit ihnen zu sprechen. Sehr viele aber liegen allein. Penzolt liebt diese Stunde. Das Boot! denkt er. Dieses Bild hat ihn schon so oft beschäftigt: Wir alle, ich, die anderen, selbst die Ärzte und die Schwestern in einem Boot, unter einem Himmel, der keine Sterne kennt, verloren in einem uferlosen Ozean...
Er blickt zu Iris hinüber. Sie hat die Hände über den Knien geschlossen wie ein Kind. Das Haar fällt nach vorne, dunkles, braunrotes, reiches, knisterndes, junges Haar. Nie hat er soviel Erbarmen gespürt wie jetzt. Er hätte sie so gerne in den Arm genommen. Doch auch das erübrigt sich. Wie auch? Wo er den Arm kaum hochbekommt...
»Iris? Was ist denn?«
Sie schweigt lange. Dann kommt ihre Stimme, leise, spröde: »Was machst du dann, hast du gefragt? Natürlich werde ich bald entlassen. Zu Hause, in meiner Wohnung, brauche ich mich nicht mehr blicken zu lassen, hat mir meine Freundin geschrieben. Sie wolle nicht auch die Seuche am Hals.«

»Willst du denn dorthin zurück?!« Die Überraschung nimmt ihm den Atem, und so kommt der Husten. Es dauert lange, bis er damit fertig wird. Sie reicht ihm das Tuch. Er tupft sich den Mund ab: Whirlpool und Liebesschaukel! denkt er. »Swinger-Club.« Ist sie verrückt geworden?
»Nein, ich bin sogar froh darum, daß ich nicht kann. Weißt du, ich finde, daß sie mir das geschrieben hat, hilft mir.«
»Richtig, Iris! So was hilft.«
»Ich bekomm' einfach den Vogt nicht aus dem Kopf«, sagt sie da plötzlich. »Der Kerl von 214. Der liegt hier bei uns – und was tut er?«
»Er hatte eine Enzephalitis...« versuchte er sie zu unterbrechen. »Vergiß das nicht. Er bekam's in den Kopf.«
»Und was tut er? Steht mitten in der Nacht auf, klaut sich ein Auto und bringt das erstbeste Mädchen um!«
»Komm, Iris...«
Aber damit kann er sie nicht aufhalten, dies bändigt nicht die Bilder, die sie bedrängen: »Erwürgt. Erwürgt, ja... So geht's mir auch, wenn die Schwäche mich nicht vorher fertigmacht... Und weißt du was, Ernst: Mir sieht man's an! Jeder sieht's mir an. Das denk' ich immer: Iris – dir sieht man an, was du getan hast! Und dir sieht man an, was du hast. Du bist nichts. Ein Stück Mist bist du! Gerade reif, für den Nächsten, der dich umlegt. Daran muß ich immer denken.«
Er richtet sich auf und braucht seine ganze Kraft dazu, so viel Kraft braucht er, daß der Schweiß ausbricht und der Husten wiederkommt.
Schon ist sie bei ihm. »Entschuldige, Ernst! Ich weiß ja, ich sollte dich nicht aufregen.«
»Nein, nein«, flüstert Ernst Penzolt. »Nicht ich – du sollst dich nicht aufregen. Und noch etwas mußt du wissen, Iris... Sieh mich an. Ja, so ist's gut... Ich muß dir etwas sagen. Und ich will dir auch etwas geben.«
»Ja, Ernst?«

»Ich will dir sagen, Iris, daß du ein wunderbarer Mensch bist.«
»Komm!«
»Nein, das bist du. Vielleicht stimmt das Drehbuch manchmal nicht, nach dem dein Stück gespielt wurde. Leben ist nun mal Theater. Und da wirken auch andere mit. Verstehst du?«
»Ja«, sagt sie mit einer ganz kleinen, veränderten Mädchenstimme, »ich glaube, ich versteh'.«
»Das ist gut. Und jetzt will ich dir etwas geben. Steh mal auf, Iris. Geh rüber an den Schrank. Dort unten im zweiten Fach, wo die Hemden sind...« Er räuspert sich, es klingt wie das Rascheln von welken Blättern: »Wo die Hemden mal waren – da findest du eine grüne Lederschachtel. Wenn du sie nicht siehst, kannst du sie fühlen.«
»Ich hab' sie«, sagt Iris.
»Gut. Sehr gut. Dann komm her... Setz dich auf mein Bett, ja so, ganz nah. Und jetzt mach die Augen zu.«
»Ich seh' doch sowieso kaum was.«
»Mach sie trotzdem zu.«
Er öffnet das Futteral, er hat Mühe, doch er schafft es. Und da liegen sie nun auf dunklem Samt und schimmern: drei Reihen, Kugel an Kugel, jede makellos...
Er nimmt die Perlen vorsichtig, mit spitzen Fingern, legt ihr das Collier um den Hals und schiebt den Verschluß zu. Dann entnimmt er dem kleinen Nebenfach den Ring.
»Die Hand, Iris.«
»Hör mal, Ernst, was soll das? Du hast vorhin gesagt, das Leben ist...«
»Dies ist kein Theater, Iris«, sagt er.
Sie richtet sich auf, mit steilem Hals, mit einem glücklichen Zurücknehmen der Schultern, so wie es nur eine Frau kann.
»Iris!« sagt er. »Das hier ist der Schmuck meiner Großmutter. Und die stammte aus Pommern. Und als dann die Russen kamen und sie alle fliehen mußten, konnte sie gerade noch diesen

Schmuck retten. Mich hat er ein Leben lang begleitet. Na, und jetzt – jetzt hast du ihn.«
»Ich? Du bist ja verrückt.« Die Worte wollen nicht kommen, und dann kann sie nur flüstern: »Warum... warum denn ausgerechnet ich, um Himmels willen?«
»Warum? Weil du etwas Besonderes bist, Iris. Ja, etwas ganz Besonderes. Und daran sollen die Perlen dich erinnern.«
Sie sieht ihn nur an.
Und dann sagt Iris etwas, das Penzolt beweist, wie richtig sein Entschluß war: »Ich finde«, sagt Iris, »jeder Mensch ist etwas ganz Besonderes...«

Die Tür springt auf und wie unter Preßluftdruck schäumt Musik heraus: die hellen, harten Kantenschläge eines Schlagzeugs. Nun eine Jazz-Gitarre, deren Töne wie Feuerwerkskörper hochsteigen. Und Menschen! Drei Mädchen, die sich an den Armen halten, rennen Schröder beinahe um. Er blickt in erregte Gesichter, glänzende Augen, auf lachende Münder, betroffen von dieser ganzen unbefangenen, wilden Lebensfreude.
Bumsvoll der Schuppen. Schwingende Scheinwerfer kreisen wie Sonnen. In den Nischen Pärchen beim Bier und beim Knutschen. Über ihren Köpfen hängen dichte, blaue Rauchschwaden. Auf der Tanzfläche aber eine hin- und herwogende Menschenmasse, aus der die Arme hochfliegen, wenn die Gitarren ihren Rhythmus steigern.
Schröders Ohren dröhnen. Er hat ein Gefühl, als hämmerten die Trommeln gegen seinen Bauch. Dies also versteht Paul unter »Feldforschung«?...
Es war Paul Weißhaupts Idee gewesen: »Wir spielen Hauptverbandsplatz und kennen noch nicht mal die Front!«
In einer einsamen Ecke hat er ihn jetzt entdeckt.
Carlo Schöller, der Therapeut des Zentrums, steht neben ihm. Der kleine, rundliche Professor hat das Kinn hoch, betrachtet

mit väterlichem Wohlwollen das Volk, das an ihm vorüberdrängt. »Feldforschung?« denkt Schröder. Nein: Napoleon an der Front!
Der Chef hat die Hände in den Taschen seiner leichten Golfhose und scheint das alles zu genießen. Schröder kämpft sich zu ihm durch. Weißhaupt hält ihm lächelnd ein Glas Bier hin. Dann dreht er sich wieder zu dem langen Blonden, der hinter der Bar bedient.
»Ja mei«, sagt der gerade, »wenn das für euch so wichtig ist: Hier hat sich nichts geändert. Wirklich nix.«
Weißhaupt will einen Whisky offerieren, doch der Mann schüttelt den Kopf.
»Aids«, sagt er, »das ist was für Aidsis. Das regt die Kids hier doch nicht auf.«
Er verzieht den Mund. Es will kein Grinsen daraus werden. Er läßt seinen Blick wandern, über all die Köpfe, die jungen Gesichter. »Mir brauchen Sie nichts zu erzählen. Ich bin Medizinstudent im vierten Semester. Ich jobb' hier nur. Mir ist sonnenklar, was läuft. Ich hab' selbst einen gekannt, der daran krepiert ist. Aber bringen Sie's denen mal bei. Wie denn? Die nehmen das nicht ernst. Beim Anmachen geht der Verstand sowieso in den Keller. Und die neuen Kondom-Automaten, die hier in den Toiletten? Interessiert doch niemand... Wissen Sie, was das Schlimmste ist: Sie sind so jung! Sie sind so verdammt unschuldig.«
Feldforschung. Die Front!...
Nachts, unter dem blauen Licht der Tiefstrahler, wirken die Straßen am Hauptbahnhof leer und kalt. Vor den Pornokinos stehen ein paar rauchende Gastarbeiter. Die Bars sind halb leer, die Freier verschwunden. Die weißen Kacheln der Toiletten im Bahnhof reflektieren das unbarmherzige Licht starker Lampen, die hier eingedreht wurden. In den Anlagen unter dem schwarzen Schattengewirr der Bäume, patrouillieren Polizeistreifen: »Orte, an denen der Prostitution nachgegangen wird, sind re-

gelmäßig zu überwachen.« – So steht's im Maßnahmenkatalog, den das bayerische Innenministerium zur Aids-Bekämpfung gerade erlassen hat.
Die granitenen Brunneneinfassungen, auf denen sich die Nutten vom vielen Stehen und Warten erholten – verwaist. Nicht nur die Mädchen, auch die Stricher sind verschwunden.
Draußen, in den Parkbuchten der Ausfallstraßen aber warten noch immer Wohnmobile auf Kundschaft. Eine aufgebrachte Blondine bläst dem Mann vom Gesundheitsamt, den sie zur Verstärkung mitgenommen haben, den Rauch ins Gesicht. Die Fransen über den geschminkten Augen zittern. Hot pants, Stöckelschuhe, nackte Beine und die nackte Wut: »Meinen Sie, ich fass' einen ohne an?! Wir müssen doch zum Test. Bei uns geht's ums Überleben! Und fixen tut von uns sowieso keine.«
»Was sich geändert hat, wollt ihr wissen? Daß nur noch wenige kommen. Aber die ticken noch verrückter als früher.«
Schröder ist müde. Er hat genug.
Was bringt das?
Von »betonharter Uneinsichtigkeit« spricht Paul? Soll er sich mit Weißhaupt darüber aufregen? War es nicht Paul gewesen, der zuvor noch gesagt hatte, daß sich der Sexualtrieb nun mal nicht nach Belieben an- und abstellen ließe? Und schon gar nicht mit seuchenhygienischen Maßnahmen.
»Eine Urkraft, Werner! Es gibt kein Wort dafür. Sie gehört zu uns wie das Atmen und das Denken. Sexualität, das ist mehr als eingefahrenes kulturelles Verhalten. Wer da was ändern will, braucht als Gegenkraft die Macht der Revolution. Und die Bereitschaft, Opfer zu akzeptieren. Wo sind die Grenzen? Wer kann, wer will sie ziehen?«
Und: »Die Zeichen der Katastrophe werden den Freiheitsraum begrenzen. Aber wo wird der Kampf um Einsicht zur Willkür der Macht? Aber wo wird dann die Trennungslinie gezogen zwischen vernünftiger Seuchenpolitik und der ganzen verdammten Intoleranz, dem Haß auf die, die's haben, auf die, die geschlagen sind?«

Scheinwerfer leuchten auf und werden sofort wieder abgeblendet. Zwei Wagen biegen von der Straße ab und stoppen. Ein Mann steigt aus, bleibt unschlüssig stehen, winkt der Blonden zu und flüstert leise mit den Insassen des anderen Autos.
Schröder fröstelt. Ausgerechnet hier, an diesem trostlosen Ort irgendwo an einer der vielen Ausfahrten, die aus der Stadt in die Dunkelheit führen, meldet sich, als überblendeten sich die Bilder einer defekten Kamera, eine ähnliche Szene: Die giftgrün angestrahlten Kronen der Mangobäume am Palais de la Nation von Kinshasa. Darunter schattenhafte Silhouetten: Junge Mädchen, die dort, im süßlichen Verwesungsgeruch, der vom Fluß über die Millionenstadt wehte, auf ihre Kunden warteten.
So jung, so fröhlich waren sie. Ihr Lachen klang durch die Nacht. Bauernmädchen, aus der Provinz Kivu, aus den Dörfern des hügeligen Hinterlands von Mayombé. In die Stadt kamen sie, um ihr Glück zu machen – und in ihre Dörfer kehrten viele zurück, um die »slim desease«, die Seuche, weiterzutragen oder auf den Tod zu warten. Sechzig Prozent der Mädchen waren schon vor einem Jahr durchseucht. Wie viele Aids-Infizierte es in Schwarzafrika gibt, wer will es wissen? Hunderttausende, sagen die einen, Millionen bereits, die anderen. Exakte Seuchenzahlen, ja schon das Wort »Aids«, bleiben für die Regierenden tabu.
In den Hauptquartieren der internationalen Epidemiekontrolle aber tauchte vor einem Jahr bereits die Idee auf, »den Seuchengürtel Schwarzafrikas« als hoffnungslos aufzugeben.
Mein Gott, denkt Schröder: Was ist nur mit uns Menschen los? Und in welcher Zeit leben wir? Was soll noch werden?...

Sie fahren zurück.
Vor den Pubs und Schickerialokalen der Innenstadt stauen sich die Wagen, Motorräder röhren, Taxis fahren vor: München – die »erotischste Stadt der Bundesrepublik«!

»Mich schützen? Wie soll ich denn das?« hatte Schröder ein nettes Barmädchen mit Liza-Minelli-Fransen zum Auftakt des Abends zwischen exotischen Pflanzen, Spiegeln und High-Tech-Möbeln erklärt: »Wenn mir jetzt ein Typ gefällt, so wie Sie zum Beispiel, soll ich ihm sagen: ›Ohne‹ kommt nicht in Frage? Der meint doch, ich hätt's auch!«
Dieser ganze »Zug durch die Gemeinde« verliert zu keiner Sekunde seine Gespenstigkeit.
Was suchen sie? Was wollen sie bewirken? Kreisen sie nicht selber mit in diesem Karussell von Selbstbetrug, Hoffnung und Vergeblichkeit?
Dort aber, wo die Szene zu Hause ist, in den Lokalen am Gärtnerplatz, deren Namen er so oft von seinen Patienten hörte, dort, wo sich für viele »Homos« das andere »wahre Leben« abspielt, das vielen das »Wahre« bedeutet, erlebte er trotziges Bewußtsein – und Verzweiflung. Nie war Schröder hier gewesen. Sie aber kannten ihn. Vor allem kannten sie Weißhaupt...
»Was habt ihr noch so alles für uns in petto?!«
Ein dunkler, schnauzbärtiger Mann. Er warf mit Worten wie mit Steinen. Und später – es stellte sich heraus, daß er der Geschäftsführer des kleinen, eleganten Restaurants ist – die Frage: »Wollt ihr uns 'ne Nummer auf den Arsch tätowieren? Ich weiß, Sie arbeiten im Aids-Zentrum. Auch wenn Sie das noch Jahre tun und es dann noch einen von uns gibt – ich kann Ihnen jetzt schon versichern: Ihr werdet uns nie verstehn!«
Er sprach leise. Er schien nach außen völlig ruhig. Er setzte die Worte eines nach dem anderen, so, als prüfe er jedes vorher auf seinen Gehalt.
Die Hände aber konnte er nicht beherrschen.
»Die Ansteckungslinien abschneiden, Meldepflicht, ist es das? Was ganz anderes wollt ihr uns abschneiden. Maßnahmenkataloge, Ausgrenzung? Wissen Sie, was das heißt? Daß die Leute von hier abhauen. In Scharen. Und zwar die Besten. Auch mein Partner in diesem Laden, der ist jetzt nach Nord-

rhein-Westfalen. Der hatte einen Nervenzusammenbruch. Anschließend wollte er sich umbringen. Früher hab' ich mich noch über seine Verfolgungshysterie lustig gemacht. Tuntengetue, Stefan! hab' ich gesagt. Jetzt ist mir klar: Nicht er, ich war der Idiot.«
Er konnte kaum weitersprechen. Er zitterte, hatte Mühe mit dem Atem. »Sehen Sie sich doch um hier. Halb leer!... Wer hat heute noch Lust auf einen schönen Abend? Nein, meine Kunden sitzen zu Hause. Wenn ihr schon Mediziner seid, schaut endlich zu, daß das Mittel gefunden wird. Zu viele sind schon gestorben...«

Das Mittel!
Die Zauberkugel, die den Gegner töten oder dorthin zurückbefördern würde, woher er wohl kommen mußte: aus den Abgründen des Bösen, aus dem Feuer der Hölle!
Das Mittel, das die Zeiger der Uhren rückwärts rotieren läßt, zurück in die wunderschönen, freiheitstrunkenen, lebensprallen Zeiten, als das Wort HIV noch nicht erfunden war, als niemand wußte, was das denn sein soll – AIDS.
Das Mittel...
Das Wort bereits speist den Hoffnungsfunken in den Augen der Schwerkranken, der Gedanke daran beherrscht die Diskussionen der Ärzte.
Auch Schröder liest alle erreichbaren Fachpublikationen, sucht Kontakte mit Freunden und Kollegen aus den Laboratorien und Instituten. Die gewaltige Maschine »Forschung« ist längst angeworfen. Sie vereint die führenden Köpfe dieser Welt in einem einzigen gemeinsamen Bemühen: das Überleben von Millionen, nach Ansicht mancher Fachleute vielleicht der ganzen Menschheit zu sichern. Und damit winkt der höchste Ruhm, der je einem Forscher oder einem Wissenschaftler-Team in Aussicht gestellt wurde. Nobelpreis! Milliardengewinn! Und die Dankbarkeit der ganzen Welt.

Frühestens in zehn Jahren ist man soweit, ist die Meinung der Weltgesundheitsorganisation. Auch Professor Robert Gallo, die Nummer eins in der internationalen Riege der Aids-Forscher, sieht es so.
Sein Kollege Luc Montaigner im Pasteur-Institut in Paris ist da optimistischer. Im Grunde jedoch bleibt es stets dasselbe: Quälendes Abkippen aus Euphorie und Hoffnung in Skepsis und Ernüchterung.
Schröder hört es bei seinen Telefonaten mit Frankfurt, Hamburg oder Berlin immer wieder: »Am Anfang sah das richtig sensationell aus. In den Kulturen tat sich was. Aber dann ...«
Dann war es wieder dasselbe: negativ!
Neue Denkansätze erweisen sich als alte Ladenhüter. Das Azidothymidin zum Beispiel: Vor zwanzig Jahren bereits hatte es die britische Firma Wellcome als Krebsmittel herausgegeben. Erfolglos ...
Doch nun, neben all den anderen Schlagzeilenmeldungen über angeblich erfolgversprechende Substanzen, zeigt sich, daß AZT den Lauf der Krankheit zwar nicht stoppt, aber doch erheblich verzögert. Die Vermehrung der Viren im Körper kann es bremsen. Wenn man bereit und in der Lage ist, die oft bedrohlichen Nebenwirkungen wie Blutarmut und Hautablösungen in Kauf zu nehmen... Und wenn man's kriegt.
Mit dem Seitenblick auf die Konkurrenz und in Verfolgung einer ebenso konsequenten wie unbarmherzigen Geschäftspolitik hat die Firma Wellcome AZT lediglich zu Testzwecken zur Verfügung gestellt. Und zwar im Gegenwert von zehn Millionen Dollar! Eine einzige Behandlung jedoch wird pro Patient und Jahr auf etwa zehntausend Dollar geschätzt.
Und sie testen weiter. In den modernen Hexenküchen der Pharmazie-Labors wird das Virus allen erdenklichen Folterungen ausgesetzt. Dutzende verschiedene Mittel werden an ihm erprobt, darunter auch solche, die im Reagenzglas die Vermehrung zwar stoppen konnten, wie das seit sechzig Jahren einge-

setzte Suramin, in der Realität aber versagen. Ob Interleukin oder Interferon, Medikamente, die das Abwehrsystem kräftigen; es bleiben Schritte, kleine Schritte auf einem Weg, der noch im dunkeln liegt.
Der Wettlauf ist gigantisch. Die Vorschußlorbeeren verkümmern schnell.

Es ist ein Wettlauf mit der Zeit. Immer wieder wird das Virus und die Formen, die es entwickelt, auseinandergenommen, richten sich Elektronenmikroskope und Forscheraugen auf den genetischen Kern, sein Genom, der das Geheimnis der Gefährlichkeit birgt. Nie zuvor in der Forschungsgeschichte haben Mikrobiologen, Virologen, Immunologen und Biochemiker soviel in so kurzer Zeit über einen Krankheitserreger herausgefunden.
Doch Aids ist ein Lenti-Virus. Es hat Zeit. Es scheint mit der Zeit zu spielen. Nicht einmal seine Inkubationsdauer steht genau fest. Zehn Jahre maximal, das war bisher die Annahme. Nun tauchen Indizien auf, die fragen lassen: Muß diese Grenze erweitert werden? Zehn Jahre, reicht es? Wer wird von den Infizierten wirklich davonkommen?
Was zur Beantwortung fehlt, ist die Erfahrung mit der Zeit. Bisher konnte sich die Forschung nicht einigen, bei wie vielen der Infizierten die Krankheit wirklich zum Ausbruch kommen wird. Sie wird auch in Zukunft Schwierigkeiten damit haben. Doch während man bisher annahm, daß ein großer, ja überwiegender Teil der Infizierten die Krankheit ausheilen könnte, schlägt das Pendel der Prognosen um zur anderen Seite, nähert sich die Ansicht der Fachleute mehr und mehr dem furchtbaren Urteil: Wer sich mit Aids infiziert, stirbt an Aids. Wann, ist nur eine Frage des Alters.
Je mehr sich die Wissenschaftler mit Aids beschäftigen, um so größer wird ihr Staunen über die Raffinesse, über die Wechselspiele, die das Virus bei seinen Aktionen anwendet. Für Jahre

mag es sich zur Ruhe setzen. Und es sind ja nur wenige der Milliarden von T-Helferzellen oder Bindegewebszellen, die es befällt. Doch wenn das Signal kommt (Wer löst es aus? Wie kommt es dazu?), produziert ein einziges Virus in Stundenfrist zwei- bis dreihundert Abkömmlinge! Nichts kann es mehr stoppen. In kurzer Zeit, in wenigen Tagen sind es Hunderte von Millionen Viren, die attackieren. – Und schlimmer noch: So als verspotte das Virus in seiner Selbstinszenierung den suchenden Menschen, verändert es seine Gestalt, erscheint es in immer neuen Masken, neuen Varianten.

Eine Eigenschaft allerdings verhieß Hoffnung: Aids-Viren fühlen sich nur von solchen Zellen angezogen, die einen bestimmten Rezeptor besitzen, eine Oberflächenstruktur, die dem Virus ermöglicht, sich wie der Schlüssel im Schloß einzuklinken, um mit der Zelle zu verschmelzen.

»Sie hoffen, jetzt den Impfstoff über die Hülle zu bekommen. Alle marschieren in diese Richtung. Voran die Amerikaner, Gentech in San Francisco hat schon 1986 einen Impfstoff aus Virushüllen entwickelt. Sie haben das sogar Schimpansen injiziert. Das Ergebnis – ein Flop! Die Tiere gingen ein.«

Professor Paul Weißhaupt zeigt sich wieder mal als Pessimist. Dabei ist man nun, seit es gelang, das für die Produktion verantwortliche Gen-Teil in Kuhpockenviren einzupflanzen, in der Lage, die Hülle des Virus in beliebiger Menge herzustellen. Würden diese Virushüllen den Körper zur Herstellung von Antikörpern und Killerzellen stimulieren? War das das Licht am Ende des Tunnels?

Paul Weißhaupt glaubt nicht daran.

»Wir haben eine Menge Informationen, stimmt. Aber wir sammeln sie noch immer am Fuß des Berges. Wer sagt denn, daß das Virus stabil bleibt? Schon sind drei oder vier Formen gemeldet. Es ändert schneller seine Strukturen als alle anderen bekannten Viren. Und die Versuchsreihen, die man braucht! Woher die Schimpansen nehmen? Die armen Viecher haben nun mal als einzige das Pech, denselben Immun-Mechanismus aufzubringen wie wir. Vier- oder fünfhundert Schimpansen stehen auf der ganzen Welt zur Verfügung. Was dann, wenn sich herausstellt, daß es neben der Hülle noch etwas ganz anderes braucht?«

Dieses »was dann« wird am Tisch eines Biergartens erörtert. Talergroße Sonnenflecken liegen auf den Tischen. Blauer Himmel leuchtet zwischen gold und grün schimmernden Baumkronen. Falls es die Arbeit oder das Wetter zulassen, flüchten sie sich in diese Welt wie in eine Oase – und diskutieren doch stets nur das eine Thema.

»Im letzten Science-Bericht steht jetzt: Bis Ende der 90er Jahre sei jede Hoffnung auf einen Impfstoff verfrüht. Ende der 90er Jahre? – Das kann ein paar hundert Millionen Kranke bedeuten. Für die kommt jeder Impfstoff zu spät. Ein Heilmittel bei Retroviren – wie soll das funktionieren, wenn du bereits infiziert bist?«

Schröder sieht sich um.

Auf den geharkten Wegen des Gartens liegen wie frisch gefallener Schnee die Blütenblätter der Kastanienkerzen. Drüben, aus dem kaisergelb gestrichenen Haus, schleppen Kellnerinnen ihre Maßkrüge. Die Tische um sie sind voll besetzt: gemütliche Biertrinker, Leute, die ihren »Radi« schneiden, Kindergeschrei, junge Paare, die sich in die Augen blicken, andere, die diskutieren.

Sie haben Sorgen. O ja, alle haben sie die: Steuern, Angst um Jobs und Absacken der Konjunktur. Aids? Wie sollten sie sich noch damit beschäftigen? denkt Schröder. Was wäre der Mensch ohne seine Fähigkeit, zu verdrängen?...

Er fühlt den Druck an den Schläfen: Es geht an die Reserve. Schon lange.

Und wie lange stehst du's noch durch?

Die Frage ist nicht interessant. Ein Abspringen, das hat er längst erkannt, ein Abspringen gibt es nicht.

Er horcht auf. Weißhaupt hat schon wieder ein Thema.
»Wißt ihr«, sagt Paul Weißhaupt, »wißt ihr, daß mir so ein Versicherungsmensch erklärte, mit dem ich kürzlich über die Kostenlawine sprach, die da losbrechen wird: Dann machen wir halt zu! Ganz ruhig bringt er das. Bei den kleinen AOKs habe das schon begonnen. Die fangen an abzuschotten. Wir haben ja nur einen Trost, hat der gesagt: Wer mit 25 oder 40 krepiert, spart 'ne Menge ein. Der kriegt weder Zucker noch 'ne Dialyse oder Krebs.«
»Na, prost Mahlzeit!« Ammann, der Assistent, zeigt ein bestürztes Gesicht. Carlo Schöller, der Therapeut des Zentrums, versucht seine Pfeife in Brand zu setzen. Es gelingt ihm nicht: »Schon sonderbar«, meint er.
»Was ist sonderbar?«
»Nun, ich kenn' so einen Herrn. Höheres Management in der Versicherungswirtschaft. Vorstandsmitglied sogar.«
»Und was ist mit dem?«
»Mit dem? – Der ist bei mir Patient.«

Die Hoffnung ist das einzige, was sich erneuert. Täglich. Jeden Morgen. Inbrünstig, unduldsam ist sie, wie die eines Kindes. Wenn die Vorhänge noch zugezogen sind, tastet Bernd Leonhard über seinen Körper: Schenkel, Achselhöhle, Hals ... Vielleicht ist es verschwunden!
»Es« bleibt. Lymphknoten, so groß wie Fünfzigpfennigstücke. Und auch so hart. Und manchmal schrecklich schmerzend. Prall gefüllt sind sie mit weißen Blutkörperchen, hatte Professor Riedel erklärt.
»Eine Adenopathie, Herr Leonhard.«
Doch dies sei nur das Symptom, daß der Körper sich wehre gegen irgendwelche Eindringlinge. Und damit hänge auch sein Zustand zusammen: diese ewige Mattigkeit, die Konzentrationsschwächen. »Und sicher haben Sie auch schon einen Abfall Ihrer Libido festgestellt. Aber machen Sie sich da mal nicht

soviel Gedanken. Es gibt viele Möglichkeiten. Wir finden das schon raus.«

»Sicher, Herr Professor.« – Viele Möglichkeiten? Liegenbleibende Arbeit bedeutet es, abgesagte Sitzungen – und unendliche Stunden in weißgekachelten Labors und Behandlungsräumen. Schmerzen, die auch. – Und wie! Sonden schieben sie dir in den Körper, Rückenmarkflüssigkeit wird abgezapft. Und dann sind es keine Sonden und Nadeln mehr, dich selbst schieben sie in den riesigen weißen Stahlkessel eines Computer-Tomographen.

Viele Möglichkeiten? Krebs ist die eine. Dann die Erreger: Viren oder Bakterien, die sich an irgendeiner verschwiegenen Stelle des Körpers angesiedelt haben. Noch eine dritte gibt es...

»Da machen Sie sich mal nicht soviel Gedanken, Herr Leonhard!«

Wie stellt man das an? Manchmal wird Angst zur Krankheit. Irgendwie, geheimnisvoll und drohend, wie es diese verdammte Seuche selbst ist, hat sich das Wort in Leonhard festgesetzt: Aids! Nicht aussprechen, nicht mal denken darf man das. Die Firma, Margaret, seine Frau, wenn sie wüßten... Dann spricht er doch davon.

Der Professor nimmt die Halbbrille ab, betrachtet sie kurz und setzte sie wieder auf die Nase: »Meinen Sie?«

Leonhard erinnert sich an die Examensängste während seines Studiums. Gott – das andere Wort seiner Jugend taucht auf: Gib mir Kraft, Herrgott! Und sei gerecht. Ich hab' mein Leben noch nicht gelebt. Gib mir die Kraft, dies durchzustehen, zu lächeln, wenn ich weinen möchte, zu tun, als sei nichts geschehen, wenn alles in mir schreit... Es geht ja alles weiter wie bisher. Muß es doch: die Sitzungen, Führungsarbeit, Dienstreisen. Und oft ist ihm so elend, daß er die anderen wie hinter einer getönten Glasscheibe wahrnimmt.

»Sie sehen heute wieder so blaß aus, Doktor Leonhard«, sagt

die Sekretärin und bringt Tee oder die Fruchtsäfte, die Professor Riedel ihm verordnete. Die Bernheim tut, als sei das ganz normal: »Was ist mit dem Bericht für Berlin? Sie wollten ihn doch heute diktieren.«

Er wollte. – Und kann nicht.

»Was ist eigentlich mit dir los, Bernd?« fragt Teuricht und verzieht das feiste Gesicht zu einem mitfühlenden Grinsen. Einer im Startloch ist Teuricht, einer der vielen, die darauf warten, daß es ihn wirklich erwischt.

Und seine Frau Margaret? »Ist ja schrecklich«, ärgert sie sich. »Deine Grippe muß doch endlich mal vorübergehen. Da rennst du die ganze Zeit zum Arzt. Auch sonst – du hast dich sehr verändert, Bernd! Weißt du das eigentlich?«

Und ob er sich verändert hat! Urlaub nehmen... Er denkt es wie im Fieber: Schlafen, entspannen... Ein neues Arbeitskonzept entwickeln. Vielleicht sogar mit dem Chef reden. Doch wie?

Den ganzen Tag hängt Bernd Leonhard am Telefon. Von allen Seiten drängen Probleme: Abgesackte Börsenkurse. Filialberichte. Herbstabrechnung. Und dann die Vorstandssitzung, die auf ihn wartet...

»Hören Sie, Herr Leonhard, Sie wirken in letzter Zeit – nun, sagen wir, so unkonzentriert.« Der Chef sieht ihn kummervoll an. »Sie gefallen mir nicht, gar nicht.«

Den »Überflieger« hatten sie ihn in der Süd-Union genannt. Der Mann, der »die Dinge mit links nimmt«, über alles lässig lächelt, Schwierigkeiten nicht zu akzeptieren braucht, weil sie für ihn nicht bestehen.

Mit diesem Lächeln klappt es nicht mehr. Hoffnung läßt sich nicht erzwingen. Heilung auch nicht. Als nach einer Woche die Durchfälle endlich abklingen, kommt das Fieber. Nachts wacht Leonhard schreiend und schweißgebadet auf.

Und eines Abends, vor der Eröffnungsfeier des neuen Golf-Clubs, steht Margaret fassungslos vor ihm: »Das schlottert ja alles an dir! Bist du vielleicht mager geworden. Du brauchst ja neue Hemden, Bernd.«

Und ob er sie braucht! 15 Kilo Gewicht verloren. Sie hat es kaum bemerkt. Wieso soll er erzählen, wie ihm zumute ist, wenn er morgens auf die Waage steigt und der verdammte Zeiger ihm wieder 200 Gramm geraubt hat. Und wie das ist, wenn man die Badezimmertür hinter sich zuschließen muß, weil man Angst hat, erwischt zu werden. Bei was? Bei der Entdekkung des eigenen Untergangs...

Nackt vor dem Spiegel stehen, zusehen, wie die Rippen unter dem zurückweichenden Fleisch weiß hervorstehen! Die kleinen roten Stellen suchen. Am Knöchel zum Beispiel, oder an der Innenseite des Arms: *»Die Läsionen, die auf ein Auftauchen des Kaposi-Sarkoms hinweisen, sind im allgemeinen über den ganzen Körper verteilt.«*

Leonhard hat alles über die Vorboten der Krankheit gelesen: *»Die meist etwas erhobenen Stellen sind von dunkler Purpurfarbe.«*

Sind sie bei ihm nicht. Nein! – Vielleicht hat er sich nur den Fuß angeschlagen. Oder irgendein Insektenstich. Vielleicht ist alles nur Einbildung...

Wie von einem Gespensterreigen sieht sich Bernd Leonhard von diesen »Vielleichts« umdrängt.

Es ist Donnerstag. Und wieder Finanzausschußsitzung. Auch Zischke ist dabei – der Mann von der Kontrollbehörde.

»Wollten Sie dazu noch was sagen, Doktor Leonhard?«

Leonhard schüttelt den Kopf und packt seine Papiere ein: »Nein. Leider muß ich mich jetzt verabschieden. Ich glaube, die anstehenden Fragen können die Herren auch ohne mich erledigen. Ich habe einen Termin.«

Unten, vor dem Glasportal, reißt ihm der Fahrer den Schlag auf. Leonhard nickt nicht einmal. Er läßt sich in den Sitz fallen, schließt die Augen – und öffnet sie erst wieder, als Ranke sagt: »Da wären wir, Herr Doktor!«

Ja, sie sind da: Der Geruch. Die bereits vertrauten Korridore. Und das Gesicht Professor Riedels. Mit der Halbbrille wirkt er wie ein echter deutscher Bilderbuchprofessor. Nur die Kummermiene will nicht so recht dazu passen.
Leonhard spürt, wie sich sein Nacken versteift. Wieso gibt er dir nicht die Hand? Und was sagt er da?
»Leider, Herr Leonhard, leider, leider«, sagt Professor Riedel. »Ich muß Ihnen eröffnen: Ihre Befürchtungen haben sich doch als richtig erwiesen.«
Als richtig? Aids heißt das! Acquired Immune Deficiency Syndrome – erworbene Immunschwäche...
Der Professor spricht. Sein Mund bewegt sich. Worte füllen den großen Raum mit den modernen, hellgrünen Stahl- und Plastikmöbeln. Doch was sie bedeuten, Leonhard versteht es nicht.
Erworben... Selbst schuld!
»Was wollen Sie jetzt unternehmen, Herr Leonhard?«
Der Schweiß breitet sich auf der Kopfhaut aus, die geschwollenen Drüsen an seinem Hals beginnen zu schmerzen. Er fühlt ihren Druck.
»Wie bitte, Herr Professor?« Er preßt die Zähne zusammen.
»Ich meine, es sind eine ganze Reihe von Überlegungen anzustellen. Sie sind verheiratet, Sie haben einen Partner. Und da ist Ihre Arbeit, die Sie ja bis aufs äußerste fordert.«
Der Partner? Die Arbeit? Die freundliche, einfühlsame Professorenstimme setzt ihm geduldig auseinander, was dies alles bedeutet. Noch befände sich die Krankheit in einem Vorstadium. »Wir sprechen dabei von der ARC-Phase, dem ›aids related complex‹.« Das bedeute aber nicht, daß die Krankheit ausbrechen müsse. Er sei körperlich gesehen ja sehr gut beieinander. Diesen Zustand müsse er sich auch erhalten.
»Unbedingt! Vernünftige Kost, gesundes Leben. Und noch etwas, lieber Herr Leonhard: Arbeitsstreß, menschliche Krisen, jede Form von seelischer Anspannung also, das ist wissen-

schaftlich längst erwiesen, beeinträchtigen entscheidend die körpereigene Abwehr. Sie sind zu meiden.« Ja, und was den Partner angehe: »Sie sind ja nun Infektträger...« Und damit würden gewisse Grundsätze der Körperhygiene zur Voraussetzung des Zusammenlebens. Keine gemeinsame Benutzung von Zahnbürsten, Rasierapparaten oder ähnlichem, das verstehe sich ja von selbst. Jedweder Austausch von Körperflüssigkeiten, Blut, Sperma, Vaginalsekreten müsse verhindert werden. »Daher nie ohne Kondom, Herr Leonhard.«

Das alles hat Leonhard sich angehört. Ohne Einwände. Nicht einmal zu einem Kopfnicken brachte er die Kraft auf.

Was soll nun geschehen?

Er habe sich bereits die Frage gestellt – der Professor bewegte bedeutungsvoll den Kopf –, ob angesichts der Probleme es nicht ratsam sei, einen erfahrenen Therapeuten zuzuziehen? Einen Mann, der ihm zumindest den notwendigen seelischen Halt bieten könnte. Und dafür wisse er einen geeigneten Mann, einen Psychiater, der auch im Aids-Zentrum arbeite, einen alten Bekannten, den Dr. Carlo Schöller.

Auch dazu hatte Leonhard nur genickt. Und dann hatte er gesagt: »Ja, den brauche ich wirklich. Dafür wäre ich Ihnen sehr, sehr dankbar.«

»Er könnte Ihnen vielleicht auch die beruflichen Fragen...«

»Es geht nicht um Berufliches.«

»Um was dann, Herr Dr. Leonhard?«

»Es geht darum, daß es jemand meiner Frau sagt, Herr Professor.«

»Meinen Sie das im Ernst? Warum...«

»Ich bringe dazu die Kraft nicht auf.«

Das Licht flammt auf. Und tut weh: Es läßt die Terrasse endlos erscheinen, holt die Schmucktannen an der Einfahrt des Hauses aus der Dunkelheit, glänzt auf den Messingstäben des Geländers.

Am Ende dieser endlos wirkenden Perspektive aber steht sie. Nein, Margaret war nicht beim Golf. Hohe Absätze trägt sie und irgendeinen weitgeschwungenen seidenschimmernden Mantel.

»Was machst du denn hier im Dunkel?«

»Ich? – Nichts.«

Sie kommt näher. Bleibt wieder stehen: »Wie ist denn das? Wo ist denn Frau Hofstetter?«

»Die hat doch heute frei.«

Das scheint sie zu treffen. – Der geschminkte Mund in dem dreieckigen, stets beherrschten Gesicht verzieht sich. Eins zu null für ihn! Die Haushälterin hat Ausgang, und ihr ist es entgangen.

»Soll ich dir einen Drink bringen? Fühlst du dich nicht gut? – Ach ja, da fällt's mir ja ein: Du warst doch heute beim Arzt? Was hat er gesagt?«

»Nichts.«

»Was soll das heißen – nichts?«

Die Terrassenbeleuchtung hüllt ihre Linien, die Schultern, den Kopf, in eine Art dunkelstählernen Glanz. Nur das Brillantohrgehänge, das ihr Leonhard zu Weihnachten geschenkt hat, versprüht eisiges Licht.

Die Sterne zwischen den Baumkronen wirken genauso eisig, genauso weit entfernt.

»Ein Erschöpfungszustand«, hört er sich sagen. »So was wie totaler Abbau . . . Schonen soll ich mich. Urlaub machen. Am besten zu Hause bleiben.«

Ihre Augen sind im Schattenoval des Gesichtes nur zu ahnen.

»Das mußte ja mal so kommen.«

Vielleicht, Margaret, denkt er, vielleicht hast du recht? Dann erstickt der Zweifel in einem Wirbel von Auflehnung und Zorn: Wieso eigentlich? . . .

Aids kriegt man nicht. Aids holt man sich. Klar doch! – Aber die anderen, die es ständig und überall treiben? Janer zum Bei-

spiel; Helmut Janer, Margarets Tennislehrer, der weder vor den frustrierten reichen Weibern des Clubs zurückschreckt, nein, der jede haben will, der in Massagesalons und Saunen geht und damit noch angibt?
Du aber, du bekommst die schwarze Karte zugeschoben! Du mußt dies alles durchmachen, die Hölle der letzten Monate, der Untersuchungen, das Warten auf Professor Riedel, seine beruhigenden Blicke, die Hände, die über dich hinwegtasten, die medizinischen Geräte, die ihre Papierstreifen ausspucken...
Ein Martyrium ist es! Wer, Herrgott noch mal, will bei einer solchen Sünde von Schuld reden? Lachhaft! Ein einziges Wochenende – und so unbedeutend, daß es die Erinnerung längst gestrichen hätte. Zwei Tage in Vermont. Ein Samstag, ein Sonntag... dort oben in den Bergen nördlich von New York...
Und Mary!...

Seit Wochen hat Leonhard den Namen vor sich hingesagt, als müsse er ihn buchstabieren: M-a-r-y...
Wie ein Schulmädchen hatte sie ausgesehen. Und als was entpuppt sie sich? Als Todesgöttin! Nein, als Pestratte...
Für ein bißchen Erholung am Wochenende sei gesorgt. »Das arrangieren unsere amerikanischen Partner.« Kronstedt hatte es angekündigt, Kronstedt, der gerade die New Yorker Niederlassung der Süd-Union übernommen hatte. 1982 war das. Sie waren über den Atlantik geflogen, um sich nach neuen Anlagemöglichkeiten umzutun. Sogar eine Fonds-Fusion stand in Aussicht. Nach den beinharten Verhandlungen hatten sie sich zwei Tage Erholung weiß Gott verdient. Angeln könne man dort. Auch ein ortskundiger Führer, ein Guide, stehe zur Verfügung.
»Arrangiert. – Reserviert. – Steht zur Verfügung...«
Als Leonhard am nächsten Morgen, beladen mit Angelzeug und Badehose in der Hotelbar auftauchte, war ihm plötzlich

klargeworden, wieso Kronstedt seine Ankündigung: »Über die amerikanische Gastfreundschaft werden Sie noch staunen, Doktor Leonhard«, mit einem so sonderbaren Grinsen versah.

»Hey!« Sie rutschte von einem der Hocker und kam langbeinig und schwingend durch die sepiafarbene Dämmerung auf ihn zu: »Sie sind sicher Bernd? Stimmt's? – I am Mary!«

Alles an ihr hatte ihm gefallen. Nicht nur der knallenge, bestickte Jeansanzug und die grüne Bluse, nein, dieses frische, gebräunte Gesicht mit den topasfarbenen Augen, in denen kleine, grüne Inseln schwammen. Und ihre Stimme. Und ihr Lachen. Und mit welchem Eifer sie ihm die Pflanzen zu erklären versuchte... Eine Studentin war Mary. Das zumindest hatte sie behauptet. Wie ein Collegegirl sah sie jedenfalls aus. So jung. Verdammt noch mal: So unberührt, das war es doch, was ihm gefiel.

Das Angelzeug packten sie erst gar nicht aus. Warum auch? Eine Luft so warm und rein wie Seide. Einen großen, stillen See gab es. Und die Hotelanlage erst: Wie die Küken drängten sich kleine, dunkle Blockhäuser um das Haupthaus, das aus mächtigen Feldsteinquadern gefügt war.

»Mr. und Mrs. Leonhard?« Mit unbewegtem Gesicht hatte ihnen der Mann am Empfang die Schlüssel ausgehändigt: »Bitte! Es ist alles reserviert.«

Das »reserviert« mußte Leonhard als Realität akzeptieren, neben ihm stand ja Mary, ihre Schulter drängte sich an seine. Wie es aber so weit gekommen war, wie es funktionierte, daß sich ein Achtundvierzig-Stunden-Glück so einfach »reservieren« läßt, hatte er noch immer nicht ganz kapiert, war wohl auch nicht interessant, das breite Bett im Blockhaus wurde wichtiger. Oder der Abend am Kamin. Vor allem sie – Mary! Was immer ein Mann an Träumen bereithält, sie schien dazu erschaffen, sie zu erfüllen.

Und so was läßt sich »reservieren«?

Sie studiere Biologie, hatte sie bei einem ihrer Spaziergänge erklärt. »Und dort drüben, guck mal, Bernd! Das ist eine besondere Form von Räuberspinnen. Ja, die ernährt sich von anderen Spinnen.« Wie man sie reserviere? »Oh, that's quite easy, ganz einfach: Man bestellt mich halt.« Ihre Fotos und ihre Anschrift seien im Computer einer Hostessen-Agentur gespeichert. Und wer ernsthaftes Interesse an ihr habe, der könne sich auch Fotos schicken lassen. »Es gibt da einen ganzen Katalog, weißt du?«
Leonhard hatte sich damals gefragt, wer Mary wohl für ihn ausgewählt hatte. Kronstedt? Oder einer der Amerikaner, mit denen sie um Millionen und Prozente kämpften? Was hatte der sich gedacht? Hatte er gegrinst, als er die Fotos durchblätterte?
Ein Mädchen aus dem Katalog...
»Warum tust du so was, Mary?«
»Ich? Mir gefällt New York. Aber wer kann sich New York schon leisten? Ein Millionär wie du vielleicht.«
»Und wenn ich mich in dich verknallen würde, Mary?«
Da hatte sie gelacht: »Aber wieso denn das? Soll doch alles problemlos bleiben, oder?«
Blieb es nicht – »problemlos«. Als Leonhard einmal mit Professor Riedel von seinem Abenteuer mit Mary gesprochen, nein, es nur angedeutet hatte, schüttelte der Arzt nur den Kopf. »Aber hören Sie! Es mag ja sein, daß die Dame sich infiziert hatte. Häufig handelt es sich bei solchen Studentinnen um Mädchen, die an der Nadel hängen und es sich auf diesem Wege holen. Aber trotzdem – ein Wochenende? Uns sind Paare mit einem infizierten Partner bekannt, die leben Jahre zusammen, ohne daß eine Ansteckung erfolgt.«
Daran denkt Leonhard, während er auf der Terrasse sitzt und auf Margarets Drink wartet, den Kopf auf dem Polster des Sessels, die Augen einem blassen Nachthimmel zugewandt. Nun – denkt er; da hast du wenigstens einmal Seltenheitswert – medizingeschichtlich gesehen.

Er hört dem Klingen der Gläser zu. Margarets Stimme fliegt aus dem Goldglanz der Tür zu ihm heraus ins Dunkel.
»Bernd! Was tust du denn noch da draußen? Wird doch langsam kalt.«
Leonhards Schultern krümmen sich ein: Ja, es wird langsam kalt...
Er rührt sich nicht. Er denkt nur das eine: Es hat dich also erwischt! Richtig erwischt. – Gut, dann wirst du dich wehren. Was bleibt sonst? Du wirst dich wehren, wie du das immer getan hast. Allein zumindest bist du nicht. Hunderttausend Infizierte, so steht's in der Zeitung.
Na und? Nur nicht aufgeben, nimmt er sich vor.
Aber die anderen, die ganz armen Schweine, wie kommen sie über die Runden? Was machen sie, wie schaffen die es?...

Meist sind es drei Tauben.
Tommy hört den dunklen Wirbel ihrer Schwingen, ehe sie sich auf das Fensterbrett niederlassen. Das Fensterbrett ist aus Blech. Die Füße der Tauben scharren darauf, bis sie dann ruhig werden und zu gurren beginnen.
Tauben können fliegen.
Er kann es auch. Ja, manchmal ist es Tommy, als löse er sich aus der Form, die sein Körper ist. Dieser glühende, schwere Panzer zerbricht, blättert ab wie der Ton beim Guß. Dann ist es, als würden Seile durchschnitten, die ihn zurückhalten, in die Tiefe ziehen, fesseln wollen. Auch die Schmerzen verwehen. Und er selbst ist frei. Er schwebt wie eine Taube.
Gelb ist der Himmel. Messinggelb. Der Himmel der Normandie, damals, als er an den Klippen oben über dem Meer saß und die Aquarelle malte. Die Felsen gräulich-weiß unter all diesem Metallglanz. Das Meer fast schwarz. – Frei sein, endlich frei.

Über den Backsteinanbau im Hinterhof schieben sich die Äste einer halbverhungerten Birke.

Tauben fliegen dort auf.
Ossi Neumann, der das Moped im Durchgang neben den vielen Briefkästen abstellt, beachtet sie nicht.
Er nimmt die Pflegetasche vom Gepäckständer, macht drei Schritte zur Tür, sieht hoch zu den beiden Fenstern über der vom Wetter zerfressenen Schrift »SCHREINEREI WALDMAIER« und zögert.
Die Fenster sind offen.
Wäsche weht von roten Plastikschnüren.
Ossi geht nicht weiter. Irgendwas ist in seiner Kehle. Es meldet sich jedesmal, wenn er bei seiner Runde in der Aignerstraße haltmacht.
»Neumann? Das geht doch nicht!« Am Morgen bei der Pfleger- und Sozialarbeiter-Besprechung hatte ihn der Oberarzt sich vorgeknöpft. Richtig sauer war Schröder. – Und hatte auch noch recht. »Der Mann verhungert! Er braucht auch keine Magensonde, sondern eine in den Dünndarm. Das läßt sich nur im Zentrum unterm Röntgenschirm machen. Das wissen Sie, Neumann. Er stirbt sonst... Ja, wie denken Sie sich das eigentlich!«
Wie? Als ob's darauf ankäme, was ich denke! Ossi packt seine Tasche. Aus den Asphaltrissen des Hinterhofs wächst Gras. Er geht an Abfalltonnen vorbei und an einem umgekippten Kinderfahrrad.
Als er noch einmal den Kopf hochnimmt, sieht er dort oben zwischen Schnittlauchtöpfen in einem der Fenster Nelly. Sie lächelt, winkt, beugt sich so weit nach vorne, daß ihr das dunkle Haar übers Gesicht fällt. Achtzehn Jahre das Ganze! Wer eigentlich hat einer Achtzehnjährigen beigebracht, ihr Lebenszweck bestehe darin, einen Dreißigjährigen zu Tode zu pflegen, ihm irgendwelche Dinge zu kochen, die sein Magen noch halten kann, ihm Yoghurt einzulöffeln, ihn zu säubern, Windeln zu waschen wie einem Kind, das sich weder zum Leben noch zum Sterben entschließen kann?...

Wer hat es ihr beigebracht? Und wie, um Himmels willen, schafft sie das bloß?
Ossi Neumann steigt die Treppe hoch, hört das Knarren der morschen Bretter und erinnert sich daran, was es ihn kostete, den Hausbesitzer davon zu überzeugen, Thomas und Nelly den Schuppen zu überlassen. Und wieviel Arbeitsstunden es dann brauchte, aus den beiden vergammelten Löchern so etwas wie eine Wohnung zu machen.
Der Vermieter war ganz in Ordnung. Daß er Angst hatte, wer konnte ihm das verdenken? »Wissen darf es niemand. Und der Abfall geht in eine gesonderte Tonne. Wir sagen nicht, was er hat. Darf keiner erfahren. Kann ja Krebs sein...«
War's im Grunde auch: Leukozyten-Krebs. So konnte man Aids auch sehen.
Damals war ihm Nelly um den Hals gefallen: »Mensch, Ossi! Ist das lieb. Können wir hierbleiben? Und er muß nicht ins Krankenhaus? Ich bring' ihn schon durch. Machen wir 'ne Wette?«
Sie hatten nicht gewettet.
Inzwischen lag Tommy im Sterben. Und Nelly hatte sich selbst infiziert...
Sie steht in der Tür, als er endlich oben ist. Sie trägt einen von Thomas Schlabber-Pullovern und sieht so jung und frisch aus!
»Wie geht's ihm?«
Das Lächeln erlischt.
Er sieht die dunklen Ringe unter den Augen und all die anderen feinen Spuren auf ihrer Haut, die Sorgen und Erschöpfung hinterlassen haben.
»Komm.«
Die Tür von der Küche zum Schlafzimmer steht offen. Ossi Neumann stellt die Tasche auf den Tisch. Ein schwerer, süßlicher Geruch legt sich auf seine Lungen.
»Räucherkerzen. Die will er immer haben. Tun ihm gar nicht

gut. Er hustet dann. Aber es ist ihm egal. Er braucht sie, sagt er.«

Er braucht viel: die Jimi-Hendrix-Poster, die Nelly überall in der Stadt zusammensuchte und auf die Kartons geklebt hat, die nun sein Bett umstehen. Er braucht die Bilder, die er malte – Bilder mit flammenden Farben, auf denen meist nur Himmel und bizarre Wolkengebilde zu sehen sind. Auch sie hängen an der Wand, stehen auf dem Boden. Wenn Thomas Reininger die Augen öffnet, sieht er nur das: Jimi Hendrix' Bartgesicht. Und die Bilder – sein Spalier der Vergangenheit...

Dort drinnen ist es wie in einem Tempel, denkt Ossi. Wahrscheinlich hat sich Tommy ein Leben lang Tempel gebaut, die ihn vor einer Welt abschotteten, die er nicht mochte. Marokko. Später Amsterdam. Die ganze Drogenszene. Schließlich – die verdammte Nadel, die ihm die ganz wilden Träume garantierte: »Weißt du, Ossi!« hat er gesagt. »War wie Karussellfahren. Was sonst so passierte, blieb draußen.«

Eines Tages aber stoppte das Karussell. Und weil Tommy es nicht mehr in Schwung brachte, sah er nur eine einzige Lösung: »Ich war soweit, Ossi. Den Stoff hatte ich auch. Hätte für drei wie mich gereicht. Goldener Schuß und Schluß!... Ist doch völlig okay... Und ausgerechnet da mußte mir die Kleine über den Weg laufen. Nelly, mit ihrer Schulranzen-Philosophie und den wundersamen Händen – Nelly!«

Da sitzt das Mädchen mit der Schulranzen-Philosophie nun und lächelt wieder ganz tapfer. Sie lächelt auch, als sie sagt: »Ich mach' mir Sorgen! Gestern hab' ich nichts in ihn reingebracht. Und heute sieht's genauso aus. Er spuckt einfach alles aus.«

»Du weißt doch, er kann nicht anders. Der Magen will nicht. Er muß ins Zentrum.«

»Und das will er wieder nicht.«

Das Lächeln ist verschwunden. Es geht an und aus, wie auf Knopfdruck. Es scheint ihr alle Kraft genommen zu haben. Die Mundwinkel sinken nach unten, die Schultern zittern.

Er geht um den Tisch und legt die Hand auf ihre Schulter: »Komm, Nelly...«
»Wenn er stirbt? Ich schaff' das nicht!«
»Ruhig, Nelly. Ganz ruhig.«
Er nimmt die Tasche und geht hinüber. Dämmerung, Schwaden, daß man husten muß. Und Bilder. Thomas war immer wie eine Saite, hat Nelly ihm erklärt. Etwas, das ins Schwingen gerät. Das nur aus Sensibilität besteht.
Thomas? – Der spitze Vogelkopf dort in der Ecke. Augen, die wie glänzende Steine sind. Kopf kahl, nach all der Chemotherapie...
Ossi Neumann geht zum Fenster und öffnet. Und dann erst kniet er sich neben die Matratze, die auf dem Boden liegt.
»Thomas?«
Die abgemagerte Hand zieht sich zurück wie ein spinnenartiges, weißes Tier.
»Thomas, so geht's nicht weiter. Verstehst du mich?«
Der Vogelkopf nickt.
»Thomas! Ich ruf' jetzt den Krankenwagen an. Wir haben ein Bett für dich. Im Zentrum geht's wieder aufwärts. Du mußt Vertrauen haben. Nicht zu mir – zu dir selbst.«
So schwer es fallen mag, in dieses Gesicht zu blicken, Ossi ist fasziniert: Es kann lächeln. Wirklich: Es lächelt. Der Pilz hat die Lippen, den Gaumen zerfressen, aber dieser Mann lächelt immer noch. Und es ist fast ein schönes Lächeln.
»Nein!... Ich bleibe hier.«
Als alles getan ist, was an diesem Körper noch getan werden kann, läßt Ossi die Handschuhe in den Plastiksack fallen. Und verschließt ihn.
Nelly steht am Fenster. Was zu sagen bleibt, wird Ossi schwer.
»Schröder will von mir Bericht, Nelly. Er kann die Verantwortung nicht länger übernehmen. Und ich auch nicht. Er muß ins Zentrum.«
Auch sie schüttelt nur den Kopf.

»Nelly! Nimm doch Vernunft an.«
»Vernunft? Wo willst du die anbringen, deine berühmte Vernunft? Er hat's schon vor zwei Jahren versucht. Laßt ihn endlich in Frieden sterben.«
»Und dann?«
Die Frage, die nur sie angeht. Und nur sie trifft. Und es ist, als reiße sie sich aus ihrem Traum. Alle Kraft weicht aus ihr und macht Erschrecken Platz.
Sie schluckt. Sie sagt keinen Ton. Sie zieht einen Stuhl heran und läßt sich daraufsinken. Er weiß, was sie denkt. Er erträgt ihre Augen nicht länger.
Er streckt den Arm aus, winkelt den Zeigefinger an und drückt das Kinn hoch: »Keine Angst. Wirklich. Brauchst du nicht.«
»Aber du hast doch selbst gesagt... Was dann? Ich bin doch auch...«
»Nichts bist du. Dann kommst du zu mir.«
»Hast du denn keine Angst?« flüstert sie.
»Ich?« Die Frage hallt in ihm nach, und die Antwort kommt wie ein Echo: »O nein, ich hab' sie nicht.« Und jetzt kann Ossi lächeln: »Nelly, ich wollte schon immer mit 'ner Heiligen zusammenwohnen. Das ist meine große Chance. Wirklich, Nelly, du kommst zu mir. – Du wirst sehen, uns passiert nichts...«

In einer Sendung des britischen Fernsehens hat Carlo Schröder gesehen, wie ein riesiger stählerner Bohrmeißel das Wort in einen Granitblock fräst. Aids.
Daran denkt er jetzt. Des Gesicht vor seinem Schreibtisch ist starr, ja steinern – doch kein Granit. Es ist das Gesicht eines Menschen, der alle Kraft aufbietet, um einer Erkenntnis zu widerstehen.
Eine Erkenntnis, die dem Einbruch einer Katastrophe gleichkommt. »Das«, sagt Margaret Leonhard: »das soll seine Krankheit sein?«

Die Stimme klingt, als hätten die Worte Gummihandschuhe angezogen. Nicht nur mühsam gebändigter Ekel ist es, nein, totales Unbegreifen, daß in ihrer Gegenwart ein solches Wort überhaupt fallen kann: »Wieso soll er Aids haben?«
Sie dreht den Kopf. Die Sehne an ihrem Hals spannt sich weiß: »Ja, wieso denn du, Bernd?«
Die Preisfrage – denkt Carlo Schöller und schämt sich ein wenig für seinen Anflug von Zynismus. Er fühlt sich überfordert. »Sie müssen dem Mann helfen«, hatte Professor Riedel ihn am Telefon beschworen. »Allein schafft er das nicht. Er will sich noch nicht einmal seiner Frau eröffnen.«
Helfen? Gerne. – Doch wie?
Eines zumindest ist Carlo Schöller jetzt klar: Die Zeit ist gekommen, einzugreifen. Er legt den goldenen Drehbleistift weg, mit dem er bisher gespielt hat. Er lehnt sich nach vorne. »Sehen Sie, gnädige Frau, natürlich kann ich sehr wohl nachvollziehen, welche Reaktion eine solche Eröffnung auslöst. Nur...«
Sie läßt ihn nicht weitersprechen. »Was ist denn hier natürlich. Und nachvollziehen? Was wollen Sie hier nachvollziehen?«
»Margaret!«
Der Mann neben ihr existiert nicht. Nicht mehr. Ihr Blick beweist es. Das »Margaret« kann sie nicht erreichen – und auch nicht Leonhards verzweifeltes Gesicht. Nichts kann sie erreichen.
»Liebe Frau Leonhard«, sagt Schöller behutsam: »Sicher ist dies nicht der Augenblick, all die Dinge zu besprechen, die Sie jetzt bedrücken mögen. Es gibt Situationen, von denen wir glauben, wir könnten sie nicht annehmen – weil sie uns zu groß, zu lastend erscheinen. Sehen Sie: Ihr Mann...«
Sie hat sich erhoben. Nun, in dem schmalen anthrazitfarbenen Kostüm, das sie sich für diesen Besuch gewählt hat, wirkt sie tatsächlich wie in Stein gehauen: Eine schmale grauschwarze Säule, an der jedes Argument, jede Bitte abprallt.

Sie sieht Schöller an. Dann geht sie zwei, drei Schritte zurück, bewegt nur kurz die Hand, läßt sie wieder sinken: »Mein Mann? – Nein, das ist vorbei! Das warst du mal.«
»Aber er braucht Sie doch. Hören Sie, Frau Leonhard, wenn ein Mensch je die Nähe eines anderen braucht...«
»Ich höre nicht. Wieso auch?« Ihre Augen sind schmal. Carlo Schöller erntet nun denselben Blick, mit dem sie zuvor Leonhard zum Verstummen brachte. »Sie haben sich umsonst bemüht, Herr Doktor. Tut mir leid. – Ich lass' mich scheiden!«
Es gibt wenig Geräusche, die das Endgültige so besiegeln wie der Knall einer zugeschlagenen Tür.

Es hat Leonhard den Kopf herumgerissen. Auch Schöller blickt noch immer wie unter einem Zwang auf das mattbraune Rechteck dort. Leonhard aber läßt sich in den Sessel zurücksinken, jeder Widerstand, jedes Aufbegehren, jeder Lebenswille scheint gewichen. An Schöller vorbei sieht er hinüber zur Wand. Über dem breiten bequemen Sessel hängt ein Bild. Es zeigt ein chinesisches Zeichen, das Symbol der Wahrheit. Die Linien brechen sich in den Facetten eines Kristalls. Das Bild ist das Geschenk eines Malers, dem Schöller einmal helfen konnte.
»Das ist sehr schön«, hört er Leonhard sagen.
Schöller wartet. Der Mann braucht Zeit, sich zu sammeln. Und du selbst – bei Gott – auch.
Schöller macht sich Vorwürfe. Er hatte sich zu diesem Gespräch bereit erklärt, na gut, doch ohne zuvor, wie es erforderlich gewesen wäre, die Situation ausreichend zu analysieren, ohne die Informationen zu verlangen, die unerläßlich waren. Dilettantisch war er vorgegangen. Und das Schlimmste, das weiß er von der Arbeit im Zentrum: Menschen wie Leonhard können solche Auftritte in abgrundtiefe Depressionen stürzen. Und nicht allein die psychische Verfassung trägt daran die Schuld, es ist auch die Krankheit, eine bleierne Abgeschlagen-

heit, eine körperliche Erschöpfung, die bis ans Mark geht, jeden Lebenswillen löscht.

Das alles hättest du dir überlegen können, sagt er sich. – Nun ist es zu spät.

»Eine solche Reaktion, Herr Leonhard, sollten Sie nicht allzu ernst nehmen. Ihre Frau steht unter einem hohen emotionalen Druck. Leider kenne ich die Umstände zu wenig, um sie zu beurteilen.«

Ein Gesicht wie eingestürzt. Leonhard starrt ihn an wie ein Kind. Aus welchem Stoff ist solch ein Mann geschaffen? Wo holte er sich die Krankheit? Homosexuell? Kaum ... Und wie ein Schürzenjäger sieht der wirklich nicht aus, bei Gott nicht!

»Ich weiß nicht, wie ich Ihnen alles erklären soll ...« Die Sätze kommen, als habe er einen Bericht abzulegen, den er beim Vortrag selbst noch einmal prüft. Es ist der Bericht einer Erfolgskarriere. Die berühmte Einbahnstraße: Prokurist. Abteilungsleiter. Schließlich Finanzdirektor der Süd-Union, die Frau aus derselben Stadt, schon die Familien hatten sich gekannt ...

Schöller versucht zu verstehen, was Leonhard ihm darlegen will: Ein Leben im Dienst der Firma! Der Aufstieg als Lebensinhalt. Auch so wird ein Schuh daraus ...

Und dann der Sündenfall: eine Hosteß. Oder wie sich Leonhard ausdrückt: »das Mädchen aus dem Katalog«. Weder Haß noch Ablehnung schwingen dabei mit. Er stellt es einfach fest.

»Was soll ich denn tun, Herr Doktor Schöller?«

Leonhard zerrt am Knopf seiner Weste, als wolle er ihn abreißen. »Das mag Ihnen absurd oder verrückt vorkommen, nicht wahr?«

»Wieso?«

»Ich meine, daß solche Dinge bei einer ernsthaften Geschäftsreise passieren ... Aber was sollte ich tun, Herr Schöller? Ich konnte das doch nicht zurückweisen. Ich wollte mich doch nicht blamieren. Können Sie das nicht verstehen?«

Auch noch der Ehebruch im Dienste der Firma! Verrückt, absurd – nein, Schöller schien es auf schreckliche Weise banal. Entscheidend aber war etwas anderes: »Woher nehmen Sie nur die Sicherheit, daß es damals geschah? Das passierte 1982, wie Sie sagten?«

»Woher? Weil es das letzte Mal war, daß ich mit einer Frau zusammen war.«

»Sie sind doch verheiratet? Ihre Frau...«

»Meine Frau? Sie haben sie ja gerade erlebt. Herr Dr. Schöller, in unserem Alter, was ist denn da noch wichtig? Man setzt doch die Prioritäten ganz anders.«

»Sicher, Herr Leonhard.«

Schöller hat den Bleistift wieder in der Hand. Ein Glas Cognac wäre ihm lieber. Was für eine Geschichte! Und wenn man sie genau betrachtete, war das Hervorstechendste an ihr diese unglaubliche Banalität. Eine »Alltagstragödie« also, sicher ist sie das, vermutlich spielt sich täglich irgend etwas Ähnliches ab. Und nicht nur hinter den pompösen Villenfassaden irgendwelcher Versicherungsdirektoren.

»Herr Leonhard, was werden Sie tun? Sie haben von Prioritäten gesprochen. Wie sehen Sie die jetzt?«

Darauf schweigt Leonhard. Seine Hände blickt er an. Um den Mund liegt nun ein stilles, wissendes Lächeln. Eine Antwort hat er nicht, aber eine Frage: »Wie lange noch, Herr Doktor Schöller?« fragt Leonhard.

»Wie lange?«

»Wie lange dauert es, bis ich – nun, bis es mich voll erwischt? An eine Therapie glaube ich nicht. Zumindest nicht in der Zeit, die für mich noch übersehbar ist. Ich habe auch Professor Riedel gefragt. Aber der Mann kam nicht raus mit der Wahrheit. Er ist mir nur ausgewichen.«

»Er ist nicht ausgewichen«, korrigiert Schöller. »Wie soll er sich auf etwas festlegen, das er selbst nicht wissen, ja gar nicht beurteilen kann? – Wie lange? Im wesentlichen hängt das von ihrer Konstitution ab, von dem Abwehrpotential, über das Sie verfügen.«

Klar reden! denkt der Therapeut. Jetzt ist er stark genug, es zu ertragen. Und so setzt er hinzu: »Das aber bedeutet nicht zuletzt, wie Sie sich seelisch fühlen. Psychische Krisen sollten Sie sich möglichst nicht leisten.«

Wieder ein Nicken. Noch immer liegt dieses Lächeln über Leonhards Gesicht, wissend, ja, auch melancholisch: Das Lächeln eines Mannes, der seine Zukunft im ungewissen versinken sieht.

»Herr Leonhard«, insistiert Schöller, »Sie haben es vorhin selbst angedeutet: Das entscheidende Kapital, das uns zur Verfügung steht, ist nicht Geld, es ist die Zeit. Die Ökonomie der Zeit. Vielleicht existieren auch für Sie Dinge, die wichtiger sind als Beruf oder – nun, sagen wir, eine konventionelle Ehe?«

Leonhard hat den Kopf seitlich zur Schulter geneigt. Der verlorene Blick gewinnt an Schärfe, die Gesichtszüge straffen sich.

»Wichtiger? Ich mach' weiter wie bisher. Der Zug ist abgefahren. Umsteigen gibt's nicht.«

»Sie meinen beruflich?«

»Was denn sonst? Die brauchen mich jetzt mehr denn je. Wer will mich ersetzen? – Viele.« Die Antwort hat er sich selbst gegeben. Seine Handbewegung wischt die Konkurrenten weg. Es ist eine pathetische, sehr entschlossene Geste.

»Keiner kann das, Doktor. Außerdem, und das werden Sie schwer verstehen, Sie haben ja wenig mit der Wirtschaft zu tun: Was ich bin, bin ich durch die Firma. Ich kann sie nicht im Stich lassen.«

»Herr Leonhard...«

»Ich weiß, ich weiß!... Was Sie jetzt über mich denken, ist mir gleichgültig. Ich habe ein anderes Problem: Die Krankheit greift meine Fähigkeiten an. Sie attackiert mich. Sie macht mich müde, so schrecklich müde. Das geht ganz abrupt. Nein, ich rede nicht vom Fieber, das habe ich durchgestanden, das kann ich beherrschen. Das dauert ein paar Tage, dann bin ich

wieder okay. Aber diese Erschöpfung! Manchmal geht mir alles, gehen mir Fakten und Zahlen durcheinander.«
»Haben Sie auch Kopfschmerzen?«
»Dagegen kann man ankämpfen. Da gibt's Mittel. Das bekomm' ich schon wieder unter Kontrolle. Ich werde mir einen Assistenten zulegen, dann läuft das schon.«
»Und Ihre Frau?«
Durch die Doppelverglasung des großen Raums dringt aus der Tiefe das Rauschen des Verkehrs. Stille. Keine Antwort.
Zuvor hatte Schöller Mitleid gefühlt. Nun ist es ungläubiges Staunen. Auch Bewunderung. Kämpfen hat Leonhard gelernt. So einer gibt nicht auf.
»Meine Frau?«
Leonhard erhebt sich, steht straff, steil aufgerichtet, die Hände auf dem Rücken und starrt Schöller an. »Meine Frau? Na und? – Sie will nicht mit mir zusammensein. Das akzeptiere ich. Muß ich wohl... Wir haben die Fahrerwohnung. Die reicht mir fürs erste. Und da liegt ziemlich viel Garten zwischen mir und dem Haupthaus. Und außerdem...«
»Ja?«
»Meine Kinder, Herr Dr. Schöller! Die werden mit ihr reden. Ich kenn' Margaret – auch wenn alles zu Bruch geht, noch hat sie ihren Namen zu verlieren. Nein, so einfach ist das nicht für sie.«
Für dich wohl auch nicht, denkt Schöller...

Zu Beginn des zweiten Drittels des Jahres 1987 stellt sich heraus, was Wissenschaftler, Mediziner, allen voran die Epidemiologen befürchtet und vorausgesagt haben: Hypothesen werden zu Zahlen, düstere Prophezeiungen zu Tatsachen. Aus einer Gefahr für Minderheiten, aus der »Schwulen- und Fixer-Krankheit«, ist eine den Erdball umspannende *Pandemie* geworden: Eine jener großen Menschheitsbedrohungen, die ganze Völker auslöschen und selbst hygienisch, wissenschaftlich und technologisch hochgerüsteten Industriestaaten nicht nur unabsehbares Leid beifügen, sondern auch gesellschaftliche und kulturelle Gewohnheiten entscheidend ändern können.

Die Medien trommeln. Aids – zu den Hauptnachrichten erscheint es auf den Fernsehschirmen. Bei den Tageszeitungen und Illustrierten liest man die Horrormeldungen auf den ersten Seiten. Aids – o ja – wird heiß diskutiert! Und das ist verständlich.

Alle sieben Minuten ein Aids-Toter. Hundert- bis zweihunderttausend infizierte Deutsche. In den USA beinahe eine Million, dort soll bereits jeder vierzigste sexuell aktive Bürger angesteckt sein...

Und der Schwung der Seuche geht unbeirrt weiter, scheint durch nichts, auch nicht durch die aufwendigen Safer-Sex-Kampagnen von Bundes- und Länderregierungen zu stoppen. Die Hoffnungen auf eine Verlangsamung der bisherigen Verdoppelungsrate, die im Zeitraum weniger Jahre das Schlimmste befürchten läßt, haben sich als Illusion erwiesen. Endlich sind auch die Führungsstäbe in Politik und Wirtschaft alarmiert. Jahrelang war ihnen, in Verschwendung kostbarer Jahre, das Problem »zu marginal«, wenn nicht zu unappetitlich, als daß man sich damit beschäftigen konnte. Nun jagen sich die Konferenzen auf höchster Ebene.

An ihren Computern versuchen die Versicherungs-Mathematiker mit schmerzenden Köpfen abzuschätzen, was da an Kosten heranrollt. Nur wie? Aids ist eine »Lust-Seuche«. Zu den Primärdaten, von denen man zunächst ausgehen muß, gehört, wer's mit wem, in welchem Alter, wie oft und auch noch auf welche Weise treibt. Wie aber soll man solche Ziffern bekommen?

Während hier Dunkel herrscht, stehen andere Tatsachen in gnadenlosem Licht: Aids-Kranke gehören zu den teuersten Pflegefällen. Sie brauchen teure Medikamente, einen hohen

Betreuungsaufwand – wenn ihre Lebensspanne verlängert werden soll, hochwertige Spezialbehandlungen, und sie liegen doppelt so lange in Krankenhäusern als normale Kranke. Davon sind viele bereits überfüllt. In den Infektionsstationen der Großstädte wird bereits über Bettenmangel geklagt.
Inzwischen spucken die Drucker bereits Rechenmodelle aus: zwanzig- bis dreißigtausend Fälle im Endstadium zu Beginn des nächsten Jahrzehnts! Bei einer weiteren Verdoppelung der Kranken würde das bis Mitte der neunziger Jahre den Zusammenbruch des deutschen Gesundheitsnetzes bedeuten.
Auch die Kassenfunktionäre sehen jetzt die Zeichen an der Wand: »Wir können nur noch beten, wenn das so weitergeht!« – Wenn beten nicht hilft, was dann?
Laut wagt man diese Frage kaum zu stellen. Und gebetet wird weiter. Vor allem in den Chefzimmern des Gesundheitswesens, in den Führungszentralen der Bonner Ministerien.
Statt die furchtbaren Irrtümer bei der Verharmlosung des Virus einzugestehen, die dazu noch einen lebensrettenden Zeitvorsprung verspielten, klammert man sich noch immer an unwirksame Strategien, an Postwurfsendungen und Faltblätter und Aufklärungsplakate. Die Seuche aber breitet sich mit ihrer eigenen Gesetzlichkeit in unvermindertem Tempo aus. Drei Jahre Vorsprung – darauf gründete von Anfang an alle Hoffnung. Nun, die Zeit tickt, und in drei Jahren wird, was Aids angeht, in den Berliner, Hamburger, Kölner, Bonner oder Frankfurter Risikogruppen wie in den USA das Genozid ausbrechen.
Aufklärung? Die »sanfte Strategie«?... Es ist vor allem der Ausweg, der jede politische Erschütterung, jede Diskussion, jede Konfrontation vermeidet – und damit auch der fundamentalen Erkenntnis aus dem Weg geht, daß, je kleiner die Zahl der Aids-Kranken ist, desto größer der Aufwand für ihre Betreuung, Zuwendung, Pflege und Therapie sein kann.
»Der Staat und seine Gesundheitsbehörden«, so schreibt Ende des Jahres das große deutsche Nachrichtenmagazin, das seit

langem den Vormarsch der Krankheit beobachtet, »verzichten darauf, sich einen zuverlässigen Überblick über Umfang und Ausbreitung der gefährlichsten Seuche zu verschaffen, die wir im Lande haben. Namentlich meldepflichtig sind Scharlach, Masern, Röteln, ja schon der Verdacht, jemand könne an der Papageienkrankheit leiden. Aids ist es nicht. Nicht einmal anonym...

Kein einziger deutscher Amtsarzt hat von den gesetzlichen Möglichkeiten zur Seuchenbekämpfung frühzeitig und umfassend Gebrauch gemacht. Tripper, Keuchhusten und Karies halten die Herren in Trab. Aids scheint immer noch ganz weit weg... Hat frühere tägliche lebensnahe Aufklärung irgend etwas bewirkt? Man muß blind und taub sein, um das zu glauben. In San Francisco sind mittlerweile zweiundsiebzig Prozent der Homosexuellen positiv – 1982 waren es fünfzehn Prozent! Bei uns sind es inzwischen rund fünfzig Prozent, zehnmal so viele wie damals...«

Und dann wird auch in diesem Artikel, wie so oft in den Fachdiskussionen, die sie im Institut führen, die längst bekannte und in allen Einzelheiten durchleuchtete Ausbreitung des Hepatitis-B-Virus als Modell für das herangezogen, was kommen kann: Rund fünf Prozent der Deutschen haben irgendwann einmal Hepatitis-B gehabt. Von den Prostituierten hat jede zweite eine Gelbsucht auskuriert. Promiskuitive Homosexuelle bringen es im Alter von vierzig Jahren auf achtzig Prozent Durchseuchung, Fixer schon nach wenigen Jahren auf die gleichen Werte.

Doch an Hepatitis stirbt man nur ausnahmsweise.

In den meisten Entwicklungsländern Asiens und Afrikas hat die Hepatitis-Durchseuchung als Folge von Elend, Unwissenheit und Armut achtzig bis fünfundneunzig Prozent erreicht. Wie die Ausbreitung des Aids-Erregers unterhalb der vergleichbaren Hepatitis-Werte gestoppt werden kann, ist wahrscheinlich die wichtigste Menschheitsfrage für den Rest dieses Jahrhunderts.

Europa eine Siechenanstalt, Afrika ein Totenhaus?
Worst case!
An diese unheilschwangerste aller Aids-Voraussagen erinnert sich Schröder jedesmal, wenn er den ungebremsten Optimismus der offiziellen Stellen registriert, die noch immer behaupten: Alles im Griff! Aufklärung tut not. Safer-Sex wird schon retten. – Und dann kommt doch das Wundermittel...
»Für uns käme es langsam zu spät«, steht in einem Brief, den er vor drei Tagen erhalten hat.
Paul Resnard hat ihn geschrieben. Mit Paul hatte Schröder im Grenzgebiet von Uganda nach Kenia gearbeitet. Vier Wochen war er mit ihm zusammen am Viktoriasee entlanggerollt, um im Auftrag der WHO zu prüfen, ob Gerüchte von den hohen Verseuchungsquoten in dieser gesegneten Landschaft zutreffend seien. Und sie waren es...
»Auch wenn der Genie-Blitz einschlägt«, schreibt Paul Resnard, »und sich das Zeug in solchen Massen produzieren läßt, daß selbst für uns hier in Afrika noch was abfällt, für Tausende – ach was, für Hunderttausende oder Millionen ist es doch zu spät!
Du weißt noch, Werner, wie damals auf der Epidemiologen-Konferenz in Brazzaville die Seuche zur ›politischen Krankheit‹ gestempelt wurde: ›Aids? Bei uns doch nicht!‹ So bleibt es auch heute noch das alte Elend – von der Elfenbeinküste bis Tansania: Reihenimpfungen mit infizierten Spritzen! Prostitution. Verseuchte Blutkonserven... Und natürlich kein Geld, daran irgend etwas zu ändern oder zu verbessern.
Jetzt hat der kongolesische Gesundheitskommissar wenigstens die Existenz eines ›Sekundärproblems‹ zugegeben. Das Sekundärproblem frißt inzwischen die Leute. Im ganzen Aids-Gürtel sind es die besten. Ausgebildete Facharbeiter, Lehrer, Funktionäre der Oberschicht. Was mit den anderen geschieht, habe ich von unserem Distriktarzt erfahren: Sie schmeißen sie einfach in den Busch. Sie schämen sich ihrer Kranken, als hätten sie

die Pest. Die Seuche aber breitet sich schneller aus als ein Buschfeuer. Nicht nur bei den Prostituierten, selbst unter den Akademikern, zum Beispiel in Sambia, sind schon zehn Prozent der Schwangeren infiziert. Überall sind sie es, ob in den Städten oder bei den Nomaden. Euren Afrikatouristen würde ich für dieses Jahr empfehlen, die eigene Frau mitzunehmen. Die Mädchen hier, die sie so attraktiv fanden, werden jetzt ›Killerbienen‹ genannt.«

Killerbienen... Die Menschen dort im Kongo, in Ruanda, Zaire, Burundi, Tansania? Es sind Länder, die er kennen- und liebengelernt hat, der Viktoriasee vor allem... Lag dort, wie manche Seuchentheoretiker behaupten, irgendwo in einem kleinen, von der Welt abgeschiedenen Dorf, die Heimat des Virus? »Endogen«, den Leuten zugehörig, Teil von ihnen und deshalb zu ertragen, weil über den Lauf der Generationen ihre Körper gelernt hatten, mit ihm zu leben?

Der erste aber, der sich infizierte, Frau oder Mann, auf welchem Weg auch immer, trug ihn weiter: Von Station zu Station. Eine endlose Stafette. Lkw-Fahrer. Wandernde Händler. Nomaden. Brandschatzende und vergewaltigende Soldaten aus dem Uganda-Krieg. Huren. Touristen...

Oder waren es die »grünen Meerkatzen«? Eine Detektivarbeit für spätere Wissenschaftshistoriker. Ein Puzzle, zu dessen Lösung die Zeit fehlt...

Schröder nimmt sich vor, den Brief Weißhaupt zu zeigen. Der Professor ist gerade aus Bonn zurückgekommen, weder euphorisch noch niedergeschlagen. Den Zynismus hat er in den letzten Wochen durch eine ruhige, beinahe abgeklärte Gelassenheit ersetzt, die seine Umgebung zu beunruhigen beginnt. Was ist bloß mit dem Chef?

Als Schröder die Tür zu seinem Büro öffnet, dringt Weißhaupts Stimme vom anderen Zimmer herüber. Da ist er nun wieder, der alte Paul, in voller Fahrt, kollernd vor Empörung:

»Jawohl! Geschmacklos, hab' ich gesagt! Und ich halte mich damit noch sehr zurück. Oder wie wollen Sie das nennen, Herr Medizinalrat? Ich habe diese Schleiertänzerei satt. Wir haben hier Zyto-Kulturen angelegt, weil wir die Zusage bekamen. Ich verlange die Proben. Jawohl, das kann ich auch! Und wenn das AZT nicht nächste Woche hier ist, dann werd' ich dafür sorgen...«

Schröder schließt leise die Tür: AZT-Therapie?! – Was damit auf sie zukommt: die Auswahl der Patientengruppen, die Dosierungsprobleme, die erforderliche Geheimhaltung. – Nicht daran denken! Nicht jetzt. Überhaupt nicht mehr...

Und wie macht man so etwas? Wie kämpft man an gegen den elenden Druck, der die Schläfen zusammenpreßt, daß das Wasser aus den Augen tritt, dann für ein paar Atemzüge nachläßt, wiederkommt?

Ein Werner Schröder gibt nicht auf? Welcher Idiot hatte das mal behauptet? Er gibt nicht auf, natürlich nicht, weil er gar nicht kann. Und so spielt er ihn weiter, den Pfeiler des Unternehmens, den ruhigen, allseits geachteten, kompetenten Oberarzt, der durch das Spalier seiner Todkranken wandelt, Sprüche absondert, wo er helfen müßte, was er ja will und nicht kann und statt Mittel Vertrauen liefert. Denn Dr. Schröder muntert die Patienten auf, ihre Endphase doch bitte, wenn's recht ist, noch ein bißchen zu verlängern und bloß nicht den Mut zu verlieren – und die Freude am Leben bitte ebenfalls. Schröder stellt in Depressionen versackende Schwestern wieder auf die Beine, hält Freunden und Angehörigen Vorträge über neue Medikamentenerfolge, über das kommende Wundermittel AZT zum Beispiel, das nur leider, leider den kleinen Nachteil hat, daß es weder heilen kann noch aufzutreiben ist. Im Moment noch Geduld bitte! Wir kriegen ja bald irgendwas. Aber auch dabei wäre zu bedenken, daß die Nebenwirkungen wiederum...

Ja: Wie schafft er das alles eigentlich, der nette Dr. Schröder?!

Die schlichte Wahrheit ist: Er schafft es nicht.
Heute zumindest nicht... Und seit Tagen geht's ihm wie vielen seiner Patienten: Schweißnaß, verfolgt von Alpträumen wälzt er sich schlaflos im Bett. Und morgens stellte er sich allen Ernstes bereits auf die Waage, um sein Gewicht zu kontrollieren. Aids-Hysterie? – Was sonst!
Was immer es sein mag, an diesem Tag beschließt Schröder, sich eine Pause zu gönnen. Jedem sein Recht auf Zusammenbruch! Er geht ins Büro, ordnet, was zu ordnen ist, meldet sich ab, besteigt seinen Wagen und steuert in Richtung Süden...

Es scheint, als breche sich das Licht des Nachmittags in einem riesigen, blaugleißenden Kristall: Die Linie der Berge ist zum Greifen nahe, jeder Kirchturm am anderen Ufer wirkt wie mit der Tuschfeder festgehalten, der See ein schäumendes Malachitgrün, aufgewühlt ist er von den böigen Fallwinden, die die Berge übers Land schicken, übersät von Pulks farbenprächtiger Segel!
Surfbretter schneiden durchs Wasser. Das Zischen, mit dem sie sich in die Wellen graben, ist bis zur Terrasse des Gartenrestaurants herauf zu hören.
Da sitzt nun Schröder, eine Tasse Kaffee vor sich, im Windschatten des Wirtshausvorbaus und starrt seit Stunden mit schmerzenden Augen auf dieses unglaubliche Bild.
Seine Empfindung von Sehnsucht könnte er nicht in Worte fassen. Zu unbestimmt ist sie. Präzis allein ist der Neid: Surfen? Solche Scherze schaffst du wohl nicht mehr. Das braucht Training. Aber wieder mal segeln, das Auftreffen der Wassertropfen im Gesicht spüren, dem Wind den eigenen Willen entgegensetzen...
Was ist aus dir geworden? Da trabst du Tag um Tag, Woche um Woche wie zwischen grauen Gefängnismauern über die Hindernisstrecke deiner Pflichten, maschinengleich, ohne Gedanken für dich.

Er trinkt den Kaffee aus, erhebt sich und geht hinüber zur Holzbrüstung. Wieder, schräg im Wind, stürmt ein Surfbrett heran. Der Junge darauf hebt die Hand, als winke er herüber. Schröder nickt, betrachtet den See, sieht Häuser, Dörfer: Irgendwo, hier vielleicht, irgendwo könnte es eine Praxis für dich geben. Bayern. Bauern. Touristen. Eine friedliche, kleine Landpraxis. Doch das sind nutzlose Gedankenspiele, Träume...

Unten am Strand fährt ein VW-Bus vor.

Ein junges Mädchen springt heraus und ein Mann im gelben Anorak. Er läuft ihr hinterher und trägt ein Stativ. Das Mädchen montiert eine Kamera. Der Wind greift nach ihrem Haar und läßt es aufwehen.

Wie sie sich vorbeugt, die Beine in die Uferkiesel gestemmt, ruhig, ihrer selbst sicher, erinnerte sie Schröder an Ellen: Wenn Ellen fotografiert, sieht das sicher genauso aus...

Ellen! – Du kriegst das nicht los. Nicht den Namen, nicht die Erinnerung an den Freitag, als er die Tür seiner Wohnung aufschloß und sie dort stand, am Fenster, das Gesicht ihm zugewandt, ein Lächeln in den Augen, als sei nichts geschehen, als habe sie sich gestern von ihm verabschiedet, statt monatelang zu schweigen. Zwischen den Kartons und Bücherkisten wirkte sie wie vom Himmel gefallen, gefallen in einen großen, leeren Raum, dessen heillose Unordnung ihn eigentlich nie störte – wann verbrachte er schon seine Zeit hier? –, die ihm nun aber auf eine geradezu lachhafte Weise peinlich war.

»Sieh einer an!« hatte er gesagt.

Sie nickte nur.

»Wie kommst denn du hierher?«

»Wie? Der Hausmeister hatte mit mir Mitleid. Das heißt, er hatte natürlich mit deiner ›Verlobten‹ Mitleid.« Sie kichert zufrieden. »Den hab' ich ganz schön angeschwindelt. Aber...«

»Aber?«

»Du weißt doch.«

»Ich? Ich weiß überhaupt nichts. Ich steh' nur da und staune.«
»Du weißt doch, daß ich dort, wo du arbeitest, nicht hin will. Einfach nicht hin kann.«
»Sicher.« Was hatte er schon erwartet? Er war froh darüber, daß sie mit einer Handbewegung das Thema abschnitt. Statt dessen war sie auf ihn zugegangen, hatte ihn scheu berührt und dann an sich gezogen. Da waren die Augen und ihr klägliches, etwas schuldbewußtes Lächeln.
Sie löste sich von ihm und nahm einen mit Goldprägung verzierten Karton vom Fensterbord: »Hier, Whisky! Hab' ich mitgebracht. Nebst mir. Ich bin auch so 'ne Art Geschenk. Die Frage ist nur, ob du's annimmst?«
»Sicher.« Was annehmen? Was wußte er von ihr?
»Schlimm sieht's hier aus, Ellen!«
»Vielleicht. Man könnte das alles ganz hübsch einrichten. – Was guckst du mich so an? Hast du Angst, wenn ich so was sage?« Sie lachte. »Mach dir bloß keine Sorgen!«
Aber sie hatte zumindest einen Anlauf genommen, einen Versuch, der Schröder sehr rührte: Das große Korbbett in der Ecke, die einzige Anschaffung, zu der sich Schröder bisher aufraffen konnte, war gemacht, die Decken glattgezogen, die Kissen hübsch verteilt. Und eine Kiste hatte sie davorgestellt. Und die unvermeidliche Kerze stand bereit.
Um sie anzuzünden war es wohl noch nicht genügend dunkel.
»Was hast du, Werner? Freust du dich nicht?«
»O doch. Ich freue mich.«
Er wußte nicht einmal, ob das eine Lüge war. Er fühlte weder die Kraft noch die Klarheit, seine Gedanken und Gefühle zu ordnen. Nicht einmal die notwendigsten Worte und Gesten standen ihm zur Verfügung. Es war auch nicht notwendig. Sie nahm ihm alles ab. Sie tat, als sei es ganz normal, daß sie ohne Ankündigung bei ihm hereinschneit, so als könne man einfach den Faden dort wieder aufnehmen, wo man ihn vor Monaten fallen ließ.

Und warum eigentlich nicht? War sie nicht dafür zu bewundern? War es nicht wirklich ganz einfach, so wie sie nun ins Bad ging, die Tür offenließ, so daß er hörte, wie sie die Kleider ablegte, die Dusche rauschen ließ.

»Hast du keine Angst vor mir?« fragte er, als sie zurückkam und ihm die Hände um den Nacken legte.

»Red keinen Unsinn«, flüsterte sie.

Später, als sie duftend, mit zerwühltem Haar neben ihm lag, die Augen geschlossen, sich ausstreckte, rosig durchblutet sich an ihn schmiegte, eine zufriedene, nein, angenehm gesättigte und darüber glückliche Frau, sprach sie es aus: »Eigentlich wollte ich ja gar nicht. Ich hatte nur mal hier in München zu tun. Und da fragte ich mich: Warum nicht? Seine Adresse hast du ja. Geh zu ihm. Vielleicht ist er zu Hause. Schließlich...«, sie legte ihm die Zeigefingerkuppe auf seinen Mund, »schließlich habe ich doch die ganze Zeit davon geträumt.«

Das blieb es wohl auch: ein Traum.

Ein Traum, der so lange währte, bis die Flamme einer herabgebrannten Kerze im Wachs erstickte...

Dann war Ellen fort.

Für die Fahrt zum Flughafen bestand sie auf einem Taxi: »Weißt du, ich hab' doch das Rückflugticket für heute gebucht. Und es ist die letzte Maschine. Morgen muß ich wieder voll auf dem Dampfer sein. – Tschau, Werner! Leb wohl...«

Er war zum Fenster gegangen und hatte zugesehen, wie sie unten ins Taxi stieg. Sie sah nicht einmal hoch. Sie winkte nicht. Das Taxi fuhr ab.

Ein Traum?

Ob es ein guter Traum gewesen war, daran hatte er seine Zweifel.

In der Wohnung hatte Schröder es an diesem Abend nicht länger ausgehalten. Er zog sich an und fuhr in die Hölderlinstraße. Als er die Tür der Klinik öffnete, zur Männerstation ging und dort an der Teeküche vorbei, in der die große, breit-

schultrige Monika Janek hantierte, die anscheinend aus irgendwelchen, nur ihr bekannten Gründen schon wieder den Nachtdienst übernommen hatte, als er dann mit Ammann sprach, der ihn in die Krisenfälle des Abends einwies, und schließlich selbst seine Runde antrat, fühlte Schröder zum ersten Mal, wie sehr er hierhergehörte. Es war eine Arbeit, die das letzte Gramm Kraft forderte und ihn dabei von allem trennte, was die anderen »das Leben« nannten. Wie noch lautete das Thema, das gerade in den Zeitungen diskutiert wurde: »Aussonderung der Aids-Kranken.«
Auch du bist ausgesondert! hatte Schröder gedacht. Aber du gehörst hierher. Zu ihnen...
»Man darf nicht undankbar sein, Doktor«, hatte Ernst Penzolt ihm in dieser Nacht gesagt. »Jeden Tag denk' ich, den Morgen erlebst du nicht. Und dann bin ich immer noch da. Aber wissen Sie, dieses endlose Abschiednehmen hat seinen Vorteil: Man lernt den Wert der Zeit kennen, der Zeit, die es zum Beispiel braucht, ein Gedicht zu lesen. Da liege ich nun in der Hölderlinstraße. Den Hölderlin habe ich immer geliebt. Jetzt versteh' ich ihn. Und ich weiß, weil's ihn gibt, bin auch ich nie allein...«

Es gab Zeiten und lange lagen sie nun wirklich nicht zurück, da fühlte sich Schröder auf den Flughäfen und in den Flugzeugen ungemein wohl – so war es auch vor wenigen Wochen gewesen, als ihm vor dem Abflug aus Afrika der blaugelbe Lufthansavogel entgegenleuchtete und ihn ein überwältigendes Gefühl von Nachhausekommen fast hilflos machte.
Und nun?... Was empfindet man in diesem ins Überdimensionale mißratenen Betonlabyrinth? Über Lauftreppen und Transportbänder, durch ganze Spaliere von Geschäften, Boutiquen und Reklamewänden weiterbefördert wie ein Gepäckstück, waren sie schließlich in der Abflughalle gelandet, inmitten eines Männerpulks, alles Gestalten mit denselben grauen,

unausgeschlafenen Gesichtern, denselben Aktentaschen und Aktenköfferchen, bereit, vom Frühflugzeug im Namen der Firma nach München geschaufelt zu werden.
Seit sie das monströse Gebäude des Frankfurter Flughafens betreten hatten, hatte Paul Weißhaupt keinen einzigen Ton abgesondert. Nur den Genuß eines der zäh-schlappen Lufthansa-Brötchen aus dem Frühstückskorb hatte er mit entschiedenem Kopfschütteln abgewehrt. Nun ist von ihm nichts mehr zu erkennen als das Büschel graublonder Haare, das über den oberen Rand der Zeitung hervorsticht.
Schröder studiert Schlagzeilen: Tankerkrieg. Dollarverfall. Glasnost... Aids-Nachrichten sind von den Titelseiten verschwunden und, wenn überhaupt, höchstens als Einspalter unter »Vermischtes« zu finden. Dafür machen sich die Anzeigenspots des Bundesgesundheitsministeriums auf den Innenseiten breit: Melancholische Silhouetten einsamer junger Männer vor einem weiten, schicksalsträchtig-grauen Meer.
Schröder ist nicht böse darum.
Er läßt den Blick durch den Raum wandern, entdeckt hinter den beiden stehenden Männern in der Ecke rötlich schimmerndes Haar, so lebendig, daß ihm der blaukalte Neonschein der Leuchtröhren nichts anzuhaben vermag – Haare von der Farbe, wie Ellen sie gehabt hat! Ellen: Die Assoziation kommt automatisch. Und als die Frau sich nun aus der Ecke löst und zu der Sitzreihe hinübergeht, drängt sich die Erinnerung noch schmerzhafter auf: Dieselbe nicht zu qualifizierende Gelassenheit, der Schritt, die Bewegung, der Körper von einem dunkelgrauen, engen Kleid hervorgehoben, dessen roter Gürtel eine schmale Taille umspannt, einen grauen Trenchcoat mit wehenden leeren Ärmeln um die Schultern. Das Gesicht? Ein schönes Gesicht. Ellens Gesicht ist lebendig, intelligent und hübsch. Dieses Gesicht aber mit den schmalen, weitgeschnittenen Augen ist schön.
»Was ist?« brummt Weißhaupt. Die Zeitung liegt auf seinem Knie.

»Was soll sein?«
Weißhaupt dreht den Kopf: »Aha!«
»Sie erinnert mich an jemand.« Schröder ärgert sich, daß der Satz klingt, als wolle er sich entschuldigen.
»Bei solchen Mädchen ist das ja schließlich kein Wunder... Und weißt du, an was sie erinnert? An das, was uns entgeht.« Weißhaupt grinst müde. »Das Schlimmste ist: Mir kommt selbst das Gefühl dafür abhanden. Ich werd' zum Neutrum, so wie manche Gynäkologen. Eine Form von *déformation professionnelle*, weißt du...«
»Und was ist mit deiner ›Urmacht‹, Paul?«
Weißhaupt sieht ihn nur an und läßt kläglich die Mundwinkel sinken. Gestern abend noch, wie war er da in Fahrt! Das Gesicht gerötet von Frankenwein und Empörung, in der Stimme den grollenden Pathos des geborenen Moralisten: »Sex! Wenn ich schon diese Wortschöpfung höre, zum Kotzen! Um was geht's denn? Um die Urmacht des menschlichen Seins. Jawohl, die Urmacht! Evolutionär betrachtet kann man Mutter Natur als eine einzige Zeugungs-, Gebär- und Tötungsmaschine betrachten. Aber ist sie deshalb blind? Was wissen wir schon von ihr? Was wissen wir überhaupt von uns? Wir maßen uns ja nur an zu wissen. Mit unseren paar idiotischen, verkümmerten Sinnesorganen glauben wir die Welt enträtseln zu können und stilisieren diesen Selbstbetrug, diesen ewigen naturwissenschaftlichen Aberglauben noch zum Gesetz. Sex – na, logisch! Freier Lustgewinn und Selbstbestimmung des mündigen Menschen?... Fünfzehn Jahre wird das jetzt durchgespielt. Und was hat sie gebracht, die sexuelle Revolution? Peep-Show, Spießerspaß, Schmuddelwarenumsatz in Milliardenhöhe, Sex als Totalkommerz und Verwirrung bei den Jungen.«
Sicher konnte man Paul zustimmen, doch um diese Zeit brauchte er keine Zustimmung mehr. Drei Uhr war es, und in Schröder war nur eines wach: die unbändige Sehnsucht nach seinem Hotelbett. Es war wie immer bei diesen Kommissions-

sitzungen: Zunächst der Austausch von Fachinformationen mit all den Frustrationen, die sie begleiteten, dann der Versuch, das Ergebnis in Form von Appellen und Eingaben niederzulegen, was mindestens genauso deprimierend war. Und schließlich – gleichfalls unvermeidlich – der private Teil, das Abendessen, die Einladung in irgendeine Villa oder die Hotelbar. Diesmal fiel die Wahl auf ein chinesisches Restaurant am Roßmarkt. Und bereits vor der Suppe, eigentlich beim ersten Bier, umgeisterte sie der unvermeidliche, düster-philosophische Rundhorizont, war der Moment gekommen, wo Virologen, Epidemiologen, Biochemiker und Ärzte ihre wissenschaftlichen Attitüden fallenließen wie eine Maskerade und gleich mittelalterlichen Visionären die Apokalypse, den Untergang der Welt beschworen.

»Was meinen Sie denn dazu, Herr Schröder?« fragte Jelluscheck. »Sie kennen die Lage aus Afrika. Sie haben's ja nun wirklich gesehen und am eigenen Leib erlebt.«

»Was erlebt man und was sieht man schon? Zahlen jedenfalls konnte ich nie ermitteln.«

»Die sind auch heute nicht zu kriegen. Aber nach dem, was ich so höre, und die Mitteilungen, die ich letzte Woche von einem Freund aus Genf bekam, bestätigen es. Alles in allem, ich übertreibe da nicht, wird wohl ab Beginn der neunziger Jahre dort mit dem großen Massensterben zu rechnen sein.«

Professor Heinz Jelluscheck war Laborchef bei einem der großen Frankfurter pharmazeutischen Hersteller. In Zusammenarbeit mit Willi Leibholz vom Paul-Ehrlich-Institut forschte er an neuen, die Immunabwehr stimulierenden Hüll-Proteinen, ein magerer, hochgewachsener Mann mit Stirnglatze und Hornbrille, der geborene Pragmatiker. Nun war's mit seiner Sachlichkeit vorbei. Vielleicht hatte er tatsächlich neue Angaben? Schröder bezweifelte es.

»Ich kann da Pohle nur recht geben. Der sagt, das Problem der Übervölkerung würde sich bis zum Jahre zweitausend von selbst gelöst haben. Wenn's in Afrika und den Drittweltländern losgeht, dann braucht es, so grausam und zynisch das klingen mag, keine Maßnahmen zur Geburtenkontrolle mehr. Ich habe diesen Standpunkt kürzlich auch vor einem Journalisten vertreten, der mich interviewte. Ich habe die Nase voll, mit der Wahrheit hinter dem Berg zu halten und immer rumzutanzen: Aber bitte, zitieren Sie mich bloß nicht! – Soll er doch!... Ich halte es mit der Wahrheit.«

Die Wahrheit? Was war denn die Wahrheit? Und wieviel Facetten hatte sie? An diesem Abend, zwischen roten seidenbestickten Wänden, am runden Tisch, in dessen Zentrum sich auf dem Tabular die Reste einer riesigen China-Ente drehten, und später dann noch, als die Nacht sich ins Endlose zog und sie sich schließlich, weil die Kneipen zu schließen begannen, in Jelluschecks eleganter Privatwohnung am Grüneburgpark verkrochen, wo der Hausherr auch noch mit Frankenwein aufwarten konnte, kam dann Paul Weißhaupts Stunde.

Inzwischen war die Gruppe wieder bei der alten Frage angelangt, ob in Aids im Grunde nichts anderes zu sehen sei als die Antwort der »gequälten Natur« auf ihre Hervorbringung »Mensch«?

Dies war nun Paul Weißhaupts Stichwort. Er legte den schweren grauhaarigen Kopf in den Nacken: »Antwort, Korrektur – nennt es doch, wie ihr wollt. Für mich steht fest: Der Mensch ist ein Betriebsunfall, nichts anderes. Unter normalen Umständen, bei anderen Arten hat sich die Evolution immer elend geduldig gezeigt, da hat sie sich ein paar Millionen Jahre geleistet, bis sie ihren Fehler auslöschte. Und in unserem Fall? Sie muß sich sputen. Sie kann gar nicht anders. Das Unglaubliche an der Geschichte ist doch: Der Mensch mit seinem vielgepriesenen Großhirnbewußtsein, seinem Forschungsdrang, der Einsicht in die Dinge, Freiheit, Wahl der Entscheidung und was weiß ich, der Evolutions- und Naturforscher Mensch stellt sich blind, taub, stumm und dumm!«

Aus den pyramidenförmigen großen Lautsprechertürmen

rechts und links des Kamins des großen Wohnzimmers floß eine schwebende Mozartmusik heran. Immer wenn Paul Luft holte, lauschte Schröder ein paar Tönen. Die anderen hingen in ihren Sesseln, beschäftigten sich mit ihren Fingernägeln oder ihren Zigarren und schienen hundemüde. Die ganze Geschichte hatte für Schröder etwas Unglaubliches. Und es waren nicht die Worte.

»Und wieso diese Ignoranz? Weil er wahrscheinlich gar nicht kann. Nicht nur sein Verstand – und ich schließe unsere naturwissenschaftlichen Erkenntnisse durchaus ein –, nein, auch seine Zivilisation, was er so Kultur nennt, folgt den alten Regeln der Entropie. Schaut euch die Wirtschaft an, den ganzen Technologierummel: vergrößern, vermehren, aufblähen! Und so lange, bis der ganze Laden zusammenbricht. Nur, daß der Mensch Gas gibt, wie keiner vor ihm.«

»Nun, mein lieber Freund«, meldete sich Fischer, einer der Uni-Professoren, zu Wort, »das ist ja nun wirklich etwas plakativ, wie Sie das bringen.«

»Plakativ? Von mir aus kann's gar nicht genug plakativ sein. Letztlich habe ich mich mit einem meiner Münchner Unternehmerfreunde unterhalten. Wissen Sie, was der mir sagte? Ich kann doch nicht anders, Paul, sagte der, ich muß expandieren, ja, ich muß noch die letzte Marktnische ausfüllen. Richtet sich dort nämlich einer ein und fühlt sich wohl, dann wird er größer und erklärt mir den Krieg... Plakativ, sagen Sie?«

Weißhaupt lachte. »Das ist es doch: Er kann nicht anders! Mit seinem zwanghaften Zuwachsdenken penetriert der Artenkiller Mensch nicht nur die letzte ökologische Nische und verwandelt die ganze Welt in ein einziges Schlachthaus, er folgt auch, ohne sich dessen bewußt zu sein, einem Gesetz der Entropie. Die Natur kann somit nicht länger zuwarten, wirklich nicht. Einer Spezies, die ihre Vitalität und biologische Kraft mittels Technologie ins Gigantische steigert, muß sie die Zeit beschneiden. Und das wird sie – und zwar ganz drastisch.

Und ob ihr in euren pharmazeutischen Giftküchen und Labors bei diesem Wettrennen noch mithalten könnt, na, da habe ich meine Zweifel. Bei euch läuft's doch auch so: der Kommerz über alles! Nehmen wir die Kommerzialisierung des Sexes...«

Und damit war Paul bei seinem Lieblingspunkt angelangt und hatte sich endgültig verausgabt.

Schröder beobachtet, wie sein rechtes Augenlid tiefer sinkt, dann das andere. Und dabei beginnen dort drüben am Absperrseil zwei Lufthansa-Stewardessen bereits, die Bordkarten der Passagiere entgegenzunehmen. Schröder klaubt die herabgefallene Zeitung vom Boden auf und streichelt damit sanft Weißhaupts schlaffe Wange. »Komm, Paul! Wir müssen.«

Er legte den Kopf zurück: »Wieder einmal.«

»Ja, Paul, wieder einmal...«

Als die Maschine über die Startbahn rollt, mit kreischenden Bremsen ihre Drehung macht und dann über den Beton zu jagen beginnt, bis der Pilot sie in steilem Schwung nach oben reißt, empfindet es Schröder wie eine Befreiung. Wolkenfetzen wirbeln an den Fenstern vorüber, Tropfen schlagen auf und perlen über die Scheiben, und in Schröder ist trotz des Andrucks ein Gefühl von Befreiung: So weiterfliegen! Weiß der Teufel, wohin. Wäre auch völlig gleichgültig. Von ihm aus zurück in die Provinz Kiwu, nach Mayombé. Warum nicht? Alles ist gut, alles ist besser als München...

Die Motoren werden leiser, das Anschnallzeichen ist erloschen. Neben ihm kramt Paul Weißhaupt nach Zigaretten. Vier oder fünf Reihen vor Schröder, auf der anderen Seite des Gangs, sitzt das Mädchen von vorhin. Der Steward beugt sich gerade über sie. Sie wendet den Kopf, er sieht das Lächeln, die kurze, gerade Nase, den Mund mit den weißschimmernden Zähnen. Nein, sie hat keine Ähnlichkeit mit Ellen, und wenn – was würde es schon bedeuten? Nichts. Überhaupt nichts...

Einen Umschlag hatte Frau Blaschek, Schröders Putzfrau, wohl nicht zur Hand gehabt. Die Botschaft war einfach durch den Postschlitz in der Wohnungstür geschoben worden. Als Schröder mit der Morgenrasur fertig ist, liegt sie auf dem moosgrünen Tepppich des Korridors.

SEHR GEEHRTER HERR DOKTOR! ICH KANN LEIDER NICHT KOMMEN. NICHT HEUTE, AUCH SONST NICHT. MEIN MANN VERBIETET DAS.

Und dann: SIE WERDEN SCHON WISSEN, WARUM. TUT MIR LEID.

Schröder knüllt den Wisch zusammen und wirft ihn in den Abfalleimer der kleinen Küche. Die Kaffeemaschine tropft. Sie werden schon wissen, warum? – Klar doch, Frau Blaschek!

Er fühlt weder Zorn, noch hat er Lust, über solche Sätze nachzudenken. Vielleicht, denkt er, ist das jetzt dein täglich Brot? Vielleicht wirst du dich daran gewöhnen? Dieses Bücherlager von Wohnung kannst du wohl selbst zusammenkehren. Was soll's?

Ja: Was soll's? – Was Schröder am Vormittag im Zentrum erwartet, läßt ihn seine eigenen Probleme ohnehin vergessen. Sie hatten neue Medikamente zur Behandlung der Sekundär-Infektionen erhalten, und er wollte gerade in seinem Büro die Protokolle in die Hand nehmen, als das Telefon summt. Leibholz vom Labor ist am Apparat: »Tut mir leid, Herr Schröder! Aber Ammann und Fischer sind beschäftigt. Wir haben hier unten einen ziemlich dramatischen Fall von Eklampsie. Wie? – Ja, wohl als Folge zu hoher Bestrahlungsdosen. Der Mann hatte schon ein ziemlich starkes urämisches Symptom. Nun diese Krampfanfälle.«

»Wer ist es denn?«

»Neumann, Walter.«

»Haben Sie ihm schon Plasma gegeben?«

»Ja.«

»Ich komme sofort!«

Als Schröder das Labor betritt, genügt ein einziger Blick. Das Plasmagerät ist zur Seite geschoben. Die Schläuche, durch die die Flüssigkeit geleitet wurde, hängen schlaff zur Seite.
»Ist er gestürzt?«
»Nein, nein. Er richtete sich plötzlich auf. Dann rutschte er ganz langsam runter. Und dann erst ging's los.«
Und geht weiter! Krämpfe schütteln den Körper, als würden Tausende von Volt durch ihn gejagt. Muskeln wie Stein. Dieses Röcheln. Verdrehte Augen. Wieder schnellt das Knie hoch.
Schröder schiebt eine Spachtel zwischen die verkrampften Zähne, um die Zunge zu schützen. Die Kiefer zermalmen das Holz.
Herrgott, wieso stellt sich Leibholz nur so ungeschickt an? Der Anfall hat ihn offensichtlich überrascht. Eine Schwester ist jetzt neben ihm, ein junges Gesicht, diese Berlinerin – ja, Schwester Bärbel. Und sie kann's. Schon hat sie ein Kissen, schiebt es unter den hin- und herschlagenden Kopf, versucht eine neue Spachtel zwischen die Zähne zu kriegen und schafft's.
»Aufpassen!« sagt Schröder nur. Sie weiß, was er meint. Sie nickt. Sie trägt Gummihandschuhe.
Nun der Knebel. Der Mann ist jung und kräftig. Er stöhnt erstickt.
»Leibholz, ziehen Sie eine Spritze mit Dipyridamol auf. Und Betablocker.«
Schröder untersucht so gut es geht die Augen. Aber jetzt zeichnet sich schon ganz klar ab: Dieser Anfall hat mit den Nieren nichts zu tun. Nein, die Infektionsherde haben ihn ausgelöst, die sich im Gehirn eingenistet haben. Die Schädeltomographie wird es ergeben, darüber ist er sich jetzt schon sicher. Doch ob es nun die Toxoplasmoseerreger sind, die die Abwehrschwäche des armen Jungen hier ausgelöst haben oder gar Pilze wie Zygomozyten oder Nocardia, was spielt es schon für eine Rolle?

Als es vorbei ist und die Pfleger den bewußtlosen Patienten aus dem Labor rollen, bietet Leibholz Schröder eine Zigarette an. Die Hände des Laborchefs zittern.
Die kleine Bärbel hat sich erschöpft auf einen Hocker sinken lassen. Schröder lächelt ihr zu: »Sie sind aber wirklich immer dabei, wenn's hart hergeht, was?«
Bärbel nickt nur. Doch dann hebt sie den Kopf: »Ja, stimmt! Aber jetzt steh' ich's durch. Ist ja 'n Fortschritt, was, Herr Doktor?«
»Und ob!«
Zehn Minuten später trifft Schröder in der Liftkabine, die ihn in den ersten Stock bringt, einen Mitpassagier: eine junge Frau.
»Guten Tag, Herr Dr. Schröder.« Der Gruß klingt zaghaft und brüchig.
Und da erkennt Schröder: die großen, leicht schräg gestellten Augen, der breite Mund und dieses dunkle Haar mit sanftem rötlichen Glanz. »Frau Roser! Suchen Sie mich? Ich hab' den Eindruck, daß ich Sie schon ein paarmal hier gesehen habe.«
»Ich bin auch oft hier.«
»Ja?« Er mustert sie. Sie sieht nicht nur gut aus, sie hat sich verändert. Etwas ist an ihr, das er nicht zu erklären weiß. Sicherheit? Ruhiges Selbstbewußtsein? – Und das letzte Mal erschien sie ihm ein von Panik geschütteltes Bündel Mensch!
Nun, als erahne sie seine Gedanken, lächelt sie ihm zu: »Für mich ist es ausgestanden, Herr Doktor! Die Frau Dr. Dannekker ließ noch einen zweiten Elisa-Test machen. Und dann die Western-Blot-Kontrolle. Beidesmal negativ. Ich hatte eine versteckte Tuberkulose. Auch das liegt hinter mir. Mein Gott, was für Tage...«
»Da gratuliere ich Ihnen. Und jetzt?... Haben Sie Freunde hier? Sie sind doch manchmal im Zentrum. Warum?«
»Warum? Weil ich dazugelernt habe. Und gemerkt: Hier gibt's zu tun für mich. Ich hatte doch Frau Niederberger bei mir zu Hause. Damit fing's an.«

»Mama Maria?«
»Ja. Ich arbeite auch in der Aids-Hilfe. Ich belege die Vorbereitungskurse bei Herrn Dr. Schöller. Ich bin so froh, daß ich etwas – und wenn's auch noch sowenig ist –, daß ich einfach irgend etwas tun kann.«
Zuerst die kleine Berlinerin – nun sie! Es wird am Ende doch ein guter Tag, denkt Schröder.
Die Lifttür öffnet sich.
Er will Doris Roser den Vortritt lassen. Sie greift nach seinem Arm: »Doktor, der Martin Staub hat Geburtstag. Sie kommen mit, ja? Sehen Sie, da ist auch Maria. Schauen Sie sich an, was sie für eine Erdbeertorte gebacken hat!«
Ja, da ist Maria Niederberger und hält irgend etwas Rundes, Rotschillerndes in der Hand. Den Kopf mit den grauen Haaren hat die alte Frau in den Nacken gelegt, um Schröder besser mustern zu können. Die dreieckigen Augen strahlen.
»Mama Maria« – Penzolt hat sie so getauft, als sie zum ersten Mal in der Station auftauchte, um ihren Sohn zu besuchen. Sie ist es geblieben. Denn nun kam sie täglich, oft genug auch in der Nacht. Nicht nur Peter wartete auf sie, die Familie war groß, riesig geworden: Die Kranken, dann die Schwestern, sie alle gehörten dazu.
Vermutlich du auch, denkt Schröder und ist froh, sie zu sehen.

»Ich wollte Sie sowieso besuchen, Herr Doktor. Ist es wahr: kann Peter nächste Woche raus?«
»Falls er das will.«
Ihre Mundwinkel sinken nach unten.
Falls er das will? – Ihm ist plötzlich klar, wie sie die flapsige Bemerkung aufnehmen muß. Entlassen werden – ja! Aber für wie lange und wohin? In ein Draußen, das keine Zuflucht bietet, nur Druck, den schrecklichen, alptraumhaften Druck einer Welt, die jeden Kranken als Feind betrachtet, sobald er sich zu erkennen gibt.

»Ich hab' jetzt eine Wohnung für uns. Zwei Zimmer. Doris hat sie mir besorgt.«

»Oh, ja?« Schröder ist bemüht, so viel Vertrauen in seine Stimme zu legen, wie er nur kann: »Ihr schafft das! Das weiß ich. Und jetzt schauen wir mal bei Herrn Staub rein, ja?«

Martin Staub? überlegt Schröder, als sie den Gang entlanggehen. Bei ihm beliebt der Feind sich exotisch zu geben: Neben dem Kaposi-Sarkom leidet Staub unter einem bösartigen *»Burkitt-Lymphoma«*. Was für ein Witz: Da entdeckt ein braver britischer Arzt im tiefen, feuchten Zentralafrika an kleinen Kindern merkwürdige, nie gesehene Tumore. Und die Wissenschaft adelt ihn dafür, indem sie den Geschwülsten seinen Namen verleiht. Und was geschieht? Dieselben Tumore tauchen mitten in München auf. An einem Mann wir Martin Staub zum Beispiel... Seit Aids verlernt man das Staunen: HIV-Patienten, die reihenweise von Katzenkrankheiten hingerafft werden. Hefebazillen, die Zerebralabszesse hervorrufen, wie bei dem armen Jungen dort unten im Labor. Das Kaposi-Sarkom kannte man bisher nur als Hautkrebs, der bei älteren Herren im südlichen Mittelmeerraum auftrat. Auch damit kann der arme Martin Staub in Zimmer 204 aufwarten.

Kaposi – eine Hautkrankheit. Die endolethealen Zellen, die die Kapillargefäße auskleiden, beginnen zu wuchern. Bei Staub aber wuchern sie auch in den Eingeweiden...

»Sehen Sie, Herr Doktor«, hatte Martin Staub vor einigen Wochen zu ihm gesagt, »sterben müssen wir alle, der Mensch lebt nun mal dem Grabe zu. Aber es stirbt sich anders als Blume, Baum, Möwe oder Lurch. Das macht den Unterschied. Ich kann meinem eigenen Sterben zusehen. Und wissen Sie, wie man so etwas empfindet? Als eine schlichte Unverschämtheit! Als einen erbärmlichen Witz...«

Der Raum, den Schröder nun betritt, ist in orangefarbene Dämmerung getaucht. Alle Vorhänge sind zugezogen. Men-

schen sieht Schröder. Ein halbes Dutzend vielleicht. Schwarze, abgegrenzte Schatten vor diesem fließenden Licht.
Maria stellt ihren Kuchen auf den Tisch in der Ecke, und dort am Fenster, wo die Sonne die Vorhänge rötlich-transparent werden läßt, steht auch ihr Sohn Peter.
Die anderen aber? Manchmal ähnelt das Zentrum einem Asyl. Schröder selbst hatte den Zugang der Besucher zu den Kranken durchgesetzt. Sie halten sich strikt an die Vorschriften – auch wenn das Küßchengeben wegfällt, ihre Nähe tut den Kranken gut. Die Schatten bilden einen Halbkreis um das Bett. Und der schwarze Kasten, an dem sich Peter Niederberger jetzt zu schaffen macht, ist ein Diaprojektor.
Was soll das Ganze? Trotz seines Unbehagens grüßt Schröder in die Runde. Er gibt sich einen Ruck und geht zum Bett.
»Hallo, Herr Staub!« Er legt die Hand auf eine knochige Schulter, lächelt in ein Gesicht, das sich dunkel-fleckig vom Weiß des Kopfkissens abgrenzt: »Alles, alles Gute!«
»Warum sagen Sie mir nicht, viele, viele Jahre, Doktor?«
»Wollt' ich doch gerade.«
An dem Hustenanfall, in dem ein Lachen erstickt, erkennt Schröder: Das sind keine Besucher. Patienten sind es. Und sie haben sich elegant gemacht. Statt Bademänteln und Pyjamas – Blazer und Pullis. Ihr Lachen aber, welche andere Waffe haben sie schon, als diese letzte Verteidigung ihrer Würde?
»Auf den Tag kommt's an«, sagt Staub, »nicht auf die Jahre. Stimmt's?«
»Hier ist doch jeder Tag Geburtstag«, erwidert einer.
Ja, meine Kranken! denkt Schröder, und es wird ihm ganz eng unter einem warmen, strömenden Gefühl, das sich in solchen Situationen immer wieder einstellt: Aids-Patienten. Solidarnosc! Das ist es: Sie erleben die größte Solidarität, die Menschen wohl gegeben ist. Die Gemeinschaft der Todgeweihten. Und leisten sich Witze darüber.
»Zuerst meine Dias«, verlangt Staub. »Dann für euch Mama Marias Erdbeeren, okay?«

Auf dem Viereck der kleinen Projektionsfläche flammt ein erstes Bild auf: Das kobaltblaue, lichtübergossene, weite Meer, am Strand aber, auf der schimmerden Linie der Brandung, lachend im Schaum treibend, ein schlanker, tiefbraungebrannter Männerkörper.
»Das war Rhodos. Vor vier Jahren.«
Staub hat Mühe mit dem Sprechen, aber etwas ist in ihm, das Kraft mobilisiert. Und so fällt jedes Wort klar und abgegrenzt in die Stille.
»Damals wußte ich noch nichts. Aber als ich nach Hause kam, war's dann raus. Deshalb wollte ich das Foto als erstes sehen. Na, jedenfalls; seither finde ich es besonders gut – was?«
Keiner, der spricht.
Wieder ein Bild: Martin vor einem von holzgeschnitzten Götterfratzen umrahmten Tempeleingang. Ganze Pyramiden von Früchten und Blumen sind hier aufgebaut. »Bali«, sagt Martin. »Damals wollten die mich in der Entwurfsabteilung nicht gehen lassen. Aber ich habe ihnen gesagt, Bali sehen und sterben. Entweder kriege ich jetzt Urlaub oder ich kündige. Na, ich hab' ihn gekriegt.«
Martin auf dem Balkon seiner Wohnung. Martin in den Halteschlaufen eines Drachenseglers. Blutrote Schutzkleidung am Körper, den Kopf in der Rundung des Helms. Berge stehen am Horizont. Die Gipfel sind in Schnee gehüllt. Vor den leuchtenden Flügeln des Drachenseglers aber öffnet sich eine blaugläserne Tiefe. »Da einfach runtersausen«, flüstert Martin Staub. »Dann aufgefangen werden und über alles hinwegfliegen ...«
Keiner ist im Raum, der spricht. Das schwebende, fast andächtige Schweigen wird nur einmal vom Ton eines unterdrückten Schluchzens gebrochen.
»Bloß nicht«, kommt die leise Stimme vom Bett.
Martin hebt die Hand.
Peter Niederberger schaltet das Licht an. Und Schröder erkennt die glitzernde Laufspur der Tränen.

»Was soll denn das? Mama Maria, deine Erdbeeren! Schneidet die Torte auf. Heulen habe ich mir abtrainiert. Das tut weh und bringt nichts. Wenn ich jetzt heulen würde, Doktor, wissen Sie, warum? Weil ich das erlebt habe. Der auf den Fotos bin ich! Und daran zu denken, ist gut. Denn wissen Sie, Doktor: Es war schön ...«

Am Abend, der Staubs Geburtstag folgt, stirbt Ernst Penzolt. Herbert Kraft, der Pfleger, der den Wachdienst übernommen hat, entdeckt ihn kurz nach drei. Sekundenlang bleibt Kraft völlig stumm und versunken. Dies ist ein Tod, der trifft. So sehr hatten sie sich im Zentrum an Ernst Penzolts langsames Sterben gewöhnt, daß keiner mehr an das Ende glauben konnte.

Ganz vorsichtig, zart, als habe er etwas sehr Kostbares zu beschützen, drückt der Pfleger Penzolts Lider nach unten und streift das Laken über den Körper. Er hat viele sterben sehen. Zu viele. Diesmal kommt er gegen die Tränen nicht an. Um sich zu beruhigen, kramt er aus der Tasche des Mantels die Zigaretten und entdeckt dabei den Zettel auf dem Nachttisch. Er ist von Penzolts goldner Taschenuhr beschwert.

Kraft nimmt ihn in die Hand. Die zerfaserten dünnen Linien der Buchstaben sind schwer zu deuten. Es muß Ernst Penzolt unendliche Mühe gekostet haben, noch zu schreiben.

Dann versteht Kraft.

»Vergeßt eines nicht«, liest er, »man kann die Welt betrachten, wie man will, doch das Zentrum ihrer Kraft bleibt die Liebe. Aus ihr ist sie erbaut. Haltet sie in Ehren.«

Was von Ernst Penzolt übrig bleibt, wird vor Morgengrauen in einer Plastikhülle im Leichenkeller untergebracht. Auch seine Wäsche wird in Plastiksäcke eingeschweißt.

Später, wenn der Desinfektionstrupp seine Arbeit tut, wird man alles verbrennen ...

»Klar doch, Frau Roser«, hatte Karl Kirchfeld, der Juniorchef von »Kirchfelds Buchhandlung«, gesagt. »Wenn's sein muß, nehmen Sie sich ruhig frei. Ich komm' heute morgen schon allein zurecht.«

Manchmal hat Doris Roser Mühe, sich zwischen all den neuen Erfahrungen zurechtzufinden. Daß sie so ohne weiteres ihre alte Stelle als Buchverkäuferin antreten konnte, war nicht nur eine finanziell wichtige Hilfe, sondern hatte ihr auch großen inneren Auftrieb gegeben. Doch das Verständnis, ja die Bewunderung, die sie in der Buchhandlung für ihre Arbeit im »Zentrum« und in der Aids-Hilfe erhält, erscheint ihr wie ein Wunder... Carlo Schöller hatte recht, als er im Vorbereitungskurs sagte: »Wer immer damit in Berührung kommt und egal auf welche Weise, ob als Kranker oder Helfer, der bleibt nicht der, der er einmal war. Jede Nähe zu Aids krempelt alles um.«

Richtig: Alles hat sich für sie geändert! Die Selbstverständlichkeit, mit der sich dabei eines ins andere fügte, ist ihr manchmal in solchen Sekunden unheimlich, hat Doris das Gefühl, als agiere sie nicht selbst, nein, als führe ein Unbekannter die Regie. Mit der Trennung von Heinz hatte es begonnen. Manchmal kommt er, um Nanni abzuholen. Für einen Kinobesuch. Nie sprechen sie mehr als die drei, vier Sätze, die notwendig sind. Manchmal auch sieht sie vor den Schaufenstern seinen blauen Opel vorüberziehen, so, als wolle er sie bewachen.

Die Begegnung mit Maria Niederberger hatte alles verändert. Und wenn sie darüber nachdachte, wußte sie noch nicht einmal, wie und wann es begonnen hatte. Die langen Gespräche mit der alten Frau? Vielleicht... Oder wie sie zusammen für die Kranken im Zentrum die Kuchen gebacken hatten. Und wie sie bei ihren Einkäufen in der Stadt von zu Hause erzählte, von dem Dorf, aus dem sie kam. Die Besuche bei Peter natürlich, dieses ganz langsame Eindringen in die abgeschlossene Welt des Zentrums, eine Welt, die ihr zunächst nicht nur Angst, sondern pures Grauen eingeflößt hatte, weil es Doris erschienen war, als bewege sie sich von nun an in einer Zone des Sterbens, die weder Ausweg noch Fluchtmöglichkeit zuließ, bis sie schließlich erfuhr, daß hier nicht allein der Tod, sondern auch Mut und Hoffnung herrschte...

Von nun an gibt es in Doris Rosers Existenz ein Vor- und ein Nachher. Die Grenzlinie markierte der Anruf der Ärztin: »Nichts, Frau Roser! Ihre Angst war umsonst.«

Das war sie nicht. Aids hatte ihr Leben verändert. Ob bei den Demos, beim Flugblattverteilen, in den Selbsthilfegruppen, ob bei Hausbesuchen und Gesprächen mit Kranken, es ist Doris Roser, als erfahre sie sich endlich selbst. Und sie ist dankbar für die Kraft, die ihr aus der Hilfe an anderen zuwächst.

An anderen? – Axel Kirschner zum Beispiel. Ernst Penzolts Freund, Geliebter, wie soll man's nennen? Begleiter seiner letzten Stunden jedenfalls war Axel nicht. Doris hatte Axel im »Zentrum« kennengelernt, als er nach Penzolts Tod wie in Trance durch die Korridore irrte und jedem mit seinen Fragen auf die Nerven ging.

»Ich wußte doch nicht, Doris, daß es so schlimm um Ernst stand. Er hat doch nie was gesagt. Und er hat mir doch verboten, ihn zu besuchen.«

Der Mann, dem Ernst Penzolt sein Sterben nicht zumuten wollte, war nun gestern zu ihr gekommen, um sie zu bitten, ihn aufs Gesundheitsamt zu begleiten: Axel will sein Testergebnis abholen.

Da ist er, steigt aus dem Taxi, das vor ihr am Bordstein der Brienner Straße anhält, elegant wie immer, zitronengelber Kaschmirpulli, hellblaues Hemd, lange, gleichfalls hellblaue Jeansbeine und die Jacke aus feinstem Antilopenleder. Er hat die Schultern etwas hochgezogen, als kämpfe er gegen übles Wetter, und diese verkrampften Schultern wollen so gar nicht zu dem Lächeln passen, mit dem er sie mustert.

Er hebt nur die Hand, er sagt nichts. Und sie sieht, daß seine

Mundwinkel leicht zittern. Und dann sagt er doch etwas: »Weißt du«, sagt er, »ich geh' da nicht so furchtbar gern alleine hin.«
»Ich komm' ja mit.«
»Ja, schon...«, sagt er und sieht sie wieder an. Sie erkennt die Stichellinien der Falten in der italienischen Sonnenbräune, die das hübsche Gesicht überzieht, weiße, lange Striche – wenige Falten, er wirkt auf eine Weise jugendlich, die jede Frage nach dem Alter ausschließt. Doch die Falten sagen alles...
»Ich könnte doch telefonieren?«
»Es ist besser, man geht selbst hin, Axel.«
»Besser?« Er verzieht den Mund: »Besser, sagst du? Was soll daran besser sein? Deprimierend ist das. Und diese blöde Ausfragerei, schon wenn ich dran denke, wird mir schlecht. Und Fragebögen noch dazu.«
Sie nickt. Er hat ja recht.
»Ich bin doch dabei, Axel. Komm, mach dir keine Sorgen! Ich kenn' das schon. Und wenn du willst, kann ich auch telefonieren. Du gibst mir bloß deine Kennziffer.«
Doch darauf erhält Doris keine Antwort. Sein Gesicht hat sich den funkelnden Glaszeilen des Arco-Palais zugewandt. Davor bilden Autos, Busse, Straßenbahnen ihre endlosen Schlangen. Um sie traben die Passanten irgendwelchen furchtbar wichtigen Zielen zu, und sie selbst sind gefangen in dieser stummen, inselartigen Abgeschiedenheit.
Nun dreht er sich ganz abrupt um und packt sie am Arm: »Komm, Doris!«
»Sollen wir kein Taxi...«
»Komm!« Er zieht sie über die Straße, läßt sie los, geht voran, schnell, mit schlenkernden Armen, dreht sich um, wirft ihr wieder dieses undeutbare, halbe, klägliche Lächeln zu und steht nun am Eingang des Café Luitpold. Er schiebt die Tür auf, so heftig, als suche er nach einem Fluchtversteck.
Doris folgt ihm und taucht in teppichgedämpftes Halbdunkel.

Die Gesichter wenden sich ihr zu. Auf vielen Tischen funkeln Porzellan und Gläser, Kellner bewegen sich lautlos wie Schatten zwischen den Stuhlreihen. Die undeutlichen Gesichtsovale der Gäste – ihre Stimmen, ein einziger diskreter Singsang von Halbtönen.

Dies und dazu die teuren Möbel, die brennenden Kristallüster, die Spiegel, die Menschen, ihr Zigaretten- und Parfümduft – Doris ist es, als erlebe sie etwas ganz und gar Unwirkliches. Was zum Teufel will Axel hier?

»Guten Tag, Herr Kirschner!«

Der Kellner hat das fleischige Gesicht in beflissene Falten gelegt. O ja, hier kennt man Axel Kirschner. Wie auch nicht? Ernst Penzolts begabtester Schüler, dazu noch einer, der in der Gesellschaftsspalte der Abendzeitung immer wieder als »Star-Designer« vermerkt wird. Hier auch saß er wahrscheinlich mit seinen Kunden zusammen, um sich anzuhören, was die so von ihm wollten.

»Kann ich Ihnen einen Tisch anbieten, Herr Kirschner? Vielleicht der dort drüben in der Ecke?«

Axel sieht ihn an. Er stößt irgend etwas hervor, der Mann legt den Kopf schief. »Vielleicht nachher noch mal«, versteht Doris und spürt wieder Axels Griff am Arm. Er hat sie bereits auf die Straße gezogen. Er zittert vor Nervosität, er ist völlig fertig, soviel ist ihr klar, und sie zweifelt in diesem Augenblick, ob er überhaupt noch weiß, was er tut. In Panik ist Axel, ja, aber wie willst du ihm beikommen? Wie kannst du ihn beruhigen? Und wie hatte Carlo Schöller gesagt: Am liebsten würde er den Leuten, die mit dem Ergebnis nicht leben können, davon abraten, sich testen zu lassen. Nun versteht sie, warum.

»Axel! Nun hör mal zu: Laß uns doch in Ruhe darüber reden.«

Aber Axel hört nicht. Axel rennt voraus über den Bürgersteig, und sie hat Mühe, mitzukommen. Die Leute drehen die Köpfe nach ihnen. Eine Frau mit einem großen Einkaufsnetz zischelt

empört, und nun, was macht der Wahnsinnige? Jagt doch tatsächlich über die Fahrbahn, schlängelt sich zwischen quietschenden Autoreifen, verfolgt von empörtem Hupen hinüber auf die andere Straßenseite, rennt dort auf die Telefonzelle zu, die gelb zu ihr herüberleuchtet. Als sie wieder bei ihm ist, hält er ihr stumm die Tür auf, und nun liegt etwas, das nur noch von ferne an ein Lächeln erinnert, auf seinem Gesicht, ein gespenstischer, kindlich-hilfloser Ausdruck, der von der Furcht, die seine Hände zittern läßt, noch gesteigert wird.
Sag nichts! denkt Doris. Laß ihn jetzt ganz allein.
Axel hat den Hörer in der Hand. Fasziniert beobachtet sie die nikotinverfärbten Fingerkuppen, die die Nummerntasten drücken. Nun hört sie ihr Herz. Nun kann sie nur noch eines denken: Bitte... bloß nicht!
»Ja. Könnte ich vielleicht Dr. Wienecke sprechen?« Axel gibt sein Stichwort durch, dann die Testnummer und wartet. Das Gesicht ist jetzt wie in Trance.
»Ja, ich habe verstanden...« Die Lippen lächeln noch immer.
»Richtig. Ja, ich komme bei Ihnen vorbei. Sie können sich darauf verlassen. Sicher – ich komme vorbei.«
Dann betrachtet Axel Kirschner den Telefonhörer in seiner Hand, dreht ihn hin und her, als überlege er, ob man diese Form nicht durch ein anderes, überzeugenderes Design ersetzen könnte.
Doris fragt nicht. Sie wagt kaum zu atmen.
Axel stößt die Tür auf, wirft mit einer wilden Bewegung die Haare zurück, hebt wie bittend die Schultern, die Arme angewinkelt, die Handflächen nach vorne.
Ihr Hals ist eng. Sie hat es geahnt. Nun weiß sie es. »Axel«, sagt sie leise.
Doch Axel geht weiter, und wieder hat Doris Mühe, mit ihm mitzuhalten. Seine Schritte werden immer raumgreifender, er ist nun vor ihr, läuft vorbei an Touristen, Sekretärinnen, Müttern, die ihre Kinderwagen schieben, vorbei an den Herren in

den grauen Anzügen, die mit ihren Aktenköfferchen dem Bankenviertel zustreben.
Endlich bleibt er stehen. Er keucht. »Soll ich dir was sagen?«
»Jetzt beruhig dich doch, Axel.«
»Beruhigen? Willst du's nun hören oder nicht? Ich weiß das ganz genau: Ich hab' mich schon vor Ernst angesteckt. Ich war es!«
Was soll sie antworten? Sie kann ihn nur ansehen.
»So wie ich mich benommen habe, so wie mein ganzes Leben lief, nach allem, was da passiert ist, hätte es doch mich erwischen sollen, oder...? Nun sag doch was, Doris!«
Ihr Gaumen ist trocken. Sie erträgt diesen Blick nicht.
»Bei Gott, ich hab's doch verdient. Aber er...«
Sie kann nur den Kopf schütteln. Sie weiß, was nun kommen wird, sie kann es nicht verhindern. »Ernst hat's von mir, das steht fest. Doris, da reden die von der Strafe Gottes. Na, vielleicht. Es ist zumindest eine Kompensation. Das Leben will Balance! Ernst hat das immer gesagt, wenn wir über Architektur debattierten. Im Leben wie in der Kunst kommt es nur auf eines an: auf das Gleichgewicht. Harmonie ist Sache des Ausgleichs. Im Kosmos und in der Natur ist alles ausgeglichen. Falls mal was schiefhängt«, sein Lachen ist kurz und bitter, »dann bringt's ›Mutter Natur‹ schon wieder in die Reihe. Wie bei uns.«
Ihre Augen schmerzen. Etwas sagen? Jetzt will sie nur atmen. Und sie ist kaum fähig dazu.
»Nun guck mich nicht so an!« sagt Axel. »Wieso gratulierst du nicht? Jetzt hab' ich's. Mit Stempel und Gütezeichen.«
»Axel! Du hast nicht Aids. Du bist infiziert.« Sie mobilisiert all die hilflosen Sätze, die in solchen Fällen zur Verfügung stehen: »Einen einzigen Test hast du gemacht... Nimm doch meinen Fall: Einer reicht doch gar nicht! Es steht nicht fest, daß du Aids hast. Und selbst wenn, kannst du gesund bleiben.«
»Gesund?« Wieder sein Lachen.

»Was immer du jetzt denkst, Axel, es läuft todsicher in die falsche Richtung.«
»Todsicher?« Er sieht sie an. »Ich kann nur in eine Richtung denken: zu Ernst hin!«
»Nun hör doch.«
Er hört nicht. Er schüttelt nur den Kopf. »Ernst war der größte Mensch, dem ich begegnet bin. Und eine Gnade war es, sein Freund zu sein. Ich war sein Freund. Und habe ihn getötet... denn Ernst war treu. Und jetzt, kannst du mir noch eines sagen, falls du eine Antwort hast: Warum lebe ich eigentlich? Hast du mir irgendeinen Grund dafür? Oder eine Entschuldigung?«
Axel!
Diesmal bekommt sie nicht einmal den Namen heraus. Es ist ohnehin zu spät.
Axel Kirschner hat sich umgedreht. Die ersten Schritte macht er langsam, unsicher, als suche er sein Gleichgewicht. Dann beginnt er zu rennen.
Rennend, die Arme seitlich vom Körper abgestreckt, verschwindet er unter den anderen Menschen...

Ein Mann steht vor der Wohnungstür, als Doris nach Hause zurückkehrt: Groß und massig, den Gürtel des Regenmantels zugezerrt, den Kragen hochgeschlagen.
Wie hatte Maria Niederberger gesagt: »Bald wird er kommen. Und dann wird's furchtbar...«
Doris nimmt die Schlüssel langsam hervor. Heute morgen Axel – nun das! Irgendwo gibt es eine Grenze. Was für ein Glück, daß Nanni heute in der Schule ist.
»Bitte?« sagt sie. Zeit will sie gewinnen, zumindest so viel Zeit, um ihre Gedanken zu ordnen und das bißchen Gelassenheit aufzubringen, das die Situation von ihr fordert.
»Ich heiße Niederberger. Ich komme aus Munderkingen.«
»Ja?«
»Bei Ihnen wohnt doch meine Frau? Oder nicht?«

Sie öffnet wortlos die Tür. Sie kennt das Gesicht von den Fotos, die ihr Maria gezeigt hat. Ein breites, energisches Handwerkergesicht. Nun, mit den blauen Schatten der Bartstoppeln am Kinn, wirkt es alt. Alt und sehr müde.
Sie nickt nur. »Kommen Sie.«
Er rührt sich nicht.
»Wo ist sie? Wo ist Maria?«
»Im Krankenhaus. Bei ihrem Sohn.«
»Wie sagten sie? Sohn... Der?! Der doch nicht!«
»Für Maria noch immer, Herr Niederberger.«
Sie wird mit diesem Mann fertig werden – Doris weiß es jetzt. Sie ist erstaunt über die Ruhe, die sie aufbringt. Sie geht voraus, öffnet die Tür zum Wohnzimmer, wartet auf Niederberger, der sich umständlich auf die Ledercouch setzt, das Gesicht starr, in den hellbewimperten Augen Ratlosigkeit, nein, etwas wie Furcht – derselbe Ausdruck, den sie von Heinz kennt: in die Enge getrieben, die Welt nicht verstehend.
Auch das macht ihr nichts aus. Sie geht in die Küche zurück, bringt eine Flasche Bier und zwei Gläser.
»Ich trinke nichts. Hier nicht.«
»Entschuldigen Sie... Ich dachte nur, weil Sie doch so lange gefahren sind.«
Sie kann sogar lächeln: Marias Heinrich – die Instanz, der Diktator, nein, das Gespenst ihres Lebens? Maria wird ihn nicht mehr zu fürchten haben, nimmt sie sich vor. Und Peter auch nicht...
»Sie waren das doch, die mich am Telefon fertigmachen wollte, oder? Sie haben doch gesagt, daß Marias Platz jetzt in München ist?«
»Ja, das habe ich gesagt.«
»So. Und das halten Sie für richtig, was?«
»Ja.«
»Für Sie ist also völlig normal, einer Frau, die einfach davonläuft, Unterkunft zu geben? Was mit dem Mann zu Hause los

ist, wie der über die Runden kommt, wen interessiert das schon? Sie doch nicht!«
»Herr Niederberger, Frauen, die ihren Männern davonlaufen, haben meist Gründe. Tausende tun das. Und sicher viele zu Recht. Bei Ihrer Frau aber ist es was anderes. Sie ist nicht davongelaufen. Peter ist krank! Sehr krank. Also will sie ihm helfen. Das ist das Natürlichste der Welt. Und das wollen Sie einer Mutter vorwerfen?«
»Peter? – Den gibt's nicht.«
»Und wie wollen Sie ihr das beibringen? Wie wollen Sie es einer Mutter sagen, die ein Kind geboren hat: Das gibt's nicht?«
Ein dumpfer, nein verächtlicher Blick: Betongerechtigkeit im Schädel! Alles wird daran abprallen. Und außerdem: Gerechtigkeit? Wie will sie diesem hirnrissigen Egoisten mit vernunftdiktierten Argumenten kommen?
Und trotzdem, sie gibt nicht auf.
»Auch wenn Sie sich lossagen wollen von Ihrem Sohn, Herr Niederberger – seine Existenz, seine Erziehung, was er einmal war, was er ist, diese Verantwortung bleibt Ihnen.«
Die Stirn färbt sich rot: »Hören Sie mal, wie reden Sie eigentlich mit mir? Ich bin dreißig Jahre Lokführer gewesen. Dreißig Jahre auf dem Stand! Mir braucht keiner zu sagen, was Verantwortung ist. Damit können Sie mir doch nicht kommen.«
»Sprüche«, sagt Doris. »Das sind doch alles nur Sprüche.«
»Von Ihnen lasse ich mich nicht beleidigen.«
»Niemand will Sie beleidigen. Hier geht es nur darum, festzustellen, was ist. Und Tatsache ist: Ihr Sohn ist schwer krank. Er braucht einen Menschen. Und er hat niemand außer seiner Mutter. Und da kommen Sie und wollen Ihre Frau zurück? Die Frau, die Ihnen das Essen macht, die Wohnung putzt, die Hemden bügelt. Darum geht's doch. Darum und um Ihre Macht. Haben Sie überhaupt kein Mitgefühl?«
Sie hört ihrer Stimme nach, einer Stimme, die um Gefühle bettelt. Wie kommt sie dazu?

»Spüren Sie denn gar nichts, wenn Sie an ihn denken«, sagt sie müde.
»Spüren. Soll ich Ihnen was sagen: Ich komm' aus einer Bauernfamilie. Die Niederbergers waren immer Bauern. Und da gilt: Ein toter Ast muß weg. Ein Geschwür ausgebrannt werden! Das war immer so. Das hat man nur vergessen.«
Die Sperre, die den Zorn in ihr bändigte, droht zu bröckeln. Und im blassen Licht des Zimmers sieht sie neben diesem kantigen, von Zorn gefärbten Gesicht des Lokführers all die anderen Gesichter: skelettartig ausgemergelte Köpfe, weggeschmolzenes Fleisch, vom Fieber glänzende Augen in tief eingesunkenen Höhlen.
Doris Roser steht auf.
»Gehen Sie.« Ihre Stimme zittert jetzt: »Und wenn Sie Ihre Frau holen wollen, gehen Sie am besten gleich zur Polizei.«
Endlich schiebt auch er sich hoch. Er wirft ihr keinen einzigen Blick zu. Den Kopf eingezogen marschiert er zur Tür. Dort bleibt er noch einmal stehen.
»Ich brauch' keine Polizei. Meine Maria krieg' ich auch so.«
Dann ist er draußen.
Die Tür klappt zu.
Doris aber sieht sich um, als habe sie sich in eine fremde Wohnung verirrt. Das matte Viereck des abgeschalteten Fernsehers sieht sie, und das Bild darüber: Ein Stück Küste zeigt es, ein Baum klammert sich daran, eine Schirmpinie, und das Meer wirft die Brandung gegen rote Felsen. Mit fahrigen Händen beginnt sie Nannis Notenblätter einzusammeln, die neben dem Klavier auf dem Boden liegen, räumt die unbenutzten Gläser ins Regal und trägt die Flasche Bier zurück in die Küche zum Eisschrank.
Wenn sie sich näher zum Küchenfenster beugt, kann sie das graue Rechteck des Hinterhofs erkennen. Und die Abfalltonnen darin. Und wenn sie den Blick geradeaus richtet, viele weitere Küchenbalkone. Und die Fenster. Dort sind andere Men-

schen, andere Frauen. Und die meisten warten wie sie auf irgend etwas. Daß der Mann und die Kinder zum Essen heimkommen, daß sich etwas ändert oder alles bleibt, wie es ist – Gesundheit, Frieden, das Leben.
Sie versucht sich Nanni vorzustellen. Auch das gibt ihr keinen Trost. Nanni, denkt sie, was geschieht nur? Und welche Welt, um Himmels willen, hinterlassen wir euch einmal?
Das Virus sei so alt wie der Mensch – Carlo Schöller hatte es im Unterricht gesagt: Eine in sich selbst ruhende, dem eigenen Gesetz unterstellte Form des Lebens. Unvorstellbar klein und von unvorstellbarer Kraft.
Gut. Doch nie hatte es angegriffen. Es war da. Über all die Hunderttausende von Jahren.
Warum aber breitet es sich jetzt aus? Warum droht es alles aufzufressen? Selbst die Seelen der Menschen...

Der Anruf erreicht Schröder während des Vormittagstrubels: Eine freundliche, reichlich gestelzte Damenstimme redet irgend etwas von einer Podiumsdiskussion für das Bayerische Fernsehen.
Fernsehauftritte sind genau das, was ihm noch fehlt.
»Hören Sie, wieso denn ich? Diese Sachen macht bei uns der Chef. Und der ist wohl auch der richtige Mann.«
»Der Professor hat uns aber ausdrücklich auf die Möglichkeit Ihrer Mitwirkung aufmerksam gemacht. Es ist ja auch nicht sicher, ob er den Termin wahrnehmen kann. Ich finde, angesichts der Bedeutung und des großen Interesses der Öffentlichkeit für dieses Thema...«
»Ich bin im Druck«, unterbricht er das Geschwafel. »Außerdem müßte ich zuerst mal auf meinen Plan sehen. Ich red' noch mal mit Professor Weißhaupt darüber. Sie bekommen dann Bescheid.«
»Wir dachten uns halt, daß bei einer Round-table-Konferenz ein Mann der Praxis nicht fehlen darf. Und das wären nun mal Sie, Herr Doktor...«

Schröder knurrt irgendwas und legt auf.
Ein Mann der Praxis? Aber sicher! – Müde ist er, der Mann der Praxis, der Schädel will nicht so recht, auf einen Kaffee hatte er gehofft, auf ein paar Minuten Ruhe unten in der Kantine. Die kann er jetzt streichen.
Sein Blick fällt auf eine der farbenprächtigen Postkarten, die Helga Mielke an die Bürowand hinter ihrem Schreibtisch gepinnt hat. Felsen sind darauf zu sehen, rotglühend im Abendlicht und ungemein dramatisch. COME TO TEXAS! steht darunter.
Warum nicht? denkt Schröder, überallhin, alles ist besser als das – und fängt einen mitleidigen Blick der Mielke ein. Dies sei noch nicht alles, sagt sie, und als er sie fragend anstarrt, kommt die Erklärung: Doris Roser habe angerufen. Irgendwas komme auf das »Zentrum« zu, es handle sich um den Vater eines Patienten, den alten Niederberger. Der Mann sei wohl nicht ganz zurechnungsfähig. Jedenfalls, soweit Doris verstanden habe, sei er auf dem Weg hierher, um wegen Sohn, Frau oder sonstwas Krach zu machen.
»Die Oberschwester weiß besser Bescheid, Doktor. Ich hab' das Gespräch vorhin zu ihr geleitet.«
In Schröders Alarmsystem klingeln Glocken. Wortlos nimmt er den Hörer wieder in die Hand und drückt die Tasten der Hausverständigung: »Was ist denn los, Monika? Die Frau Roser rief vorhin an, nicht? Um was handelt es sich? Gibt's da Ärger?«
»Vielleicht. Ich hab' die beiden vorsichtshalber mal in den Keller geschickt.«
»Sie haben was?«
»Mama Maria und Peter sitzen unten im Wartezimmer beim Labor und lesen Zeitungen. Ich hielt das für besser so.«
»Sehr gut.« Schröder ist befriedigt. »Ich auch. Und falls der Mann kommt und sich nicht ordentlich aufführt, schmeißen Sie ihn raus, Monika.«

»Falls er zu mir kommt. Und sich bei mir nicht ordentlich aufführt, Doktor«, korrigiert sie.

Werner Schröder wird sich an diesen Satz erinnern. Im Augenblick hat er anderes zu tun.

Er verläßt das Büro, durchquert sein Sprechzimmer und öffnet die Tür zum Behandlungsraum. Dort, im Rollstuhl, wartet bereits Martin Staub. Schwester Bärbel hat ihn hereingeschoben. Und Schwester Bärbel erscheint Schröder als eine Art Lichtstrahl an diesem Morgen: Ein rundes, unbefangene Gesundheit ausstrahlendes Mädchengesicht. Das Haar hat sie sich noch kürzer geschnitten. Einen kurzen, weißen Kittel trägt sie. Pausbäckige, glatthäutige, gut durchblutete, bewundernswerte Jugend!

Vor diesem Bild wirkt der arme Martin so schrecklich zerfallen, daß es weh tut.

»Herr Staub, Sie wissen doch, warum wir heute zusammen sind?«

Martin nickt. Seine schorfigen Lippen verziehen sich zu einem dünnen Lächeln: »Das neue Wundermittel, was?«

»Ach, Quatsch, Wundermittel!«

Irgend jemand hat da wieder mal nicht dichtgehalten, und so kreisen seither durch Zimmer und Korridore Gerüchte und Legenden, um sich immer wieder aufs neue an drei Buchstaben zu erhitzen: AZT.

»Na«, meint Staub, »dann eben das Beinahe-Wundermittel.«

Auch darauf gibt Schröder keine Antwort. Eines allerdings steht für ihn bereits fest: Martin wird einer der ersten sein, der auf eine AZT-Behandlung hoffen kann. Falls sein Körper nicht rebelliert und er sie übersteht... Doch nun geht es um etwas anderes. Weißhaupt hatte angeregt, eine Reihe der Kaposi-Patienten mit einer amerikanischen Medikamentenkombination zu behandeln, die gerade zu klinischen Zwecken freigegeben wurde. In dem wissenschaftlichen Begleitdossier der *Zytostatikas* war zwar viel von »dramatischen Verbesserungen« die

Rede. Doch die Testergebnisse der amerikanischen Aids-Kliniken vermochten ihn nicht so recht zu überzeugen.
Auch jetzt kommen die Zweifel zurück: drauflos zu therapieren ohne eigene Erfahrungswerte?
Die Entscheidung wird Schröder abgenommen. Für den Augenblick wenigstens. Die Tür zum Korridor fliegt auf.
»Sind Sie der Herr Dr. Schröder?«
»Ja. Bin ich. – Und wer sind Sie?«

EINTRITT VERBOTEN, hatte Heinrich Niederberger auf der Tür gelesen: BESUCHE NUR NACH RÜCKSPRACHE MIT DEM ARZT.
In Ordnung. Aber er war reinmarschiert! Er wird sich nicht aufhalten lassen. Von niemand. Nun kriegt er auch die Rücksprache. Hier!
Doch etwas hat sich verändert. Irgend etwas in Heinrich Niederberger gibt nach. Es ist, als zerbröckle, was ihn aufrecht hielt. Die Kraft sackt weg. Sein Zorn, so klar, so sauber wie der Schnaps, den er sich in der Kantine genehmigte, verdunstet.
Ein weißer Raum. Die Vorhänge sind zugezogen. Darin drei Menschen: Ein großer, hagerer Mann in weißem Kittel. Die Kleine, eine Schwester. Schließlich der dritte: In einem Rollstuhl sitzt er, die Beine ausgestreckt, mager wie ein Hering, in einen schlotternden, cremefarbenen Frotteemantel eingeschlagen. Schon das Skelett ist schlimm genug, aber erst das Gesicht...
Nie hat Heinrich Niederberger in ein solches Gesicht geblickt: Der haarlose Schädel wirkt bleich und riesig, die Wangen sind zu Löchern eingefallen. Fleckige Haut spannt sich um breite Backenknochen. Die Nase springt vor wie ein Vogelschnabel.
EINTRITT VERBOTEN!
Als er das gerade noch las, hatte er keinen Gedanken daran verschwendet. Jetzt weiß er die Antwort: Verboten, weil's gefährlich ist! Die kleine Schwester? Gummihandschuhe hat sie an. –

Ja, eine Seuchenstation ist das doch hier, Auffangbecken für die schlimmste, die gefährlichste Krankheit, die existiert! Weiß man doch: Überall muß es rumwirbeln, das Zeug, das Leute so zurichten kann wie den da...

Heinrich Niederberger schluckt. An den Seiten seiner Nase bilden sich winzige Schweißtropfen. Klar denken kann er auch nicht länger.

Und da sind die Augen des Kerls im Stuhl. Sie lassen nicht lokker. Starren ihn an. Schwarz sind die Augen. Sie glänzen. Schwarz, wachsam, hart wie polierte Steine.

Aber jetzt ist er schon mal hier. Und wo Niederberger ist, steht er's durch. »Sie haben meine Frau hier, Herr Doktor!«

»Verzeihung? Wen hab' ich hier?«

»Ich bin Niederberger. Mein Name ist Heinrich Niederberger. Und ich weiß, daß meine Frau jeden Tag hierherkommt. Da habe ich mich erkundigt. Das können Sie nicht abstreiten.«

»Warum sollte ich etwas abstreiten? Jetzt hören Sie mal...«

»Nein, jetzt hören Sie!«

Seine Schwäche hat Heinrich Niederberger überwunden. Und die Stimme hat er auch zurück. Sich das bieten lassen! Von dem da? Weil er im weißen Kittel rumläuft und sich »Doktor« schimpft? Nicht nur reden will Heinrich Niederberger, sondern schreien: »Ein Verbrechen!« schreit er. »Jawohl, ein Verbrechen nenn' ich so was! Arzt wollen Sie sein? Und lassen das zu? Sie wissen doch ganz genau, was es heißt, wenn sich eine gesunde Frau in einem solchen Giftbau herumtreibt! Ja, reicht vielleicht nicht, daß ihr Sohn es schon hat?!«

Schröder ist zu verblüfft, um auf das Gebrüll zu reagieren. »Ihr Sohn?« fragt er. »Was soll das?«

»Daß ich mit dem nichts zu tun habe. – Aber mit ihr! Sie ist meine Frau.«

»Das bestreitet ja niemand.«

»So? Wollen Sie mich auch noch auf den Arm nehmen? Da gibt's noch was anderes, was Sie nicht bestreiten können: Daß

Sie zulassen, daß sich Maria selbst das Teufelszeug holt! Und weiterträgt! Zu mir zum Beispiel. In meine Wohnung... Jawohl – zu mir!«

»Raus!« Schröder hat endgültig genug. »Raus!« Er preßt es zwischen den Zähnen hindurch: »Und schnell! Ganz schnell. – Jetzt reicht's!«

Doch Heinrich Niederberger weicht keinen Millimeter, er ist nicht zu Ende, nein. Tage-, nächte-, wochenlang hat er sein Gehirn damit gequält, jetzt endlich ist es soweit, endlich steht er vor seinem Gegner, von Angesicht zu Angesicht. Nein, diesen Augenblick wird er sich nicht entgehen lassen.

»Rausschmeißen? 'ne bessere Idee haben Sie nicht, was? Aber ich hab' noch was zu sagen: Ein Skandal ist das! Ein höllischer Skandal! Allgemeingefährdung betreiben Sie hier. Rausschmeißen? – Das wäre noch schöner! Ich hol' den Staatsanwalt. Jawohl, das tu' ich! Das ist mein Recht. Millionen werden hier verschwendet, Milliarden vielleicht, um Leute, solche Volksschädlinge – jawohl, Volksschädlinge...«

Nicht Schröder unterbricht. – Es ist Martin Staub. Er hat den Rollstuhl herumgeschwenkt.

»Meinen Sie damit mich?« Er lächelt.

Was Schröder in dieser Situation die Sprache verschlägt, ist nicht das Gebrüll Niederbergers, es ist dieses Lächeln.

Martin hat den Kopf schräg gelegt, als könne er so das grobe, zornrotgefärbte Gesicht besser wahrnehmen.

Die ausgezehrten Hände liegen weiß auf den schwarzen Gummireifen. Sein Mund öffnet sich in der Anstrengung, die Reifen zu drehen. Doch der Stuhl rollt. Er rollt auf Niederberger zu.

Niederbergers Gesicht hat die rote Farbe verloren. Grau wird es und leer.

Martin Staub hebt die Hand.

Und da gerät Bewegung in den großen Mann. Er weicht zurück. Er reißt die Augen weit auf, so daß sie wirken wie harte Knöpfe.

»Bloß keine Angst, Herr Niederberger.« Martins Stimme ist schwach, doch fest und sehr präzise: »Ich wollte Sie ja nur was fragen.«
»Sie?« Niederbergers Lippen zittern. »Mit Ihnen red' ich nicht.«
»Warum nicht? Ich will Sie ja nicht beißen. Ich wollte nur eine Antwort. Ich möchte Sie gerne fragen, ob Sie manchmal in die Kirche gehen?«
»Kirche? Sie reden mir von Kirche? Das gefällt mir vielleicht. Auf meine Pflichten braucht einer wie Sie mich nicht aufmerksam zu machen.«
Die ersten Worte waren nichts als ein undeutliches Blubbern, doch nun hat er wieder den alten, arroganten Ton von zuvor. Neben Schröder hat sich Bärbel auf einen Hocker sinken lassen. Sie macht das Gesicht eines Kindes, das versehentlich in einen Horrorfilm geraten ist.
»Jawohl«, donnert Niederberger, »Ich geh' in die Kirche! Ich bin Christ.«
»Sehen Sie, Herr Niederberger, so ist's im Leben: Der Sohn, der angeblich nicht Ihr Sohn ist, das ist mein Freund. Und die Frau, die sich um ihn kümmert, ist meine Freundin. – Sie aber sind Christ!«
Niederberger stößt einen dumpfen Grunzlaut aus.
»Nun dürfen Sie raten, Herr Niederberger«, fährt die gelassene Stimme Martins fort, »wen ich für den besseren Christen halte.« Wieder bewegt sich der Rollstuhl. Zwei Meter, vielleicht zweieinhalb trennen Martin Staub von Heinrich Niederberger.
Niederbergers Mund öffnet und schließt sich. Er blubbert irgend etwas. Auf Schröder wirkt er wie ein riesiger, hilfloser Karpfen. Und dann spricht er. Die Panik hat ihm die Stimme zurückgegeben.
»Lassen Sie mich! Keinen Zentimeter weiter, hören Sie? Ob Sie mich hören...?« Niederbergers Hand tastet zur Tür. Die

Nägel hinterlassen ein kratzendes Geräusch auf dem Holz. Martin Staub lächelt.

»Christen, Herr Niederberger«, sagt Martin Staub, »Christen, wie ich sie verstehe, erkennt man daran, wie sie auf ein Wort reagieren, das Jesus Christus ausgesprochen hat. Der ist doch auch für Sie, Herr Niederberger, der Erlöser? Wissen Sie, was er sagte? – He! Was ist denn? Wo wollen Sie denn hin, Herr Niederberger?«

Das hört Niederberger nicht. Er hat die verdammte Tür endlich offen. Er ist schon draußen.

Doch noch einmal, wie unter dem Bann der leisen Stimme, dreht Heinrich Niederberger sich um.

Und so vernimmt er doch, was Martin Staub mit ausgestreckter Hand zu ihm spricht.

»Was du dem Geringsten meiner Brüder tust – Herr Niederberger, das ist der Satz. Und den will ich Ihnen mit auf den Weg geben: Was du dem Geringsten meiner Brüder tust, sagt Christus, das sei auch dir getan ...«

Am Nachmittag bilden sich große, schwefelgelbe Wolken im Osten der Stadt. Unverrückbar scheinen sich die Wolkenberge in den Himmel zu türmen. Doch dann, Doris Roser schließt gerade ihren Wagen auf, um rechtzeitig die große Podiumsdiskussion für das Fernsehen zu erreichen, bricht das Gewitter los. Böen fegen Staub und Papier durch die Straßen. Dann kommt der Regen, überschwemmt die Fahrbahnen, treibt flüchtende Passanten in Hauseingänge und Lokale.

Langsam, den Wagen im zweiten Gang steuernd, kämpft sich Doris durch die Innenstadt, sieht von der Wittelsbacherbrücke unter sich eine grauschäumende Isar dahinschießen und wird schließlich, ehe sie die Zufahrt zu dem alten Brauereigebäude erreicht, von einem Polizisten gestoppt.

Sie kurbelt das Fenster herunter. Über das junge Gesicht des Beamten laufen Tropfen. »Hier können S' net weiter!«

»Ich muß aber zur Veranstaltung. Ich habe eine Karte.«
»Trotzdem. Es ist alles g'sperrt.«
Am Straßenrand parken große, unförmige Mannschaftstransporter.
»Fahren S' halt dort hinten ran. Da ist noch Platz. Und versuchen Sie's zu Fuß. Aber hier kann ich Sie nicht durchlassen.«
Doris nickt, steigt aus und rennt durch den Regen auf das schwarze Gebäuderechteck zu, aus dessen breitem Eingang eine trübe Lichtbahn auf die Straße fließt.
Auch hier Beamte. Und Menschen. Ziemlich viele Menschen. Ein halbes Hundert etwa...
Die Kragen der Regenmäntel sind hochgeschlagen. Von den schwarznassen Schirmen rinnen die Tropfen, manche von ihnen tragen den Schirm in der linken, ein Transparent in der rechten Hand: Positive. – Und viele aus der Aids-Hilfe. Heiner Malzahn erkennt sie, einen der Initiatoren. Dann Waltraud und Uli, beides Psychologinnen, die in den Selbsthilfegruppen arbeiten. Sie stehen neben Heiner.
Doris läuft auf sie zu.
»Wieso geht ihr denn nicht rein? Was steht ihr hier im Regen rum?«
Waltraud dreht ihr ein blasses, erbittertes Gesicht zu: »Gute Frage! Ich habe klatschnasse Füße. Die Grippe holst du dir hier. Aber weiter kommst du nicht, keinen einzigen Schritt.«
»Du, ich habe eine Karte!«
»Versuch's doch. Sie sagen, es ist alles besetzt. Diese beschissenen Typen lassen dich nicht mal die Treppe hoch.«
»Die haben Angst«, sagt Malzahn. »Die haben Angst, du hast 'ne Bombe in der Handtasche und schiebst sie ihnen unter den Arsch.«
Seine Stimme klingt nicht mal höhnisch, auch nicht aggressiv. Nur müde.
»Schikane!« Einer fängt damit an, und bald schlägt es im Rhythmus gegen die feuchte Gebäudefassade: »Schi-kane... Schi-kane...!«

»Die sind gar nicht im Festsaal«, klärt ein blasser Junge Doris auf. »Die mögen's exklusiv. Den kleinsten Raum haben sie genommen. Gerade sechzig Leute durften rein. Es muß alles so ablaufen, wie es den Großkopfeten in den Kram paßt.«
Die Sprechchöre steigern sich: »Aus-sperrung – Aus-sperrung!«
Etwa in halber Höhe und auf der Mitte der Stufe steht ein Polizeioffizier: Ein älterer, breitschultriger, grauhaariger Mann, der mit der behandschuhten Hand auf eine Gruppe Demonstranten deutet, die es geschafft haben und bis zum Fuß der Treppe durchgebrochen sind. Ein halbes Dutzend Polizisten drängt sie wieder zurück.
Das Wasser läuft über Doris' Rücken. Sie spürt es nicht einmal. Etwas anderes spürt sie, wird körperlich greifbar: die Nervosität der jungen Polizisten dort, die wachsende Wut der Menge vor dem Haus. Sie spürt es wie chemische Elemente, die aufeinander zufließen und sich zu einem brisanten Gemisch zu vereinigen drohen. Doch der Funke zündet nicht. Die Aufmerksamkeit der Demonstranten wird von den beiden Polizisten abgelenkt, die dort oben auf der Treppe den Metalltrichter eines Lautsprechers montieren.
Durch das Prasseln der Regentropfen dringt eine Stimme. Trotz der leichten Verzerrung durch die Metallmembranen erkennt Doris sie sofort: Schröder ist das! Schröder spricht.
»Es gibt hier draußen im Regen eine ganze Menge Mitmenschen ...«
So ungerührt ruhig, als halte er in der Klinik seine Konferenz, kommen die Worte: »Für mich sind das Freunde. Obwohl sie anscheinend nicht ganz den Intentionen der Regie entsprechen, harren sie im Regen aus, weil ihnen alles, was wir hier bereden, zu Herzen geht.«
»Feiner Kerl, der Schröder!« knurrt es unter einem Regenschirm. Die anderen nicken. Keiner spricht.
Doris blickt zu den erleuchteten Fenstern hoch, vor denen die

Regenschleier wehen. Sie versucht sich das alles vorzustellen: Eine handverlesene Zahl von Zuschauern. Die Fernsehkameras. Am erhöhten Tisch der Staatssekretär, die Experten, Schröder...

»Deshalb, ehe ich mich noch einmal Ihrer Frage zuwende, Herr Staatssekretär«, sagt er gerade, »möchte ich die auf der Straße von hier aus herzlich grüßen. Ich hoffe, sie verübeln es mir nicht, wenn ich im Trockenen sitze.«

»Dir nicht!« sagt Uli. »Du bist okay.«

»Und nun noch einmal zur Meldepflicht, Herr Staatssekretär. Sie wollten meine Meinung wissen? Hier haben Sie sie: Verfehlt: Und zwar aus zwei Gründen: Erstens, weil sie zu spät kommt. Und zweitens, weil sie gar nicht durchzuführen ist.«

Ein paar klatschen. »Richtig!« brüllt es. Malzahn hebt die Hand. Der Beifall verstummt.

»Mit der seuchenhygienischen Durchleuchtung einzelner Berufsgruppen gehe ich konform. Aber der berühmte Volkskörper als Ganzes? Wie wollen Sie das machen? Vor vier Jahren, als die Möglichkeit noch bestand, 1983, da wollte niemand die Warnungen ernst nehmen. Uns Mediziner schließe ich da durchaus mit ein. Von einer ›Immun-Regulationsstörung‹ wurde damals gesprochen. Und Aids, das war für die meisten Ärzte ein Homosexuellen-, Fixer-, Stricher-Syndrom. Eine Außenseiterkrankheit, die auf gewisse libidostimulierende Drogen oder Störungen der Immunabwehr zurückzuführen sei. Man glaubte nur zehn Prozent der Infizierten in Gefahr. Das wurde allen Ernstes angenommen. Und die Politiker? Kein Alarm, kein noch so massiver Gefahrenhinweis konnte in ihren Gehirnen oder Amtsstuben etwas in Bewegung bringen.«

»Jetzt Moment mal! Da sind Sie bei uns Bayern aber an der falschen Adresse.«

Der Vertreter des Innenministeriums. Pfiffe antworten. Die milde, fast amüsierte Stimme des Staatssekretärs übertönt sie:

»Solche Vorwürfe richten Sie besser in Richtung Bonn, nach Norden, Herr Dr. Schröder.«
»Ich weiß schon«, kontert Schröder, »der Schwarze Peter muß um den Tisch! Aber Sie werden begreifen, daß ich mich weigere, ihn in die Hand zu nehmen. Dies ist kein Spiel, und gegenseitige Vorwürfe bedeuten nur Zeitverschwendung. Zeit aber ist das einzige, was wir nicht mehr zur Verfügung haben. Was bedeutet denn eine Verdoppelungsrate von zwölf Monaten? Doch nichts anderes, als daß im statistischen Durchschnitt ein Infizierter seine Infektion in diesem Abstand weitergibt. Nächstes Jahr, wenn wir wieder hier zusammensitzen, haben wir vielleicht eine Viertelmillion Aids-Infizierte! Wollen Sie die dann ausgrenzen? Wie wollen Sie das machen? Wie soll so etwas funktionieren? Wer finanziert es?«
»Eine Insel kaufen!« schreit es aus den Reihen der Demonstranten im Regen. »Alle nach Mallorca schicken!«
Keiner, der lacht. Die Augen sind dem Lautsprecher zugewandt.
Auch auf den jungen Gesichtern der Bereitschaftspolizisten liegt betroffene Aufmerksamkeit.
»Gestehen wir uns doch endlich ein – und zwar gemeinsam: Wir stehen vor einer internationalen Katastrophe! Das sagen nicht nur die Zahlen – zwanzig Prozent der Homosexuellen, vierzig, fünfzig Prozent der Fixer, sechzig Prozent der Hämophilen, die sich mit einem auf lange Sicht tödlichen Virus infiziert haben – das sagt uns vor allem die Mechanik der Krankheit. Umfassende Schutzimpfungen wie gegen die Kinderlähmung werden wohl nie erreichbar sein. Was uns die Forschung bestenfalls in die Hand geben könnte, sind kurzwirkende und immer neu zu kombinierende Gegenmittel, wie wir sie bei Grippe-Impfungen kennen. Gut, Sie können sagen – und das haben Sie ja auch, Aids sei in erster Linie eine Geschlechtskrankheit, keine Seuche. Und was ändert es? Auch die Syphilis hatte halb Europa im Griff. Gegen sie fanden wir die Therapie.

Aids jedoch? Eines wird immer vergessen: Wir haben es mit einem äußerst tückischen Gegner zu tun, einer Familie von Retroviren, denen gegenüber der Erreger der Grippe einfach und harmlos erscheint.«

Sätze wie Hammerschläge, obwohl sie leise, fast monoton vorgetragen werden. Gerade die Sachlichkeit ist das Beklemmende an ihnen, sie legt bloß, was jeden hier draußen schaudern läßt.

»Was bedeutet dies in der Praxis? Daß uns gar nichts übrig bleibt, als mit dem Aids-Problem auch in Zukunft zu leben. Daß wir ferner gut daran tun, irgendwelche übertriebenen Hoffnungen auf ein allein rettendes Therapeutikum zu vergessen und uns in der Wirklichkeit einzurichten. Mit Kondomautomaten, Präservativen oder Merkblättern läßt sich eine Situation, die das Letzte fordert, nicht lösen. Es scheint nun mal so zu sein, daß unsere Gesellschaft, die auf fulminant über sie hereinbrechende Großkatastrophen wie die Reaktorexplosion von Tschernobyl durchaus zu reagieren weiß, schleichenden Bedrohungen von viel größerem Ausmaß, wie wir sie hier vor uns haben, nicht wahrhaben will. Aids? Noch immer sind es die anderen. Irrtum! Aids, das sind wir alle...«

Uli stößt Doris an. »Endlich einer, der's sagt«, flüstert sie. Und das tut Schröder.

»Was uns als erstes aufgegeben ist: die Gefahr richtig einzuschätzen. Und damit das erreicht wird – da gehen wir vollkommen einig, Herr Staatssekretär –, müssen wir uns möglichst bald mit weitreichenden Mitteln ein klares Bild von ihr machen. Daraus folgert die Frage nach der einzig möglichen Strategie. Sie kann nur lauten: erstens Aufklärung und zweitens – viel wichtiger, ja von fundamentaler Bedeutung – umdenken! Wie schön und prächtig das Leben ist, das sehen wir ja jeden Tag im Werbefernsehen: Schönheit, Jugend, Gesundheit, nicht wahr, dafür tun wir doch alles... Wenn wir es aber weiterführen wollen, unser prächtiges, schönes Leben, dann muß es uns eine Standortbestimmung wert sein. Wir müssen also selbstkritisch erkennen, daß uns der eingeschlagene Weg schnurstracks in den Abgrund führt. Der andere, der Ausweg, der noch offensteht: umdenken! Insbesondere unsere Jugend aufklären. Und nicht nur durch läppische Sprüche und Mahnungen. Nein, durch gezielte pädagogische Maßnahmen, die schon im frühesten Alter beginnen müssen. Umdenken, sagte ich und meine damit auch unser gesamtes Verhältnis zur Geschlechtlichkeit. Liebe – heute ist uns das Wort ja schon verdächtig. Klingt so kitschig, nicht? ›Sex‹ sagt man. Und Sex, das ist das Verbrauchsgut und Lieblingsmaskottchen unserer Gesellschaft. Daran wird sich, da bin ich mir sicher, vieles ändern. Und zwar zum Positiven.«

»Und Sie meinen, durch Umdenken, Herr Doktor!« Diesmal zittert die helle Stimme des Staatssekretärs vor Ironie.

»Warum nicht?... Vielleicht wird die Angst es bewirken, daß wir es schaffen. Und wenn nicht, da bin ich mir allerdings absolut sicher, wird, wie bei den großen Seuchen, durch die die Menschheit schon hindurchschritt, der Tod dafür sorgen.«

Stille. Der Regen, denkt Doris, der Regen ist plötzlich so laut geworden.

»Unsere Geschichte umschreibt nur einen sehr kurzen Zeitraum!« Wieder setzt Schröder langsam und sorgsam Wort um Wort, so als baue er an einer Mauer. »Sie ist bestimmt wie die Geschichte jeder anderen Art von Lebewesen durch beständigen Wandel. Es gibt Änderungen zum Positiven. Ob aus Einsicht oder Zwang, das Resultat entscheidet. Vielleicht wird es bald neue Generationen geben, Menschen, die wieder erkennen, daß das Leben in erster Linie Vertrauen und Zärtlichkeit bedeuten kann. Das Wort ›Liebe‹ neu zu formulieren, das ist es. Vielleicht durchleben wir eine Zwischenstufe zu einer neuen Form von Menschsein. In diesem Sinne hoffe ich auf die Frauen. Denn die Krankheit, von der wir hier sprechen, ist keine Lustseuche, sie ist nichts anderes als ein Zeichen dafür, wie es um unsere Liebe steht. In einer Gesellschaft, die paternalistisch ist, in der männliches Machtstreben nicht nur den Eros, sondern auch Kriege, Entdeckungen, Wirtschaftsexpansion und Artentod bestimmt, werden es Frauen sein, die so, wie sie einst das Feuer bewahrt haben, auch dem Leben wieder Geltung verschaffen. Einer meiner Patienten, der vor kurzem starb, hinterließ als letzte Botschaft: ›Vergeßt eines nicht: Man kann die Welt betrachten, wie man will, das Zentrum ihrer Kraft bleibt die Liebe. Aus ihr ist sie erbaut. Haltet sie in Ehren!‹ – Dazu kann ich nichts hinzufügen.«

Es braucht lange, bis einer spricht, lange, bis sich Hände rühren. Vor der Polizeikette aber bleibt es still, so, als würden die Menschen noch immer den Worten nachlauschen, um sie auf ihren Gehalt zu überprüfen.

Doch dann wird das Geprassel der gegeneinanderschlagenden Hände lauter als jeder Regen...

»Bitte, machen Sie Platz! Gehen Sie doch zurück.«

Beamte sind wieder Beamte. Und auch die Menschen vor dem Gebäude, die mit und die ohne Karten, die Neugierigen und die mit der Wut im Bauch oder der Mission im Kopf, fallen angesichts der Uniformen in ihre Rollen zurück. Sie pfeifen, schreien Slogans oder nur einfach: »Scheißtypen – Scheißtypen!« Und dies alles mischt sich zu jenem Lärm, der überall dort aufflackert, wo Bürger mit der Obrigkeit unzufrieden sind.

Die kommt gerade die breite Treppe herunter. In Keilform. Staatssekretär. Referenten. Experten. Fernsehmenschen... Spitze und Seiten des Dreiecks bilden Sicherheitsbeamte.

Ossi Neumann schiebt einen mit der Faust fuchtelnden Vordermann sanft zur Seite, drängt sich durch die nächste Reihe. Er hält ein regennasses Kuvert umklammert. Bittschrift kann man den Inhalt nicht nennen, schon deshalb nicht, weil der erste Satz von Ossis Schreiben an das Innenministerium mit dem Satz beginnt: »Als Bürger dieses Staates fordere ich Verständnis...«

Verständnis fordert Ossi nicht für sich, sondern für Nelly. Nach Tommys qualvollem Sterben hat ihr das Sozialamt jede Hilfe verweigert. Auch der Antrag, den sie absandten, um Nellys Umschulung zur Datenverarbeiterin zu erreichen, kam zurück: Abgelehnt!
Ossi hat sein Versprechen wahrgemacht: Seit drei Wochen wohnt Nelly bei ihm. Über Tommy spricht sie nicht mehr. Sie heult auch nicht die Nächte durch, wenigstens das hat er erreicht. Wie's weitergehen soll, wissen sie beide nicht. Ein Dutzend Briefe hat Ossi bereits geschrieben. Umsonst.
So auch dieses Mal: Einer der kräftigen Sicherheitsbeamten in Zivil, die vor dem Staatssekretär die Treppe herunterrennen, stößt Ossi mit solcher Wucht den Ellbogen in die Magengrube, daß er zurücktaumelt. Doris, die hinter ihm steht, kann ihn auffangen, ehe er stürzt.
»Die Schweine! Hast du das gesehen?« Ossis Gesicht ist schmerzverzerrt.
»Du! Da kommt der Schröder. Soll ich ihn holen?«
Er preßt die rechte Hand gegen den Leib. Er schüttelt den Kopf: »Ne, laß nur, Doris... Geht schon wieder.«
»Du hast was verloren, Ossi. Dein Kuvert...«
Ja: sein Kuvert! Der Umschlag ist von den Sohlen der anderen zertrampelt. Die Schrift darauf, »An das bayerische Innenministerium«, hat der Regen aufgelöst.
»Laß nur! Hat doch keinen Zweck. Geh zu Schröder. Kannst ihm gratulieren. Von mir...«
Sie nickt. Zu Schröder braucht sie sich nicht durchzukämpfen, er hat sie bereits gesehen, winkt ihr zu, bahnt sich mit rudernden Bewegungen wie ein Schwimmer einen Weg, lächelt, nur ein wenig, die Lippen hart, das Gesicht müde.
»Herr Doktor...« Doris bringt nur mit Mühe den Satz zustande: »Das war toll. Sie haben uns allen aus dem Herzen...«
»Geschenkt, geschenkt!« Er legt ihr flüchtig die Hand auf die

Schulter. »Aber es ist schön, daß ich Sie sehe. Frau Roser, haben Sie so was wie einen fahrbaren Untersatz in der Nähe? Ich bin mit dem Taxi hergekommen. Mein Wagen ist in der Garage.«
»Klar! Ich bring' Sie, wohin Sie wollen. Gleich dort drüben steh' ich, hinter dem Polizeibus.«
»Na, dann los! Ich hab's eilig.«
Als sie den Hang hinabrollen, die Brücke überqueren und in die Erhardstraße einbiegen, beginnt Schröder endlich zu reden. Über die Konferenz kein Wort. Doch er erklärt ihr, warum er es so eilig habe. »Ich weiß nicht, ob Sie die Iris kennen? Die hat mir nie erzählt, wo und bei wem sie sich infizierte. Und es war ein Fehler, ein Riesenversäumnis, daß wir sie nicht gefragt haben. Doch schließlich hat sie eine Zeitlang in einem Sex-Club gearbeitet, was soll man da machen?«
Schröder kurbelt das Fenster eine Handbreit herunter und wirft die ungerauchte Zigarette, die er die ganze Zeit zwischen den Fingern gerollt hat, auf die Fahrbahn. »Morgen sollte sie nun entlassen werden – und was passiert? Kurz bevor ich zu diesem Fernsehrummel fuhr, kam Iris zu mir gerannt: Herr Doktor, heute abend knöpf' ich ihn mir vor!«
»Wen?«
Schröder lacht ein kurzes, ungutes Lachen. »Das habe ich sie genauso gefragt: Wen? – Ihn natürlich. Den Typ, der ihr die Krankheit angehängt hat. Aber das ist noch nicht alles, Frau Roser, nein, es kommt noch besser: Der Mann macht weiter, wechselt die Frauen wie die Hemden, nur daß er sie nach Gebrauch einfach wegschmeißt. Der läuft regelrecht Amok! Und findet da gar nichts dabei. Alle fliegen ja auf ihn, behauptet sie... Soweit ich rauskriegte, handelt es sich um irgend so 'nen verkrachten Werbemenschen, jedenfalls macht er auch Fotos und verkauft sie an die einschlägigen Adressen. Weiß der Teufel, was er sonst noch treibt, so richtig habe ich das nicht mitgekriegt.«

Die Blitze einer Lichthupe, vom Rückspiegel zurückgeworfen, stechen in Doris' Augen. Sie hat jetzt Mühe mit der Straße.
»Meinen Sie im Ernst, daß er das bewußt tut?«
»Was denn sonst? Er weiß seit zwei Jahren Bescheid. Er wußte es sogar, als er Iris ansteckte. Er hat ihr das glatt ins Gesicht gesagt. Sie konnte es nicht glauben, sie hielt das für einen Witz. Wissen Sie, ich habe mich oft gefragt, was Frauen unter Liebe verstehen. Blind wäre sie auch beinahe geworden, die Iris. Wird sie wahrscheinlich auch noch, in ein paar Jahren...«
»In ein paar Jahren«, sagt Doris. »Aber heute? Was ist heute?«
»Sie trifft ihn in einem Lokal in der Türkenstraße. ›Theas‹, kennen Sie das?«
»Ich glaube, ja. Ich war nie drin, aber ich glaube, ich weiß, wo es ist.«
»Dort hängt er abends immer rum. Und da will sie – wie sagte sie noch – Bescheid stoßen will sie ihm. Coram publico. Vor der ganzen Belegschaft. Ich habe versucht, sie davon abzubringen. Ging nicht... Deshalb habe ich über das Gesundheitsamt vorsichtshalber noch einen Polizisten dorthin beordert. Das wiederum klappte. – Ja, so was geht heute...«

Sie holt noch einmal tief Luft, dann schiebt sie die Tür auf. Die Bar besteht aus einem einzigen großen Raum. Die Rückseite ist halbrund geschwungen, und die Wand ist dort von einem welligen, bräunlichen Rosa. Sie versucht sich zu orientieren, es gelingt schlecht. Rauchschwaden hängen über den Köpfen, und die dunklen Gläser ihrer Brille sind keine große Hilfe.
Um die gleichfalls halbrunde Bar drängen sich Gäste. Junge Typen sind es und fast nur Männer. Die Mädchen wiederum sitzen an vielen weidengeflochtenen, weißlackierten Tischchen verteilt. Im Tabakrauch verschwimmen die Gesichter. Der Tabakrauch tut Iris' Bindehaut weh, doch das ist ihr gleichgültig, so ziemlich alles ist ihr jetzt gleichgültig, nachdem sie nun auch

noch Schröder versetzt hatte. Aber wo zum Teufel steckt Karel?
Sie hängt ihren nassen Mantel an die Garderobe. Die Köpfe drehen sich ihr zu. Sie registriert es mit bitterer Heiterkeit, während sie vor dem Spiegel die Haare lockert. –
Und dann – im Spiegel – sieht sie ihn!
Er sitzt an einem Vierertisch. Kaum ein paar Schritte von ihr entfernt. Und er sitzt natürlich nicht allein. Die Hühner hat er dabei. Ob er sie schon vorher kannte oder sie erst an diesem Abend angelacht hat, was spielt es für eine Rolle?
Er hat beide Hände im Nacken verschränkt, die langen Beine ausgestreckt. Elegante Beine, o ja! Und die grau-rot-karierte, handgeschneiderte Golfhose kennt Iris auch. Und die Rohledersandalen an den Füßen. Drei Blaue hatten allein die gekostet. Letztes Jahr noch hatte sie Karel das ganze Outfit geschenkt.
Nun läßt er die Arme fallen, beugt sich seitwärts zu einem der Mädchen. Eine Studentin? So zumindest sieht sie aus, mit den roten, kurzen Haaren über dem blassen Kindergesicht. Die andere am Tisch ist groß, dunkel und ziemlich aufgemotzt.
Iris mustert sie aus den Augenwinkeln. Sie hat Zeit. Sie ist ganz ruhig. Und sie lächelt auch den Mann an, der sich neben sie schiebt. Einer in einem kakaofarbenen Hemd ist das, der Whisky trinkt, sich Koteletten wachsen läßt und irgendwas rauslabert, der ihr doch tatsächlich erzählen will, daß er sie bereits gestern abend auf dem Kunstmarkt gesehen habe. »Und überhaupt, was heißt schon gesehen, erlebt habe ich dich da!«
Iris sagt keinen Ton.
Und mit dem Zusehen ist's nun auch vorbei. Es ist soweit. Sie dreht den Kopf zu Karel hinüber, der sich gerade zu diesem armseligen, kleinen Huhn mit den roten Simpelfransen beugt. Ihre Hand nimmt Karel vom Glas und küßt die Fingerspitzen, genauso, wie er es damals bei ihr gemacht hat, denkt Iris, genauso kitschig, so blöd – und genauso wirksam!

Sie nimmt eine Zigarette, der mit den Koteletten und dem Whisky zündet sie ihr an, sie preßt die Zigarette im linken Mundwinkel zwischen den Lippen fest, geht die vier oder fünf Meter zur Karel hinüber und legt die Hand auf seine Schulter. Er zeigt keine Reaktion, er wendet ihr noch nicht einmal den Kopf zu. Frauenhände, die irgendwo aus dem Nichts auftauchen und sich auf seiner Schulter niederlassen, ist er gewöhnt.
Iris' Sonnenbrille blitzt im Licht der Tischlampe. Sie nimmt die Zigarette aus dem Mund, bläst den Rauch in den honiggelben Lichtkegel und sagt langsam und sehr deutlich zu der Rothaarigen: »Nun laß mal, Kleines! Ich will mich ja nicht einmischen, aber wenn ich dir einen Tip geben darf: Geh besser gleich auf die Toilette. Und dann schrubbst du dir deine Hände. Der Typ hier, der ist randvoll mit Gift!«
Die Schulter unter ihrer Hand wird plötzlich steinhart. Sie sieht, wie Karel die Beine anzieht, wie sich die Kinnmuskeln spannen, doch er kommt nicht hoch und dreht sich noch immer nicht um. Es ist die halbe Sekunde, die er braucht, um den Schock zu verdauen.
Iris nutzt sie: »Aids!« sagt sie.
Und diesmal sagt sie es laut, schreit es beinahe: »Aids! Schon mal was davon gehört? Na gut, der hier hat's. Seit drei Jahren. Aber das reicht ihm ja nicht. Er will auch die anderen damit versorgen. Er gibt's weiter. Er ist großzügig. Und so Unbedarfte...«
»Gören«, das wollte sie sagen, doch dazu kommt es nicht mehr, denn nun ist er hochgeschnellt, rasch, heftig, wie von einer Stahlfeder getrieben, nun ist das schmale Gesicht mit den hohen Wangenknochen ganz nah vor ihr, so nahe sogar, daß es undeutlich wird. Vielleicht sind es auch ihre Augen, die sie nicht mehr genau sehen lassen, die in der Erregung zu tränen beginnen. Vielleicht ist es der Haß.
»Du?!«
»Ja, ich. Was dagegen?«

»So was sagt man nur einmal. Und das ist zuviel!«
»Gewaltig, wie du das bringst.«
»Du bist wohl vollkommen übergeschnappt, was?«
Sie weicht zurück, Angst hat sie nicht, aber sie braucht jetzt Raum. Doch während sie rückwärts geht, stolpert sie über irgend etwas und stößt jemand gegen den Rücken. Der stellt sie sofort wieder auf die Beine. Iris beachtet, nein, merkt es gar nicht.
»Und?«
»Reg dich doch wieder ab. Oder hast du's vielleicht nicht? Weißt du, wie man so was wie dich nennt? Lies es in der Zeitung nach: einen Aids-Desperado!«
Sie lacht und wiederholt es mit derselben hohen, gepreßten Stimme: »Aids-Desperado! Das ist der Fachausdruck.«
Totenstill ist's nun in der Bar. Karel duckt sich, als habe er einen Schlag empfangen. Schmal wie Schießscharten sind seine Augen, grünliche Blitze gewittern in ihnen. Die hübschen Karel-Augen, die ebenso charmant wie brutal wirken konnten, die sie nie vergessen konnte, auch als sie längst gelernt hatte, ihn zu hassen.
Jetzt sind es die Augen eines in die Ecke getriebenen Raubtiers.
Und genauso benimmt er sich auch. Mit einer fließenden, fast tänzerisch anmutenden Bewegung dreht er sich um die eigene Achse, streckt den Arm, greift sich einen der großen, massiven Porzellanaschenbecher, die auf allen Tischen stehen, hebt ihn hoch...
Iris duckt sich nicht einmal. Sie begreift einfach nicht. Sie sieht auch nichts. Sie spürt einen Schleuderregen von Asche und abgebrannten Kippen auf ihrem Gesicht, doch ehe das kiloschwere Porzellanding ihren Schädel treffen kann, haben zwei kräftige Hände Karels Arm nach hinten gebogen. Karels Gesicht verzieht sich vor Schmerz, die Finger spreizen sich, und der Aschenbecher fällt zu Boden und rollt harmlos weg.

Die Menschen starren mit weit aufgerissenen Augen. Die beiden Mädchen an Karels Tisch, die große Dunkle in ihrer aufwendigen Verpackung aus grün-weißem Jersey und die kleine, rotblonde Studentin stehen wie zu Säulen erstarrt.
Karels Oberkörper ist nach vorne geklappt. Der kräftige Mann mit dem braunen Hemd, der Karels Handgelenke und Ellbogen im Schraubstock eines Judogriffs martert, macht vorwurfsvolle Augen.
»So doch nicht... Wer tut denn so was? Wer schmeißt denn mit Aschenbechern? Die Frau hätte ja tot sein können.«
Der Kunstmarkttyp! Iris registriert es mit heiterem Staunen: Tatsächlich, der Whiskyfreund von zuvor.
»Loslassen!« Ein Stöhnen. Dann brüllt Karel, und es ist, als presse er die Kraft aus jeder Pore des schmalen, sehnigen Körpers: »Loslassen, sag' ich! Die mach' ich fertig! Der Hurensau schlag' ich den Schädel ein!«
»San S' doch a bisserl stad, Herr Wildt.«
Den Namen kennt er auch? Wieso eigentlich? Völlig verrückt das alles. Was immer sich Iris vorgenommen und vorgestellt hatte, dazu hatte ihre Phantasie nicht ausgereicht: Ein wimmernder, sich drehender, wie eine an Land gezogene Sardine zuckender Karel. Und ein Lokal, das nur noch aus erstarrten Menschen und stummen, entsetzten Blicken besteht.
»Wer hat's mir angehängt?« brüllt Karel.
»Ich vielleicht?« Das ist ihre Stimme. Tatsächlich.
»Eine Hurensau wie du! Wer sonst? – Bin ich schwul? Hab' ich je 'ne Nadel in der Hand gehabt? Die Weiber, die verdammten Weiber! Positiv! – Laß mich los, Bullenscheißer! Paß auf...«
Die Worte sind nicht mehr zu verstehen, versacken in einem unverständlichen Stöhnen.
Iris erträgt es nicht länger. Nicht das entzündete Gewebe läßt ihre Augen schmerzen, jetzt sind es wirkliche Tränen. Sie fließen über ihre Lider, rinnen die Wangen hinab. Sie wendet sich ab. Die Eingangstür hat sich wieder geöffnet. Ein Mann im re-

genfeuchten Mantel steht dort. Und neben ihm eine Frau, die sie auch kennt: Schröder und die Roser aus der »Hilfe«.
Sie geht ihnen entgegen. Sie hat Mühe mit den Knien. Sie taumelt so sehr, daß Schröder sie am Ellbogen stützt und zu einem Stuhl führt.
»Eine Bescherung vielleicht, Herr Doktor!« sagt der Zivilbeamte im braunen Hemd. »Der Herr Wildt hier wollte die Dame gerade umbringen. – Hier! Mit so einem Aschenbecher. Hätte ja auch gereicht...«
»Sollte es auch!« schreit Wildt hoch und hysterisch.
»Na, sehen S', vor was ich Sie bewahrt habe. Und jetzt kommen S' schon mit. Und die beiden Damen, ihre Begleiterinnen, auch. Und wenn der Herr Doktor will...«
Schröder nickt nur. Er streichelt Iris' Haar, als könne er so ihr Schluchzen beruhigen.
»Dazu haben Sie kein Recht.«
»O doch, Herr Wildt! Hab' ich. Vielleicht ist das neu für Sie. Die Damen brauchen wir als Zeugen. Wenn Sie jetzt ganz brav mitgehen, ersparen Sie sich die Handschellen. – Also? Wird's bald?«

Kurz nach elf. Und derselbe Freitagabend...
Auf dem Parkplatz des Stuttgarter Flughafenhotels sitzt Bernd Leonhard in seinem Mercedes und blickt über die schwarzfeucht schimmernde Asphaltdecke einem Mann entgegen, der schmal, nach vorne gebeugt auf ihn zuläuft. Der Wind ist wieder stärker geworden, läßt die an Kabeln aufgehängten Lampen schaukeln, fährt durch das geöffnete Fenster und greift nach seinem Gesicht.
Leonhard schließt sekundenlang die Augen. Und dann denkt er wieder, was er während dieser ganzen endlosen Konferenz gedacht hatte: Na und? Bald hast du's hinter dir...
Der junge Deutinger, der ihm seit einigen Wochen im Büro zur Hand geht, ist jetzt angekommen. Er keucht ein wenig und

wischt sich mit dem Handrücken eine rotblonde Locke aus der Stirn.
Leonhard zieht die Schloßsperre hoch und entriegelt die Tür. Während Deutinger neben ihm Platz nimmt, startet er den Motor. Dann lenkt er den Mercedes Richtung Autobahn.
»Du lieber Gott, das Gelabere!« sagt Deutinger. »Warum sind die bloß so umständlich? Den Punkt vier hätten wir doch in zwanzig Minuten glatt durchgezogen... Aber nein, zwei Stunden hat's gebraucht. – Und jetzt, das ist ein Nebelloch hier!«
Gut, dann ist's ein Nebelloch.
Vor Leonhard verschwimmen Bremslichter zu einem schlierigen, roten Streifen. Er fährt zurückgelehnt, die Fingerspitzen auf dem Lenkrad, ohne sonderliche Konzentration. Er läßt den Wagen fahren.
Als sie die Autobahn erreichen, treiben von Süden milchweiße, hauchzarte Streifen heran. Wie Vorhänge sehen sie aus. Leonhards schwerer Mercedes zerreißt sie, als sei es eine Zumutung, davon überhaupt Kenntnis zu nehmen.
»Verzeihung, Herr Doktor, macht es Ihnen etwas aus, wenn ich mir eine Zigarette anzünde?«
»Wenn Sie nicht anders können, Herr Deutinger. Dann kurbeln Sie wenigstens das Fenster runter.«
Natürlich kann der junge Deutinger anders. Und natürlich läßt er jetzt die Zigarette stecken. Leonhard sieht sofort den Fehler, den er gemacht hat: Was mußte er ihm so kommen? Ein unglücklicher, verklemmter Deutinger, der vor Schreck, den Chef verärgert zu haben, wie ein Ölgötze neben dir sitzt, ist das letzte, was du brauchst.
Nein, ein anderer Deutinger ist gefragt – ein klarer, netter Junge, der sich bis ins Detail erinnert, wie gut der Dr. Leonhard doch auf dieser Rückfahrt von Stuttgart nach München bei Laune gewesen ist: »Vielleicht etwas müde. Aber freundlich wie immer...«
Ja: wie immer!

Die Strecke zum Beispiel. Leonhard ist sie oft gefahren. Ein sechsspuriges Zementband, über sanftwelliges Land dem Fuß der Schwäbischen Alb entgegengerollt. Von der Alb ist nichts zu sehen. Selbst die Brückenbegrenzung bleibt ein diffuser Schatten. Die Brücke spürst du an dem Wind, der dich zur Seite drängen will. Nun wieder Nebel. Und dic Wolken hängen tief. In München regnet's, hat das Radio vorhin gesagt.

»Kommen Sie schon, Deutinger! Rauchen Sie halt. Ich weiß doch, wie das ist. War doch selbst mal Raucher.«

»Sehr freundlich von Ihnen, Herr Dr. Leonhard. Wirklich. Aber ich möchte umgekehrt auch nicht...«

»Ach, Quatsch.«

Leonhard schaltet die Klimaanlage ein. Ein kurzer Seitenblick zu Deutinger: Dieser dümmlich hängende Schnauzer, der irgendwann in Mode kam und nun genauso ins Aufsteigerbild eingepaßt wird wie der unvermeidliche Nadelstreifenanzug. Der wenigstens ist von einem Könner geschnitten. Wache, immer etwas unruhige Eichhörnchenaugen. Spitzes, unternehmungslustiges Kinn.

Es ist Leonhard, als presse sich die Zeit in einem Bild zusammen: Er sieht sich selbst. Und auch er ist Beifahrer beim Chef. Böckler war das damals. Aus Gnade mitgenommen... Und er hatte genauso krampfhaft versucht, sein inneres Zittern, die Furcht davor zu verbergen, irgendeine unpassende Bemerkung fallenzulassen, ein falsches Wort zu sagen, etwas zu tun oder zu unterlassen, das negativ bewertet werden könnte.

Die Autobahn steigt sanft an. Gleich werden sie die Hangrampe erreichen. Rechts, auf ihrer Spur, ziehen die großen Brummer dem Berg entgegen. Der Mercedes gleitet mit feinem Summen an ihnen vorüber, so daß es scheint, die Lkws stünden still. Dann setzt der Regen ein. Mit so überraschender Wucht, so heftig drischt er gegen die Karosserie, daß Leonhard unwillkürlich den Fuß auf die Bremse setzt.

»Und ich Idiot muß die Vertretung in Rom ablehnen!« Der

Junge neben ihm nimmt einen tiefen Zug aus der Zigarette. »Dort wird's jetzt nicht regnen. Dort ist's warm. Ich könnte nach Fregene raus zum Baden fahren.«
»Erstens haben Sie nicht abgelehnt, Herr Deutinger«, korrigiert Leonhard, »sondern ich habe Sie gezwungen, hierzubleiben. Außerdem: Ich tat das zu Ihrem Besten. Karriere machen Sie nur hier in der Zentrale, nicht auf den Außenposten.«
»Ja, Herr Doktor.« Leonhard erntet einen bewundernden Blick. Ihn aufbauen? Als er Deutinger aus den Augenwinkeln beobachtet, fragt er sich, ob das überhaupt zu schaffen ist. Ein Schwächling im Grunde. Wer schlägt schon im Mercedes des Chefs die Beine übereinander? Ehrgeizig – vielleicht, aber verklemmt und unreif. Das wäre eine Notiz für die Personalakte. Dazu ist es zu spät. Zu allem zu spät...
»Sie haben ja bald Urlaub, Herr Deutinger.« Leonhard tippt die Lichthupe, um einen alten Opel zur Seite zu scheuchen. »Ich kann Ihnen ja noch 'ne Woche dranhängen.«
Nun setzt er die Füße wieder parallel. »Ja? Tatsächlich?«
»Natürlich. Wo soll's denn hingehen?«
Die Antwort hört Leonhard kaum. Irgendwas von Amerika. Zuerst nach New York und dann quer durch den Kontinent gondeln... Was geht's ihn an? Er hat jetzt mit der Straße zu tun. Eine Kurve nach der anderen, manche steil, manche weit ausschwingend in den Berg gefräst. Der Ton des Motors wird dunkler, kraftvoll, ganz so, als sähe der Mercedes in Steigungen und Kurven eine besondere Delikatesse.
Für einige Stunden hatte der Regen nachgelassen, glänzt die Straße spiegelglatt. Nun setzen mit doppelter Wut neue Schauer ein.
Flüchtig im Licht der Scheinwerfer, wie eine verwackelte Blitzaufnahme, erkennt Leonhard über der Autobahnböschung drei riesige Tannen: Sie stehen immer noch? Mit Margaret und den Kindern hatte er dort Picknick gemacht. Stefan ging noch nicht mal in die Schule. Und weiter vorne, ein oder zwei Kur-

ven mehr, war ihm ein Bussard gegen die Windschutzscheibe geflogen. Damals fuhr er schon längst nicht mehr VW, nein, Jaguar. Weiß, mit roten Ledersitzen. Den Schlitten allerdings hatte er wieder verkauft. In der Hauptverwaltung zogen sie die Brauen hoch, als trüge er violette Socken zu einem gelben Karo. Oder sänge schmutzige Lieder. Ein Abteilungsleiter im Jaguar? – Ja gab's denn so was!!

»Wie ist das, Herr Doktor? Werden wir auch dieses Jahr, wie das letzte Mal, neun Prozent zulegen... Vom Konzept her wär' es...«

Er hat die ganze Zeit geredet, der Kleine. Eine leise Stimme, die mit Fakten, Vertrags- und Juristenformeln gegen die Gespenster aus Leonhards Erinnerung anzukämpfen versuchte. Hintergrundgeräusch. Doch nun bekommen wenige Worte messerscharfe Kanten: Dieses Jahr? – Abschluß?! – Das letzte Mal...

Der Wagen schleudert. Er hat's zu verdammt eilig. Hundertsiebzig. Die Tachonadel klettert.

Das letzte Mal!

Die erleuchtete Autobahnkapelle dort rechts drüben. Das Licht, das goldgelb gegen den staubgrauen Regen kämpft. Das letzte Mal!... Abschluß... Jawohl. Und auch Endstation für Deutinger...

»ULM-WEST« – in weißen, knallig beleuchteten Lettern steht's auf blauem Hintergrund. Vorne kann er bereits ganze Lichterschnüre ausmachen. Leonhard verlangsamt die Fahrt, schwenkt rechts in eine Einfahrt und parkt vor der Tankstelle. Er wartet, bis Deutinger ausgestiegen ist. Dann läßt er die Scheibe herabgleiten und gibt ihm nochmals die Hand.

»Na, mein Junge! Alles Gute...«

Das hätte er beinahe gesagt. Aber die Endgültigkeit, die dabei mitschwingt, hat etwas Zweideutiges.

»Na dann, Deutinger«, lächelt Leonhard, »dann schauen Sie mal zu, daß Sie ein Taxi kriegen, das Sie schnell und trocken in ihre Heia bringt.«

Schon besser.
Im Rückspiegel sieht er, umflossen vom rötlichen Licht der Tankstellenreklame, wie Deutinger noch einmal den Arm hebt. Vielleicht schafft er es doch? Wieso auch nicht? Vielleicht wird ein zweiter Leonhard aus ihm? Ein Mißgriff in der Modellwahl wäre das.
Dann ist Bernd Leonhard allein, allein mit sich, mit der Autobahn – und seiner Wahrheit, einer sehr einfachen Wahrheit. Sie besteht aus zwei Erkenntnissen. Einmal: Du hast's versucht. Das zumindest kann dir keiner vorwerfen, daß du's nicht versucht hast. Und wenn es nicht klappte, wenn du versagt hast, ist es nicht deine Schuld.
Und die andere Erkenntnis: Noch fünfzig Kilometer bis München. Die brauchst du nicht mehr durchzufahren, denn irgendwo auf der Straße wird's passieren. Wo? Man wird sehen... Im Augenblick ist das gleichgültig.
Er lehnt sich zurück. Der Wald rechts und links des nassen Betonstreifens ist nicht viel mehr als eine Ahnung. Und ein wenig Erinnerung. Auch die begräbt der Regen.
Im Kofferraum des Wagens liegt ein solider Gummischlauch. Das eine Ende über den Auspuff, das andere in den Fahrraum – dies war Leonhards erste Idee gewesen. Dann die Schlaftabletten einnehmen, um sicherzugehen, vielleicht ein wenig Musik hören und den Motor anschalten...
Er hat darauf verzichtet. Aus welchem Grund? Wie nennt man so was? Pflichtgefühl, Loyalität, Familiensinn?... Auch darauf kommt es nicht mehr an. Vielleicht handelt er aus einer Art Reflex, vielleicht war er darauf programmiert, vielleicht war sein ganzes Leben nichts anderes als das Ergebnis dieser Dressur. Margaret hat's nicht verdient, soviel ist ihm klar. Sie wird's dir trotzdem danken. Und was macht schon den Unterschied? Mit hundertachtzig gegen einen Brückenpfeiler zu rasen oder sich im Auto zu Tode husten – es ist für Leonhard weder eine Frage der Wahl noch des Geschmacks, daß er sich für

den Pfeiler entschieden hat, nur eine kühle, klare Rechnung. Wie immer. Als letztes Kalkül: Hinterbliebenenrente.
»Ich kann das nicht begreifen. Der Herr Dr. Leonhard war doch so guter Laune. Bis zuletzt haben wir uns ganz angeregt unterhalten.«
Deutingers Aussage kann entscheidend werden. Nun ist selbst das egal.
Die Reifen des Wagens zerfetzen die Wasserlachen. Rechts und links entfalten sich Tropfenflügel. Weiterfahren. Die ganze Nacht hindurch. Irgendwohin nach Süden. Vielleicht nach Italien, nein, bis runter zum Stiefel: Sizilien, rüber nach Tunesien... Da wolltest du doch auch mal hin.
Und? Würde es was ändern? Einen stillen, geduldigen Partner hast du dir ausgesucht. Der begleitet dich überallhin. »Blut und Sperma«, hatte Professor Riedel gesagt. Jawohl, Blut und Sperma halten die Welt am Drehen. Du hast genug von ihrem Karussell. Es macht dich schwindlig. Dir bleibt nur eine Freiheit: auszusteigen!
Wenn man das noch »Freiheit« nennen kann, denkt Leonhard und rast weiter durch die Nacht – seinem Tod entgegen...

Das Polizeirevier verlassen sie kurz nach zwölf. Und ohne Karel Wildt.
»Ja mei!« sagt der Diensthabende: »Versuchte Körperverletzung. Beamtenbeleidigung. Widerstand gegen eine gesetzliche Festnahme. Ist ja schon was. Und was den Rest angeht, da sieht man morgen weiter.«
Der Rest? – Sie sprechen nicht darüber. Warum auch? Iris sitzt still in der Sitzecke.
Als sie am »Zentrum« ankommen und Schröder sie zum Eingang begleiten will, schüttelt sie nur den Kopf. Sie hören dem Geräusch ihrer Absätze auf den Steinplatten nach, sehen, wie sie auf das flache Gebäude zugeht: die Hände in den Taschen – eine schwarze, schmale, verloren wirkende Gestalt.

Werner Schröder läßt sich in den Beifahrersitz fallen.
Im matten Licht der Armaturenbeleuchtung wirkt Doris Rosers Gesicht blaß, die Augen sehr groß. Wie bringt sie's nur fertig, zu lächeln, denkt er. Selbst jetzt!
»Ich danke Ihnen«, sagt er.
»Also keine Aufträge mehr für heute, Doktor?«
»Ich bin gerade dabei, mir das zu überlegen.«
Ihr Lächeln verändert sich ein wenig, so, als sei es eine Last losgeworden.
»Was hielten Sie davon, einem armen, alten, ramponierten Menschen mit etwas Zuspruch zur Seite zu stehen. Sagen wir, bei einem Gläschen. Ist das zuviel verlangt?«
»Sagen wir, bei einem Glas«, lächelt sie.
»Auch gut«, grinst Schröder zurück. »Wenn's sein muß – mehrere.«
Es muß sein! Er weiß es, als er sich erleichtert ins Polster zurücksinken läßt. Doch es ist nicht einfach. Sie umrunden den Luitpoldpark: Mitternachtsschwemme. Wer noch was zu trinken, zu flirten oder zu sagen hat, sucht sich die Kneipe mit der Nachtlizenz. Unglaublich, wie viele noch was zu trinken, zu flirten und zu sagen haben. Er geht zum Wagen.
»Sie sind sicher todmüde, Doris?«
Doris' VW rollt durch die Steinschlucht der Tengstraße. Nur ganz wenige Fenstervierecke sind hell.
Sie schweigt.
»Ich bin's auch.« Er spürt den Druck der Kopfstütze, die Lider sind schwer.
»Es ist nur wegen der Nerven, daß ich nicht nach Hause will«, könnte er jetzt sagen. Dieses verdammte Sirren, das du nicht loswirst. Es ist wie nach einer Operation oder einem Ambulanztag im Busch, an dem du zweihundert Leute gesehen hast, von denen du weißt, daß du höchstens zwei Dutzend helfen kannst. Wieso brauchst du solche Vergleiche? Es ist dein Job. Es ist München. Und das reicht bei Gott!

»Ich wohne gleich dort drüben«, sagt sie plötzlich. »Und Wein hab' ich auch. Vom Supermarkt. Wenn Sie unbedingt ein Glas brauchen...«
»Ja.« Schröder dreht nicht einmal den Kopf. Er blickt geradeaus. »Unbedingt brauch' ich das.«
Ihre Wohnung liegt im dritten Stock eines Mietshauses. Es ist eine Wohnung, wie man sie auf allen Stockwerken aller Mietshäuser dieser Gegend findet. Im Treppenhaus Metallgeländer aus den fünfziger Jahren. Der Korridor eng, schmal, lang. Drei Zimmer, Küche, Balkon.
Er registriert es mit einer Art abwesender Neugier. »Ich lebe in Trennung«, hatte sie gesagt. Wie das zu verstehen ist, geht ihn wohl nichts an.
Sie hat ihren feuchten Mantel ausgezogen. »Der Wein kommt sofort, Doktor! Ich brauch' nur eine Minute Zeit für mich.«
»Auch zehn«, meint Schröder großzügig. »Sehen Sie zu, daß Sie sich nicht erkälten mit diesen nassen Klamotten am Leib.«
Er sitzt in einem bequemen Wohnzimmersessel, raucht eine Zigarette und bemüht sich, nicht an den vergangenen Tag zu denken, der hinter ihm liegt, und nicht an den, der auf ihn wartet. Besser, überhaupt nichts denken... Er betrachtet das Bild dort an der Wand. Es hängt neben einem Klavier, auf dem Notenblätter verstreut sind. Doris' Klavier? Das Bild jedenfalls zeigt einen Baum, der sich an einen Felsen krallt, gegen den das Meer tobt.
Gar nicht übel. Zumindest für die Stimmung, in der du dich befindest. Er dreht den Kopf. Die Tür hat sich geöffnet. Nicht Doris Roser steht im Rahmen – es ist ein kleines Mädchen! Es trägt irgend etwas Hellgelbes, einen Schlafanzug, auf dessen Vorderteil ein zorniger Donald Duck den Schnabel aufreißt. Lange Haare fallen auf schmale Schultern. Das Kindergesicht wirkt klein und verschlafen und die Augen riesengroß.
»Wer bist denn du?«
»Ich? – Oh, der Werner. Der Werner Schröder.«

»Und was machste hier?«
»Ich? Ja, weißt du... das ist nämlich so: Deine Mutti meint, wir sollten noch ein Glas zusammen trinken.«
»So spät?«
»Stimmt, so spät.«
Die Fragen, der Anblick des Kindes löst, was Schröder bedrängt und stimmt ihn heiter:
»Aber die Kneipen sind schrecklich. Und ich hab' keine richtige Wohnung. Da steht nur ein Bett drin und Kisten und so Zeug. Und da sagte deine Mutti...«
Sie geht auf ihn zu. »Soll ich dir was spielen? Auf dem Klavier?«
Ihre Hand liegt auf Schröders Knie, so vertrauensvoll, als kenne sie ihn seit Jahren. In den dunklen Augen bewegt sich etwas, das Schröder gern als Zuneigung, noch lieber als Mitleid deuten möchte, was aber sicher nichts anderes ist als Neugierde. Er streichelt über ihr Haar. Eine Wohnung nebst Klavier. Sessel, Bücherschrank, Fernseher und ein sturmumtobter Baum an der Wand, die in leicht gedämpftem Hellgelb gehalten ist. Und eine Frau, die gleich mit einer Flasche Wein eintreten wird.
»Wieso hast du denn bloß Kisten zu Hause?«
»Das frag' ich mich auch schon die ganze Zeit. Und du, wie heißt du eigentlich?«
Nicht das Kind, die Mutter gibt Antwort: »Nanni!« sagt Doris Roser. Sie hat sich umgezogen. Einen schmeichelnd-wärmenden, bis zu den Knöcheln reichenden Bademantel trägt sie, zart, zitronengelb zeichnet das Frottee die Linien ihres Körpers nach. Das Haar ist mit einem grünen Band zurückgebunden, ihr Gesicht leuchtet frisch. Sie ist eine Frau. Und eine sehr hübsche dazu...
»Nun«, lächelt sie, »unter all den Kisten bei Ihnen zu Hause, findet sich da auch was zum Futtern? Ich meine, ich kann Ihnen zum Wein was zu essen bringen. Was mögen Sie denn gern?«

Draußen die Nacht. Wie eine uferlose, feuchtschwarze Decke hängt sie über der Stadt. Irgendwo zieht eine Polizeisirene ihre Geräuschspur durch die Stille. Hier dieses Zimmer: Der honigfarbene Lichtbogen der Stehlampe auf dem Teppich. Das Kind, das zu ihm aufblickt. Die Frau mit ihrer heiteren Ausstrahlung. Alles zu einer wie Bernstein leuchtenden Atmosphäre verschmelzend. Lösend. Hoffnung schenkend. Eine gelbe Oase? Ein Rettungsboot der Arche Noah? – Nein. Wahrscheinlich etwas durch und durch Normales. Du hast es nur vergessen. Und es ist Zeit, daß du dich daran erinnerst, daß auch dies dein Leben sein kann...

»Was sehen Sie mich so an, Doktor?«

»Ich? Tu' ich das? Ich glaube, ich sehe nirgendwohin. Ich habe über etwas nachgedacht.«

»Über was denn?« fragt das Kind.

»Über was? – Darüber, Nanni«, er streichelt sie sanft, »daß Menschen als einzige Lebewesen lernen können. Aus allem. – Ja: Über die Fähigkeit des Menschen, sich jeder Situation zu stellen und daraus seine Schlüsse zu ziehen, habe ich nachgedacht – oder, Nanni«, er hebt das Kind hoch und drückt es an sich, »daß alles gut werden wird...«